소백산맥 ❾

환희에서 파국으로

소백산맥 ❾ 환희에서 파국으로

발행일	2025년 8월 12일

지은이	이서빈		
펴낸이	손형국		
펴낸곳	(주)북랩		
편집인	선일영	편집	김현아, 배진용, 김다빈, 김부경
디자인	이현수, 김민하, 임진형, 안유경	제작	박기성, 구성우, 이창영, 배상진
마케팅	김회란, 박진관		
출판등록	2004. 12. 1(제2012-000051호)		
주소	서울특별시 금천구 가산디지털 1로 168, 우림라이온스밸리 B동 B111호, B113~115호		
홈페이지	www.book.co.kr		
전화번호	(02)2026-5777	팩스	(02)3159-9637
ISBN	979-11-7224-781-2 03810 (종이책)		979-11-7224-782-9 05810 (전자책)

잘못된 책은 구입한 곳에서 교환해드립니다.
이 책은 저작권법에 따라 보호받는 저작물이므로 무단 전재와 복제를 금합니다.
이 책은 (주)북랩이 보유한 리코 장비로 인쇄되었습니다.

(주)북랩 성공출판의 파트너

북랩 홈페이지와 패밀리 사이트에서 다양한 출판 솔루션을 만나 보세요!

홈페이지 book.co.kr • 블로그 blog.naver.com/essaybook • 출판문의 book@book.co.kr

작가 연락처 문의 ▶ ask.book.co.kr

작가 연락처는 개인정보이므로 북랩에서 알려드릴 수 없습니다.

이서빈 대하소설

소백산맥
9
환희에서 파국으로

북랩

머리말

왜 사람은 살아야만 할까?

이 시소설은 외지고 황량한 시대를 외나무다리 건너듯 건너온 선조들과 우리의 이야기다. 선조들은 조선 5백 년이 일본에 어이없이 무너지고 대혼란을 겪으면서 그 참담하고 암울한 상실의 시대를 살아내기 위해 시시각각 밀려오는 죽음의 공포와 싸웠다. 천신만고 끝에 나라의 주권을 되찾기까지 반쪽짜리 나라에서 당해야 했던 그 많은 수모는 형언하기 어려울 정도다.

숨을 쉬는 것이 신기할 만큼 내일을 보장할 수 없던 참혹한 시대. 숨 속에도 죽음과 불안이 섞여 드나들던 시대의 이야기를 시작(詩作)의 키보다 더 높은 자료들을 모아 적어 내려갔다. 아직 세상에 태어나지 못해 역사에 묻혀 있는 말들을 시말서를 쓰듯 내 청춘의 기나긴 시간을 하얗게 지우면서 머릿속을 탈탈 털어 시적인 언어로 썼기에 시소설이라 이름 붙였다.

〈소백산맥〉은 4·3 사건을 비롯해 건국이 되기까지, 그리고 오늘날 경제 강국이 되기까지 살아온, 그럼에도 불구하고 살아내야만 했던 격변기(激變期)로부터 세계 모든 사람이 우리나라에 살고 싶어 하는 순간까지를 그려낸 소설 같은 이야기이다.

35년 전통 '영주신문'에 연재 중 독자의 요청이 많아 총 17권 중 연재가 끝난 5권을 출간했고, 그 후속으로 6~11권을 미리 출판한다. 이 지면을 통해 영주신문에 깊은 감사를 드린다. 나머지도 연재가 끝나는 대로 출간 예정이다.

입으로 다 말할 수 없는 일들을 유교 사상이 에워싸고 있는 영남의 명산 소백산 자락 영주 지방을 무대로 삼아 펼쳐내었다. 소설 속 사라져가는 우리나라의 미풍양속과 문화, 구전 이야기에 많은 관심을 가져주신 독자분들께 깊은 감사 말씀을 전한다.

2025년 8월

이서빈

목차

머리말 • 4

환희에서 파국으로 1 ············ 9
환희에서 파국으로 2 ············ 28
환희에서 파국으로 3 ············ 47
환희에서 파국으로 4 ············ 65
환희에서 파국으로 5 ············ 84
환희에서 파국으로 6 ············ 102
환희에서 파국으로 7 ············ 119
환희에서 파국으로 8 ············ 137
환희에서 파국으로 9 ············ 154
환희에서 파국으로 10 ············ 172
환희에서 파국으로 11 ············ 190
환희에서 파국으로 12 ············ 208
환희에서 파국으로 13 ············ 226
환희에서 파국으로 14 ············ 245

환희에서 파국으로

1

삭정이처럼 뚝뚝 부러지는 시대

그렇게 접속사를 찾기 위해 쳐놓았던 그물을 들어 올리니 대어가 잡혀 그물에서 파닥파닥 파닥인다. 그 고기의 종류가 일본 고기이며 일본 고기에 빌붙어 조선 고기가 일본 고기 탈을 쓰고 함께 장단을 맞추는 것을 확인한 프란체스카는 처음에 어이가 없어 이승만에게 당신 나라는 참으로 이상한 민족이군요. 나라를 일본에 빼앗기고도 정신을 못 차리고 일본 편에서 저렇게 빌붙어 먹는 사람이 있으니 제 머리로는 도무지 이해할 수 없군요. 어찌 나라가 없어 이곳 미국까지 와서 무시를 당하면서도 정신을 못 차린단 말입니까? 하고 따졌지만, 이승만은 자존심이 상해 아무 말도 하지 않았다. 이승만이 아무 말도 하지 않자 프란체스카는 남편에게 상처를 주는 말인가 생각과 동시에 번개처럼 이승만이 자존심이 강하다는 아버지 말이 생각나 입을 다물었다. 그러고는 그냥 그렇다는 말입니다. 신경 쓰지 마세요. 제가 알아서 합니다. 프란체스카의 말에도 이승만은 또 아무 말도 하지 않았다. 프란체스카는 공개적으로 강의를 해야겠다고 생각한다. 그물에 걸려 파닥이는 백실수를 비롯해 일본 탈을 쓴 사람과 일반 교민들까지 모아놓고 작심하고 말하지 않으면 끊임없이 소문에 시달릴 뿐 아니라 남편이 저렇게 조국 독립을 위해 뛰는데 신경 쓰게 하고 싶지 않았다. 여러분, 저는 이승만 박사와 팽나무 사건이 사실이 아닌 건 분명하지만, 만에 하나 그 일이 사실이라고 하더라도 이제 다 지나간 일입니다. 그 아이가 누구의 아이든 저와는 아주 상관없으니, 아니 이승만 박사의 아이라면 제가 데려다 키울 용의도 있습니다. 그러니 제게 다시는 그런 말을 하지 말아주세요. 저는 지금 그 사람과 살고 있지 과거의 사람과 사는 것이 아닙니다. 저의 남편은 지금도 사탕수수농장서 고생하는 노동자들이 교육도 못 받고 일만 하면 조국의 미래가 없다면서 사탕수수밭 노동 현장을 일일이 찾아다니며 배워야 개인의 앞길도 열리고 조국의 앞길도 열린다며 부모를 설득시키고 멀어서 다니지 못하는 아이들은 기숙사로 보내라고 말하며 이와 서캐가 버글거리는 아이를 보며 얼마나 가렵겠냐면서 내게 선물로 주었던 참빗을 꺼내 아이들 머리를 저와 함께 빗겨 주고 그 부모님을 설득해 데리고 와서 씻겨주고 재워주며 한글과 역사를 가르칩니다. 그 아이들 모두가 그럼 그이와 불륜의 관계라고 말할 겁니까? 하고 당당하고 위엄이 번쩍번쩍 빛나는 말을 하자 그들은 그의 말에 놀라 입을 다물지 못했지만 유일하게 백실수의 앙칼진 목소리가 사람들 사이를 헤집고 나온다. 그런 것이 아니고 진실을 말하는 것입니다.라고 다시 말을 시작하자 프란체스카는 거짓을 진실로 둔갑시키고 싶은 거겠지요. 백실수, 당신 일본 사람이오? 조선 사람이 왜 일본의 하수인이 되어 자국민에게 없는 거짓을 꾸미는 것이오? 여기 계신 분들 잘 들으시오. 아무것도 갖지 않았지만 모든 것을 다 가진 햇빛과 물과 공기를 아십니까? 모양이나 질량은 다르지만, 그 속성은 비슷한 햇볕과 물과 공기를 공짜로 먹고사는 우리인데 어찌 그것들을 조금도 고마워하지 않고 닮으려고 하지도 않는 겁니까? 햇빛은 사람을 차별하지 않고 누구에게나 골고루 빛을 나누어 주며 따뜻하고 포근하게 세상을 감싸 줍니다. 나무나 풀 동물 인간 지구상의 모든 존재는 이 햇빛이 빛을 나누어 주지 않으면 생명을 부지할 수 없습니다. 사람을 해롭게 하는 균들까지 살아남지 못하게 하면서 자신의 몸을 끊임없이 나누어 줍니다. 겸손함의 대명사인 물은 어떻습니까? 낮은 곳으로 끊임없이 흐르는 물은 자신을 내놓지 않습니다. 네모난 그릇에 담으면 네모 동그란 그릇에 담으면 동그랗게 되고 검은 물감을 타면 검게 되고 붉은 물감을 타면 붉게 변합니다. 그리고 장애물이 생기면 싸우지 않고 피해서 구불구불 자기 갈 길을 갑니다. 그래서 마침내 바다에 이르지요. 그래서 동양의 성자인 노자는 '최고의 선(善)은 물처럼 되는 것이다'라는 뜻의 상선약수(上善若水)라는 말을 남겼고, 물은 평소에는 잔잔하고 수평을 유지하지만, 한 번 일어서서 움직이면 당해 낼 장사가 없기에 생긴 말이 유수부쟁선(流水不爭先)이라는 말입니다. 물은 어짊과 겸허함 대도의 극치이며 물은 절대로 선후를 다투지 않고 흐른다고 했습니다. 우리의 생명을 유지하게 하는 원동력인 공기(空氣)는 우리 삶에 필수적입니다. 귀는 들리지 않아도 살고 눈이 보이지 않아도 살고 입으로 말하지 않아도 살지만, 코로 10분만 숨을 쉬지 않으면 실신하거나 죽습니다. 바람은 공기의 흐름이고 공기는 바람을 일으킵니다. 아무리 촘촘하게 짜 놓은 그물이라도 바람을 막을 수는 없습니다. 명상할 때 최고의 경지가 '그물에 걸리지 않는 바람처럼' 자유로운 경지에 이르는 것입니다. 이렇게 소중한 햇볕과 공기와 물은 틈새만 있으면 어디든지 다 들어갑니다. 그러나 본바탕이나 고유의 성질은 변하지 않습니다. 햇빛은 지하 깊은 곳에는 못 들어가고, 물은 높은 곳에는 못 올라가지만, 공기는 어디든지 다 가는 神과 같은 존재입니다. 빛은 사랑이고 물은 생명이고 바람은 기(氣)입니다. 그러니 기(氣)를 잘 다스려 입으로 말을 함부로 뱉어내면 좋지 않은 기운, 즉 사기가 마음과 심장에 침범하고 그로 인해 사악해지며 사악함이 몸에 침범하면 병이 생기는 것입니다. 프란체스카는 뱃속에 있던 말을 성대를 통해 끊임없이 꺼내놓는다. 정말로 어이없이 일본의 하수인이 되어 모함하던 백실수나 군중들에게 말은 군더더기 하나 없이 매끈하고 싱그럽고 푸르렀다. 푸르고 싱싱한 말들은 조금도 망설이지 않고 질서 정연하게 줄을 서서 나란히 맥을 가진 식물처럼 나란히 나란히 입술을 무사히 빠져나온다. 막 빠져나온 말이 허공을 향해 날개를 퍼덕이며 구름처럼 몽실몽실 강당을 몽실거리며 날아다녔다. 프란체스카는 다시 말을 낳기 시작한다. 그것을 극복하는 길은 올바른 기운, 즉 정기를 지니는 것인데 이것은 몸에 좋은 음식을 먹는 것과 몸에 해로운 음식을 먹는 것과 같은 이치입니다. 남에게 해로운 말을 하면 자신의 몸에 나쁜 음식을 먹이는 것이고 남에게 따뜻하거나 위로의 말을 하면 나의 몸에 좋은 음식을 먹이는 것과 같습니다. 그래서 배움이나 수양이 필요한 것이고 배움이나 수양이 부족한 사람은 마음이 조급하고 분별심이 없고 이기적이며 폭력적이며 이것들은 모두 독을 자신도 먹고 남에게도 먹이는 것과 같습니다. 배움이 없고 지혜가 없어 인내심, 배려, 이해, 존중심이 부족하면 시정잡배(市井雜輩)만도 못한 사람으로 살다가 죽을 것입니다. 내가 하면 사랑이고 남이 하면 불륜이란 말이 왜 나왔을까요? 몸과 마음이 오염되고 탐욕스럽고 사랑이 말라 묵정밭 같은 말을 하는 사람은 가장 먼저 자신부터 병들게 하고 나아가서 사회를 어지럽히고 어수선하게 만들어 병들게 하는 것입니다. 세상의 모든 가치들은 제자리에 있을 때 쓰임이 있는 것입니다. 모래가 방에 있으면 쓰레기라고 쓸어내지만 공사장에 있으면 재료가 되어 귀하게 쓰이고 분뇨가 방에 있으면 오물이 되어 쓸고 닦고 인상을 쓰지만 논밭에 있으면 거름이란 이름으로 소중하게 쓰입니다. 우리가 살고 있는 이 세상도 어떻게 인식하느냐에 따라 오물도 되고 분뇨도 되고 쓰레기도 되고 재료도 된단 말입니다. 친구들을 만나면 남편과 안 맞아 못 살겠다고 투덜거리지만 혼자 사는 여인에게는 남편이 있다고 유세를 부리는 것처럼 들릴 것입니다. 또 직장 생활이 힘들어 죽겠다고 말하는 친구를 보면 직장이 없는 사람에게는 직장이 있는 것을 자랑하는 것으로 보여질 것입니다. 남을 부정적으로 보면 자신이 먼저 불행하고 남도 불행하게 만듭니다. 그러나 남을 긍정적으로 이해하고 배려하면 자신이 먼저 행복하고 상대도 행복하게 만드는 것입니다. 남을 가슴 아프게 하는 것은 자신의 가슴이 아픈 후에야 가능한 일이고 남을 행복하게 하는 것도 자신의 가슴이 행복한 후에 남도 행복하게 하는 것입니다. 사람과 사람 사이에 사랑과 배려를 심어놓으면 사랑과 배려가 무럭무럭 자라 열매를 맺고 추수를 해 다음에 수천수만 배의 사랑과 배려를 추수하지만, 불신과 모함을 심어놓으면 불신과 모함이 무럭무럭 자라 열매를 맺고 추수를 해 다음에 수천수만 배의 불신과 모함을 추수하게 됩니다. 심은 대로 거두는 것이 세상 이치입니다. 벼를 심으면 벼를 추수하고 보리를 심으면 보리를 추수하지 벼를 심었는데 보리를 추수하거나 보리를 심었는데 벼를 추수하는 일은 없습니다. 이것이 자연에서 태어난 우리가 자연을 보며 배워야 하는 것입니다. 배우지 않으면 잘못을 하면서도 잘못인지를 모르고 어떻게 하는 것이 올바른 일인지 분별력이 없어 올바른 일을 하지 못합니다. 그래서 늘 배우고 익혀야 하기에 이승만 박사는 이 전시 중에 나라를 찾기 위해 전쟁을 하면서도 배가 고파 물로 배를 채우면서 뛰어다니다 폐결핵이 걸려도 치료를 하지 못하고 오직 독립만을 외쳤습니다. 사탕수수밭에서 일하며 먹고 사는 동포들을 하루빨리 굶주림에서 벗어나 사람답게 살게 하기 위해서 끼니가 없는데도 학교를 짓고 가르치려고 밤낮을 가리지 않고 홀로 누가 알아주거나 말거나, 아니 먹을 것이 없는데 무슨 학교냐고 면박을 받아가면서도 설득하고 또 설득하고 다니는 것입니다. 심지어 수숫대로 얻어맞아가면서 말입니다. 그런 분을 위로는 못할망정 거짓 정보를 만들어 조국을 짓밟으려는 일본의 말을 듣고 그들의 하수인이 되다니 부끄럽지 않습니까? 먼 후일 후손들에게 어찌 얼굴을 들려고 후손들이 당신을 부끄럽다 매국노라 손가락질하면 당신의 자식들은 대대로 낙인이 찍혀 살아야 함을 명심하시길 바랍니다. 나로 인해 누군가 가슴 아픈 이가 없도록 배려하면 상대도 내게 가슴 아프지 않게 배려할 것이며 내가 누군가를 모함한다면 그 누군가도 나를 모함할 것입니다. 그저 따뜻한 안경을 쓰고 세상을 따뜻하게 보는 눈을 가지고 햇볕과 물과 공기의 속성을 닮아야 한다는 마음으로 살며 새로운 바람을 불러일으킨다면 당신에게도 그렇게 신바람이 불어오겠지만, 남에게 폭풍을 불게 한다면 당신에게도 폭풍이 불어올 것입니다. 제발 조국을 찾기 위해 자신의 몸을 무기로 삼고 뛰어다니는 이승만 박사에게 더는 모함을 하지 말아주시기 바랍니다. 우리 모두 사랑하는 마음으로 살아갑시다. 나는 이승만 박사가 다른 곳에서 아이가 열 명 있든 백 명 있든 그것은 과거일 뿐이고 제가 사랑하는 사람은 지금 곁에 있는 오직 조국의 독립으로 뼈를 깎아내고 있는 이승만 박사일 뿐이니 다시는 제게 이승만 박사를 모함하지 말아 주십시오. 인생은 한 자루의 초와 같다는 걸 기억 하십시오. 자신의 몸에 불을 붙이지 않고 천년을 산다 한들 촛불이 될 수는 없습니다. 하지만 심지에 불을 당긴 초는 자신의 몸을 태우며 비로소 남을 밝혀주는 등불이 되어 초로서의 진정한 삶을 살아갑니다. 우리의 인생도 마찬가지입니다. 자기 자신을 남을 위해 불을 붙이지 않은 사람들은 마음 깊은 곳에서부터 뜨거운 열정의 불꽃을 맹렬히 피워 세상을 비추는 자를 모함이나 하고 비난하는 일을 하느라 정작 자신의 심지는 불도 붙이지 못하고 삽니다. 자신을 불태울 생각은 않고 불태우는 사람의 불을 끄다가 죽음 앞에 당도할 것입니다. 그러니 한 번 태어난 생 자신은 불도 켜보지 못하고 죽겠다는데 제가 할 말은 없지만, 조국을 위해 자신을 불태우고 있는 불을 끄기 위한 죄까지 짓지는 말길 부탁드립니다. 생우우환 사우안락(生于憂患 死于安樂), 즉 '어려운 상황은 사람을 분발하게 만들지만, 안락한 환경은 쉽게 죽음에 이른다.'라는 맹자의 명언을 가슴에 심고 이

어렵고 절박한 상황을 견디며 자신도 돌보지 않고 인생을 살다 보면 늘 시련이 따르게 마련이라며 태어날 때부터 가난하고 작은 나라에 태어났음을 원망하지 않고 시련이 인생을 가치 있게 만들고 자신을 성장시킨다며 긍정 싹을 가슴에 저장하며 조국을 위해 뛰는 이승만 박사를 도와 조국의 독립을 위해 애쓰기는커녕 적의 편에서 조국을 끌어내리는 행동은 하지 말아주시길 부탁드립니다. 우리 유대인들은 부족함으로도 소중한 자원을 만듭니다. 평탄한 삶에서는 어떤 위대한 걸작도 나오지 않는 법이니 고난과 역경은 神이 내린 축복이라고 믿습니다. 유대인 정신은 그 시련과 역경을 어떻게 잘 받아들여 재료로 쓸 수 있는지를 심장 박동이 멈추지 않는 한 노력합니다. 여러분 더는 모함하지 말고 조국 독립을 위해 밝은 빛과 온화한 말로 이승만 박사를 도와주시길 바랍니다. 아니 여러분 조국을 도와주시길 간절하게 바랍니다. 경청해 주셔서 고맙습니다. 그렇게 프란체스카의 말을 들은 사람들은 모두 고요했다. 하나둘 일어서서 조용히 밖으로 나갔다. 한편, 어느새 들어와 프란체스카의 말을 다 들은 이승만은 그의 놀라운 연설에 역시 유대인이라 다르다는 생각을 하며 조용히 나가고, 그들을 비방하며 둘 사이를 갈라놓으려던 일본의 꼬임에 빠졌던 매국노 교민들도 빠져나갔다. 한방에 모든 분란을 잠재우고 텅 빈 강당에 혼자 있던 프란체스카도 손바닥으로 얼굴을 몇 번 문지른 다음 조용히 일어나 집으로 향한다. 집에 미리 와서 멍하니 아내의 말을 되씹으며 참으로 대단한 여인이라 생각을 하다 아내가 들어오자 이승만은 당신 대단하오. 당신의 그 멋진 말은 마치 가야금 가락이 느린 속도의 진양조장단으로 시작해서 차츰 급하게 중모리·자진모리·휘모리로 끝나는 산조처럼 울려퍼져 주위를 아름답게 물들이는 기분이었소. 난 아직도 그 가야금산조에서 벗어나지 못하고 있소. 하고는 아내를 안고 엄마가 우는 아기를 달래듯 등을 토닥토닥 두들겨 주었다. 창문 사이로 달이 빼꼼 들여다보고 있었다. 그렇게 폭풍으로 휘몰아치는 소문을 일시에 제압하는 아내가 대견하고 고맙고 놀라웠다. 그렇게 두 사람은 오직 조국의 독립을 앞당길 생각으로 살을 찌우는 일 외엔 아무것도 눈에 들어오지 않았다. 일본의 악랄한 탄압은 날이 갈수록 심해졌고 일제의 신사참배 강요는 교육계에 저항의 바람을 일으키기 시작한다. 천주교·감리·안식교·장로교 소속의 학교들이 신사참배 강요에 대하여 거칠게 거칠게 저항 저항으로 불사른다. 그러나 시간이 지날수록 저항의 강도는 약해진다. 일제의 끈질기고 집요한 회유와 탄압 그리고 유화책으로 기만적 술책까지 펼쳐 교회는 저항의 뜻을 접고 순응의 길을 간다. 평양에 소재하는 기독교 학교 교장들이 연대하여 신사참배 거부 운동을 시작한다. 강경 대처는 총독부의 입술에서 빠져나와 일선 경찰의 입속으로 입속으로 세균처럼 번져나가고 있다. 총독부는 강경 대처를 일선 경찰에 하달한다. 조선 예수교 장로회 평남 안주 노회는 임시회를 연다. 회의에서 **신사참배 거부**를 만장일

치로 결의한다. *학교의 문을 닫을지라도 회에 위반되는 참배를 할 수 없다.* 안주 노회는 임시노회에서 가결된 결의문을 소속된 총회와 학교에 통지문을 보낸다. 일제는 기다렸다는 듯 *신사참배 결의문* 건에 노여움을 발산시키며 노발과 대발을 두 손에 들고 회유와 압력을 강화시켜 나간다. 교회는 강력한 탄압에 정면으로 맞서지를 못하고 개 교회마다 의견의 일치를 이루지 못한 분열의 조짐을 보인다. *폐교냐 순응이냐.* 양자택일의 기로에 서서 고뇌 고뇌가 태어나 급속히 자라난다. 고뇌의 키가 길어진다. 일제가 신사참배를 강요한 까닭은 기독교를 통제하고 변질시켜 '일본적 기독교'로 변신을 꾀하려는 술책이다. 장차 침략전쟁의 수행에서 정책적인 뒷받침이 될 신사참배의 절대복종에 의미를 부여하고 그 목적을 둔 것이다. 속셈은 내장까지 다 보여 투명하게 보였다. 조선교회에 대한 일제의 간섭과 억압은 치밀하고 촘촘하고 강압적으로 밀어붙인다. 일제는 대륙 침략을 기회로 삼아 민족분열 정책과 황민화 운동을 통해서 민족 말살 정책을 서서히 펼쳐나가기 위한 발톱을 몸속에 숨긴다. 조선은 시시각각 어둠으로 내리는 저들의 먹물 뿌리기에 어둠을 닦아내며 먹물을 걷어내야 한다. 위기에 봉착을 반드시 밀어내야 한다. 1937년 중일전쟁 전후로 약삭빠르고 영악하기 그지없는 일본은 기독교계 민족주의자들을 전향시키기 위한 공작을 벌인 것이다. 수양동우회 사건과 홍업 구락부 사건 뒤에 이 두 사건과 연루된 기독교 지도자들 대다수가 전향과 변절이라는 치욕스럽고 경악할 얼굴을 드러낸다. 조선교회가 살아남기 위해서는 부러지기보다는 휘어지는 차선책을 택하며 울며 겨자를 먹고 견뎌야 한다며 최선을 버리고 차선을 택할 수밖에 없는 운명이 된다. 일제에 굴복한 교회의 생존전략은 부일적(附日的) 성격의 불가피성을 비굴하지만 어쩔 수 없는 막다른 골목의 좁은 길을 위안을 삼고 있었다. 신앙 양심이 바람에 바람에 황사바람에 흔들려도 교회 문을 닫는 것보다는 감시의 대상이 되고 마음이 부서질 대로 부서져 먼지가 펄펄 날리더라도 그 먼지를 마시며 후일을 도모하며 견뎌서 이겨내야 한다. 살점을 찢어내는 심정으로 고통고통고통 고통으로 고통을 이기며 견뎌야 한다. 교회는 감시의 대상이 되고 신앙심은 부서질 대로 부서져 내린다. 강도 같은 일본이 시키는 대로 각본을 읽어야 목소리 높여 읽어야 한다. 마침내 장로교는 일본기독교 조선 장로교단으로 집도 의사에 고분고분 얼굴을 맡기며 성형수술을 받는다. 마취도 안 하고 들어간 성형수술은 서걱서걱 칼로 피부를 잘라내는 소리를 귓속으로귓속으로 실어 나른다. 귓속으로 들어온 소리는 생살을 칼로 잘라내고 간을 꺼내고 쓸개를 잘라내고 허파까지 모두 제거한 뒤 그 속에 자신들의 시커먼 간과 썩어빠진 쓸개와 바람 들어 못 쓰게 된 허파를 그 자리에 채우고 다시 꿰매어 봉합을 한다. 감리교는 '일본기독교 조선 감리교단'으로 성형수술을 끝낸다. 일본 교단에 강제로 편입된 조선교회의 수모는 예견된 일이었다. 일본의 사슬에서 벗어나는 8월 일본기독교 조선 교단으로 통합 강등되어 조선교회는 예속의 울분을 달래며 주일 자정 무렵 집집마다 완전 소등을 한다. 차라리 아무것도 안 보는 것이 더 나을지도 모를 일이었다. 조선 교단 일본기독교로 우리가 주가 되도록 신분 상승의 통성 기도를 올린다. 기도가 하느님이 보우한 나라가 길이 보전되기를 기도 기도 기도가 막히기 직전까지 기도한다. 교회마다 구국기도회를 연다. 3·1운동 당시 독립선언문에 서명한 민족대표 33인 중 16명이 기독교인이다. 국가와 민족의 자주독립에 대한 염원을 담을 구국기도회는 일제저항기에 교세가 확장되고 그리고 변질되기 시작한다. 죽어 마땅하다는 것에 방점을 찍으면서 틈나는 대로 강단에서 권력을 비호하는 듯한 아리송한 말씀을 선포한다. 나라와 겨레를 위한 충정의 기도회는 권력을 위한 부역의 도구로 전락한다. 1937년부터 시작한 *무운장구기도회*는 내선일체와 신사참배를 강권하는 일본 제국주의의 승전과 천황의 만수무강을 기원하는 슬프디 슬픈 민족 반역의 역사다. *1937년 6월* 눈이 검은 회오리바람이 강도를 덮친다. 일본 경찰은 안창호가 조직한 지도자 항일단체인 *수양동우회* 인사들을 모조리 체포해 경찰서로 모셔간다. 주요한과 여러 명이 서울에서 잡힌다. 안창호를 비롯한 1백 5십여 명이 수갑을 찬 비정의 아찔한 계절이 엄습해 온다. 피 냄새 진동하는 저 일본의 만행을 도대체 어찌해야 할지. 이승만은 계속해서 불어오는 강풍에 머리칼마저 다 닳아 버릴 지경이고 풍랑이 세차게 달려와 온몸이 떠내려갈 것처럼 휘청

거렸다. 일본은 개가 풀 뜯어 먹는 소리만 끊임없이 짖어대고 봄이 무너지고 여름이 무너지고 가을이 무너지고 겨울과 싸우는 중이다. 한겨울에도 삐죽삐죽 싱그럽게 싹을 틔우던 조선 숲의 참꽃 몽오리들이 다 피기도 전에 일본 바람이 휘몰아쳐 피지도 못하고 서리 맞은 풀잎이 되어 폭삭폭삭 나뭇가지에서 고개를 떨구고 만다. 일본은 정신과 몸을 빼앗는 도구로 종교까지 통치하려는 수작을 부린다. 치욕의 길은 끝 모르고 내닫고 있다. 전염병 같은 일제의 행동에 짐승들도 히죽히죽 웃고 있었다. 울음소리가 사라지면 종이 멸종한다. 아무리 햇빛이 든다고 압박을 해도 그들은 절대로 햇빛에 젖지 않는다. 일본은 본격적으로 조선을 통치하기 위해 조선을 통째로 한 아가리에 집어삼키지 못하는 것이 성에 차지 않아 전쟁 체제를 조성하기 위해 양심적 지식인과 부르조아 집단을 포섭하는 길이 제압에 성공하는 길이란 결론을 내리고 **수양동우회**와 **흥업구락부**를 수사 표적에 붉은 글씨로 밑줄을 긋기 시작한다. 1937년 8월 서울 평안도 황해도 전국에서 180여 명의 동우회 회원들이 치안유지법 위반이라는 혐의의 그물에 걸려들고 만다. 이 사건으로 검거된 회원들을 일본은 위협을 가해 강제협력을 시킨다. 작곡가 홍난파 장로교 목사 등이 대표적인 몇 사람에게 강제라는 형틀을 묶는 것을 본 기회주 주길놈 등은 자청하여 친일을 일삼는 모자란 시인 배반한 작가들과 함께 중심인물이 되어 극렬하게 친일 행적을 보이기 시작했다. 가슴속으로 양심의 가책도 없이 목숨

하나를 부지하기 위해 강제협력에 동조하는 순간 조국의 땅들은 노기를 띠고 하늘의 별들은 빛을 버리고 강물은 다 말라버릴 만큼 심장은 울고울고 또 울었다. 가슴을 다 쥐어뜯어 피를 철철 흘리며 독립투사들의 영혼들은 구천을 떠돌고 있을 것이다. 동우회는 보유하고 있던 자금과 토지 그리고 사무기구를 매각한 돈까지 모두 긁어모아 국방헌금이란 명목을 만들어 날아간다. 중심인물들은 조선의 독립을 위해 아파도 아파할 시간도 없고 살아도 살아있을 시간도 없이 밤낮을 조국의 백성들 서랍 속에 목숨을 빼 넣어 잠가 두고 뛰고 걷고 날아다니며 치열하게 싸우다 먼먼 나라로 날아가 목숨을 버린다. 깜깜한 밤 너무 깜깜한 밤 너무 깜깜해 막막하고 적막한 밤 산도 하늘도 마음도 너무 어두워 암흑에 빠진다. 조선에 등불을 씨도 안 남기고 끄기 위한 이 사건은 사회의 명망가와 지식인들 등 수많은 독립 운동가들을 매국노로 만들기 위해 강제로 전향시키고 주도적으로 사회의 혼란을 일으킨 일본의 악랄한 사건 중 하나로 꼽힌다. 이때부터 명망 있는 조선인이 친일파로 대거 피를 바꿔 넣고 자신의 조국에 독을 뿌리고 날아다니며 민족 분열 통치의 기폭제 역할을 했다. 역사의 죄인을 만드는 데 큰 영향을 끼친다. 조선의 대형 독립운동 단체는 이 사건이 모두 분쇄기를 돌려 나라를 갈아버리는 역할을 해 나라를 더욱 타락시키는 계기가 되는 것을 막기 위해 뛰어다녔다. 타락된 마음들은 날아오르려는 생각조차 않고 날개를 접고 일본의 품속에 웅크리고 안주하고 있는 타락의 시대였다. 조선의 명망가와 지식인들이 품속으로 날아들자 일본은 기세를 몰아 수단과 방법을 가리지 않고 야만국이 되어갔다. 내 조국을 지키겠다는 마음의 날개를 달고 비상을 하는 애국독립 단체는 없는 죄를 만들어 손발을 묶어버린다. 나라를 찾기 위한 독립투쟁이 죄가 되는 무도하고 타락된 시대였다. 찬바람만 날아다니며 어두운 물소리를 실어나르고 독립 운동가들의 가슴은 강처럼 쩍쩍 얼어붙었다. 이 시대에 태어난 것이 이렇게 슬픈 죄가 된단 말인가! 나라를 위하는 애국자들은 모조리 이 잡듯이 잡아들이는 행패를 神은 왜 그냥 보고만 있는지? 신들도 일본 편이란 말인가! 아니 신이 죽었다는 걸 잠시 잊어버렸다. 애국자들은 나라를 구한다는 일념으로 이방인이 되어 떠돌다 여기저기 흩어져 나라를 방위하다 잡히고 갇히고 목숨을 잃고 만다. 사방 어디를 봐도 막막함만 우두커니 앞을 막고 있는 현실! 울분을 먹고 울분을 토하고 울분으로 죽어가는 애국지사들. 일본은 조선의 정신과 몸을 빼앗는 도구로 종교까지 통치하려는 수작을 부린 것이다. 1938년 2월 조선 총독 미나미는 지원병 제도를 도입한다. 남의 나라 백성을 자신들 마음대로 노예를 부리듯이 행패를 부린다. 조선의 젊은 청춘들을 전쟁터에 총알받이로 몰아넣기 위해 강제동원령을 내린다. 포장지를 풀어보면 무시무시한 시한폭탄이 들어있지만, 지원이란 포장지로 교묘하게 포장을 했다. 실제로는 알맹이는 강제동원으로 끌고 가는 것이었다. 미나미는 곧이어 미친 짓을 서두르며 조선을 자기네 입맛에 맞도록 모든 얼을 빼앗아 가기 위한 일을 저지르기 시작했다. 암흑시대가 시침에서 분침으로 다시 초침으로 여름날 장대비로 달려오고 있었다. 젊은 청년들은 전쟁터로 내몰고 학교에서는 모국어인 한글을 배울 기회를 박탈당한다. 암흑세계로 나아가는 전조 단계다. 중등학교에서 한글을 가르치지 못하도록 조선교육령을 고쳐 각 학교로 하달하기에 이른다. 백성들의 마음을 열탕 지옥 속으로 집어넣고 올가미로 묶어 놓아 발버둥 칠수록 옥죄이게 하고 있다. 백성들은 모두 화상을 입고 마음은 까마중처럼 까맣게 타고 있다. 애국지사들과 백성들이 감옥을 탈출하기 위해 감옥 문을 아무리 두들겨도 감옥 문은 열릴 생각도 않는다. 밤하늘에는 머리카락을 모두 밀어버린 중 같은 달이 중천에 떠서 빙그레 웃고 있다. 한 발만 더 나아가도 절벽에 떨어질 것 같은 아슬아슬한 조국을 위해 도대체 어떻게 해야 할지 암담하기만 하다. 아프리카 칼리하마 사막의 악마의 발톱은 약용으로라도 쓰지 일본의 저 악마의 발톱은 쓰레기로 버려도 오염이 될 것 같아 부르르 생각만 해도 치가 떨린다. 저들의 만행을 멈추게 할 비책이 없어 조선 백성의 입에서는 피가 분수처럼 뿜어져 나온다. 개코같은 눈은 또 왜 허옇게 눈을 뒤집어 까고 설설 내리고 있는지! 살아있어도 껍질만 살아있다. 영혼을 모두 빼내 가고 굴속에 들어있는 얼은 모조리 빼내 가고 굴만 덩그마니 남겨놓고 조종을 하는 일본의 잔악무도한 행위들. 눈이 있어도 아무것도 보이지 않고 귀가 있어도 들리지 않고 입이 있어도 말을 닫는다. 아무것도 없는 無. 조선의 숲은 어둠이 다 덮어버린다. 눈과 귀와 입이 모두 어둠 속으로 들어가 저물고 물살도 바람살도 햇살도 다 잠들었는데 텅 빈 가슴 가슴에는 싸움과 패배 승리했던 화살들이 한꺼번에 날아든다. 핑핑핑핑 피잉피잉피잉 눈물처럼 돌아와 가슴에 꽂힌다. 잔인한 꽃들은 튤립튤립튤립 틀림틀림틀림 붉은 목소리로 울어댄다. 주먹을 펴 본다. 매독처럼 지독한 것들 붉은 결심은 아직도 손바닥에서 눈을 동그랗게 뜨고 살고 있다. *고마워 죽지 않고 살아줘서.* 결심이 환하게 웃는다. 백성들은 그 결심을 다시 꼭 쥐고 또다시 뛸 것을 결심한다. 미쳐버릴 것 같은 주인의 손바닥에서 용케도 살아남아 준 결심을 다시 한번 다진다. 바가지를 기울여 본다. 쌀뜨물을 기울이고 새 물을 붓듯 지난날은 깨끗이 씻어내고 새롭게 다지고다지고 또 다진다. 어린 아가는 똘방똘방한 눈망울로 엄마 아빠를 쳐다보며 옹알옹알 옹알옹알 알도 없는 옹알이를 옹알거린다. 저 어린 옹알이를 위해서 우리는 다시 결심을 다지며 일어서야 한다. 싱싱한 결심 나무들이 무성하게 가지를 흔든다. 일제히 손을 들어 흔들며 결심을 던져준다. 1938년 3월 10일 안창호! 조국의 불빛이 환하게 켜지는 것을 보기 위해 고통을 먹고 고통을 베고 잠을 고통으로 바꾸며 나라를 건지려던 그 이름이 악랄한 바람에 마구 휘둘리고 있다. 캄캄한 하늘에 반달로만 어둠을 비춰야 하는 조국을 온달로 환하게 비출 수 있게 하기 위해 밤낮을 뛰었지만,

운명의 덫에 기어이 걸리고 만 안창호! 그가 떠나고 난 조선에 슬픔만이 우두커니 남아 있다. 더없이 푸르러 마냥 팽팽한 바람으로 날아다녀야 할 젊은 안창호의 넋이 안개처럼 짙게 깔리고 있다.

환희에서 파국으로

2

허공의 질료로 휘날리는 칼바람

 저 칼바람에 휘둘려 입술이 심장병 걸린 것처럼 파랗게 파르르 파르르 떨고 있는 잎사귀들 풀들 벌레들 생명 있는 모든 것들이 애국지사의 꺾인 목숨에 애도를 표한다. 하늘에 가장 큰 별이 되어 조선을 비춰줄 장하고 장한 이름 안 창 호! 그 위인(偉人)이 감옥살이를 전전하다 험난한 조선이 싫어 어느 먼 나라로 이주를 해 버렸다. 주소 한 줄도 남기지 않고 흔적도 없이 떠났지만, 조선은 영원토록 안창호 의사를 떠나보내지 못하고 국민의 가슴에 영원한 영웅으로 박제될 이름이다. 하늘은 야속하게도 하늘에 별빛을 더욱 영롱하게 빛내기 위해 독립투사들 목숨을 거두어 갔다. 그러나 독립투사들은 하늘나라로 이주해서도 별빛을 잘라 총알을 만들고 달을 잘라 활을 만들고 해를 잘라 원자탄을 만들어 조국의 독립을 위해 공중전을 펼치며 싸울 것이다. 그렇게 하늘나라로 가서도 햇빛과 달빛과 별빛으로 총을 만들어 나라를 지키니 온 세상이 밤낮 환한 빛으로 뒤덮인다. 빛들이 너무 강력한 무기가 되어 싸웠는지, 1939년 9월 1일 먼동이 트기 전 히틀러가 제2차 세계대전을 일으킨다. 일본은 이탈리아와 보조를 맞춘다. 이탈리아 측에 합류하여 아시아를 좌지우지하겠다는 무서운 야욕을 숨기지 않는다. 조선의 젊은이들이 목숨을 건 용병으로 징발됨은 시간문제다. 태곳적으로 돌아가려고 준비하는지 적막한 날들을 낳고 있는 하늘 온 지구를 잿더미로 만들어 버릴 작정을 하고 있는가? 담 밖에도 담 안에도 어디에도 사람은 하나도 보이지 않고 욕심과 이기에 뭉쳐 총과 칼로 심장을 뚫는 일만 동공에 머문다. 발바닥이 닳고 닳아 짓무르도록 나라를 위해 뛰어다니다 간 이름들이 하늘에서 공중전을 펼치고 있으니 곧 머지않아 시들어 신음하던 나라가 꼿꼿이 서서 푸른 노래를 부를 것이다. 아리랑 아리랑 아라리요 아리랑 고개를 넘어서 정정당당 싸우지 않고 매국노 짓을 하거나 나라를 버리고 비겁하게 도망하는 자는 십 리도 못 가서 발병 날 것이다. 턱없이 부족한 힘에 저 조국의 애국 투사들이 하늘에 올라가 싸우는 소리가 포르말린처럼 공중을 날아내림을 감지한 개미들이 떼를 지어 피난길에 나서고 있다. 시퍼렇게 날 선 칼로 펄펄 날뛰는 저 일본의 만행을 한꺼번에 다 베어버려 피가 철철 흐르도록 할 수 있는 묘책을 하늘로 이주한 독립투사들이 내려 주는 소리 새들이 새 / 새 / 새 / 새 / 사선으로 하얀 빗금을 그으며 물어나르며 공염불공염불 일본을 향해 공염불이라며 외친다. 아침에 뜬 해가 곧 기울어 저녁이 된다는 걸, 저무는 것들은 그전에 모든 빛을 모두 쏟아낸다는 것을 알지 못하는 일본은 우주가 기우는 것에 귀를 기울이지 않고 승리에 취한 술잔을 기울이고 주의나 신중을 기울이지 않고 욕망만 하늘 높이 기울이고 있지만 올라간 욕망은 다시 추락한다는 걸 잊고 욕심을 기울이고 조선 땅의 꽃이 일본 땅에 피기를 기다리며 부지런히 조선 땅에 1940년 2월 11일 미나미는 창씨개명이란 씨앗을 파종한다. 일본식 성명 강요란 씨앗을 뿌리자 조선은 망창 꽃이 망창망창 피어난다. 조선인들은 자기 이름을 일본식 이름으로 고치라고 엄명을 내리자 일본이 심은 망창 꽃에 제초제를 뿌려 일시에 죽여버리며 항의한다. 감나무에 사과를 떼어다 매단다고 감나무가 사과나무가 될 수 있다고 위대한 착각하지 마라. 착각에 아무리 한계선이 없다지만 그렇게 위대한 착각 속에는 반드시 착각을 일으키게 하는 착시현상이 매복되어 있다가 그 현상이 제 색깔로 보일 때는 뼈도 못 추릴 것을 잊지 말길 바란다. 외치며 저항했지만, 문제는 그 허깨비 같은 말에 따르며 동요하는 난신적자(亂臣賊子)라는 이름으로 개명을 하고 나라를 어지럽게 하는 사람들이 있다는 데에 더욱 심각성을 느낀다. 일본식 성명 강요를 거부하고 본인들의 이름을 그대로 쓰고 있는 조선인들에게 갖은 박해를 가하고 극심한 차별 대우로 압박해 도저히 생활할 수 없을 정도로 아픔과 슬픔에 밥을 말아 먹으면서 살아야 했다. 학교에서도 한글을 못 배우는 것은 물론 생활 속에서도 쓰는 일상어도 우리말을 사용할 수 없도록 서슬 푸르도록 감시하고 설쳐댄다. 한국어로 간행한 신문 잡지를 폐간하고 문장(文章)과 인문 평론 모든 한글이 살고 있는 책들을 모조리 없애버린다. 한글을 없앤 자리는 일본의 말과 글을 가르치는 강습소가 파릇파릇 싹을 틔운다. 무시무시한 일제 회오리바람은 전국적으로 일시에 휘몰아쳐 전국적으로 3천6백60여 곳이 일본의 글과 말을 가르치는 곳으로 탈바꿈한다. 그래도 준치는 썩어도 준치다. 끝까지 반항하며 저항하며 대항하며 우리의 한글을 가르치며 끈질기게 버티자며 서로에게 젖 먹던 힘까지 끌어올려 보태지만 결국 조선일보(1920년 3월 5일 창간)와 동아일보(1920년 4월 1일 창간)가 총독부 뜻대로 폐간을 당한다. 두 신문의 죽음이다. 장례식도 치르지 못한 신문들의 죽음이었다. 일본은 자기네 나라말 자기네 나라 이름으로 바꾸도록 종용하더니 이제는 신문조차 죽여 민족 말살을 시키고 아가리를 시뻘겋게 벌리고 조선을 통째로 삼키려는 저의가 만천하에 드러나고 있었다. 암울한 시국 와중에서 하수인과 진미련과 한쌍놈이 중심이 되어 친일 단체인 **국민 총력연맹**을 결성하여 불꽃처럼 대단한 기세의 닻을 올린다. 무엇이든 처음 생겨나겠지만, 국민 총력연맹은 꼴사납게 뼈 없는 문어처럼 흐물거리며 조국에 먹물을 뿜어

대기 시작했다. 국민 총력연맹의 존립 목적은 조선 동포를 일본 백성으로 둔갑시키는 데 뜻을 두고 그 운동에 앞장을 서는 데 있다. 그 운동에 앞장을 서서 헤벌레헤벌레 헤벌거리며 민족 말살 정책에 앞장서서 대 두목 노릇을 한다. 공중을 날던 새들이 그들의 머리 위에 똥을 찍찍 뿌린다. **멍텅구리 병신 쪼다 멍텅구리 쪼다 병신. 포르르파닥파닥 포르르파닥파닥** 날개 위에 부리로 말을 써서 조선 숲에 독약을 살포하는 국민 총력연맹 회원들에게 무작위로 살포하고 있다. 손 없는 새들이 두 손을 가진 인간에게 밤낮으로 날아다니며 조롱을 조롱조롱 뿌려대고 있었다. 숲의 숱이 다 빠질까 걱정을 하는 새들의 눈물이 하염없이 쏟아진다. 하수인과 진미련 한쌍놈이야말로 일본이 저지른 만행에 비교할 수 없을 만큼 비탄에 젖고 억장이 무너지게 하는 일이다. 어떻게 어찌하여 저럴 수가 있단 말인가? 국민이 한마음으로 똘똘 뭉쳐도 될까 말까 한 이 위태로운 낭떠러지에서 떨어지라고 등을 밀다니 말문이 까맣게 막혀버린 국민들은 그저 먹먹한 가슴을 쓸어내릴 뿐이다. 일본의 횡포는 꼭짓점에 달한다. 농민의 민원까지 일본말을 사용하지 않으면 접수를 거부하기에 이른다. 추적추적한 일본과 파릇파릇한 조선은 뿌리가 같다고 썩은 말 가지를 마구 뻗는다. 일본은 자기들이 시조신의 적자이고 조선은 서자라는 식민 사관을 선전하면서 대대적으로 떠벌리고 다니기에 이른다. 황국신민화 시조신 상자 안치 및 매일 아침 경배 신사참배를 강요한다. 한편 중일전쟁 직후

'국민 징용령'을 공포하면서 조선 백성을 대거 강제로 차출해 간다. 그들의 행패는 먹장 같은 숲을 만든다. 보수도 없이 광산 토목공사 군수 공장 등으로 끌고 가서 노예처럼 부려먹으며 인권을 짓밟는다. 조금이라도 낌새가 다르면 기밀 유지를 위해 학살하는 일도 다반사로 벌어지는 별별 일이 별빛처럼 휘날리는 시대였다.

펄 벅 여사

이승만 박사는 펄벅 여사가 초청한 강연에 가기 위해 밤잠을 놓친다. 펄벅 여사는 난징대에서 여운형 엄항섭 등 1920년대 한국 독립운동가들의 자녀를 가르치기도 하고 중국 신문에 조선인들을 위해 글을 기고하며 조선인은 마땅히 자기 일은 자기 스스로 다스려야 한다는 논설을 쓰기도 했다. 조선에 대한 애정이 남달랐던 펄벅 여사는 1941년에는 미국에서 동서협회를 조직해서 활발하게 활동하고 있었다. 펄벅 여사는 나는 이승만 박사의 애국심에 반했습니다. 어찌 한 사람의 몸에서 저리 많은 에너지가 나오는지 이승만 박사는 조선이라는 나라의 현신(現身) 같습니다. 존경스럽습니다. 이승만 박사가 있는 한 조선은 반드시 나라를 찾을 것입니다. 내 도울 수 있는 한 조선의 독립을 돕겠습니다. 이승만 박사님 힘내세요.라며 다방면으로 도움을 주려 애썼다. 그렇게 조선을 위해 무엇을 도와야 할지를 생각하던 중 이승만 박사에게 조국 독립을 위한 강연을 할 수 있는 자리를 마련해 초청했다. 초청 장소에 강연하기 위해 도착하니 유일한(후에 유한양행 창립) 박사도 함께 초청해 독립을 위한 강연을 하도록 자리를 마련해 주었다. 유일한 박사는 1895년 1월 15일 평안도 평양부에서 재봉틀 장사로 자수성가한 상인 유기연과 김확실 사이의 5남 3녀 중 장남으로 태어났다. 독실한 개신교 신자인 그의 아버지는 감리회에서 조선인 유학생을 선발한다는 소식을 듣고 당시 9살인 장남인 유일한을 미국으로 유학 보낸다. 유일한의 어머니도 어린 자식을 강하게 키워야 한다며 유일한을 미국으로 보내고 나머지 자식들을 여러 나라 러시아 일본 중국으로 유학을 보내는 데 동의했다. 부부가 어린 자식들의 독립을 위해 외국으로 유학을 보낸 이유는 자식들이 넓은 세상에서 식견을 넓혀 국가와 민족을 위해 일하는 사람이 되기를 바라기 때문이었다. 유일한은 배에서 아버지가 환전해 준 달러를 잃어버리고 인솔자의 배려로 미국 브레스카주의 독신자 자매인 태프트 자매에게 입양되었다. 자매는 성실하고 검소했다. 그들은 유일한에게 영어를 가르쳐 미국 사회에 잘 적응하도록 배려했으나 초등학교에 입학한 유일한은 인종차별 때문에 많은 서러움을 겪었다. 그는 1909년 독립운동가 박용만이 독립군을 기르는 헤이스팅스 소년병 학교에 입학했으나 돈이 없어 어려움을 겪는다. 어린 나이에 낯선 타향에서 부모님을 원망도 해보고 어머니가 보고 싶어 울기도 했다. 그러나 버텨야만 했기에 유일한은 낮에는 농장에서 고된 일을 하고 밤에는 공부하고 방학 때는 신문 배달과 접시 닦기 아르바이트를 하면서 열심히 공부에 전념했다. 원래 이름은 유일형이었지만 신문 배달 아르바이트 도중 보급소 직원이 일형이 발음이 어렵다면서 일한이라고 부르자 아예 유일한으로 개명했다. 그는 1919년 필라델피아 한인 자유 대회에서 독립운동 결의문 기초작성 위원으로 선임되어 작성뿐 아니라 대회장에서도 낭독하며 독립운동을 했고 1941년 해외 한족 대회와 재미 한족 연합위원회 집행부 위원으로 활동을 하는 애국지사였다. 이승만은 유일한을 만나자 무척 반가웠다. 서양의 먼 나라 미국인이 조국을 위해 자리를 만들어 줌에 이승만은 또 한 번 희망의 빛을 보았다. 그 강연의 자리에서 펄벅 여사도 '한국을 알자 2500만의 잊힌 친구'란 강연을 우렁우렁 강연장이 무너질까 두렵도록 힘차게 강연했다. 그러고는 특히 힘을 더욱 강하게 주어 슬프도록 빳빳하게 말한다. 여러분 반갑습니다. 날씨가 화창하고 신비롭도록 찬란하고 아름답습니다. 이 좋은 날씨에 파렴치 강도가 이웃집을 통째 털어가려고 담을 넘어 침범해 난동을 부리고 있는 것을 본다면 여러분은 그 강도를 그냥 두겠습니까? 그 집이 강도에게 털리지 않도록 도와주어야 하지 않겠습니까? 여기 그 절체절명의 상황에 놓인 조선이 강도를 쫓아내기 위해 이리저리 뛰어다니며 강도들에게 집을 통째로 빼앗기지 않으려고 노력하는 사람들이 있습니다. 그중 한 사람이 바로 이승만 박사입니다. 여러분! 강도들을 쫓아내는 데 힘을 보태주어야지 구경만 하고 있어서야 어찌 사람의 도리라고 할 수 있습니까? 그리고 여기 그 강도를 쫓아내기 위해 저들의 만행을 자세히 기록한 책이 있습니다. 미국인과 여기에 모인 여러분이 반드시 읽어 보아야 할 책입니다. 그 책은 이승만 박사의 저서 『재팬 인사이드 아웃』이란 책입니다. 조선의 용기 있는 독립운동가의 핏물로 얼룩진 심정을 토해낸 이 책의 내용은 모두 사실입니다. 조국을 찾고자 몸부림치는 이 절규를 미국인들과 여러분 모두 관심을 가지고 읽기를 촉구합니다. 조선은 어이없게도 일본에 의해 나라가 침몰 되고 있습니다. 나라가 침몰하기 전에 우리 동참해 저 동방의 눈부시게 희고 예의 바르고 삼천리 아름다운 금수강산을 가진 나라가 난간에 간당간당 매달린 물방울 같은 시간을 견디며 구원을 요청할 때 우리가 나서서 도와주어야 합니다. 별을 잘라서 작살을 만들어서라도 일본 이란 강도를 쫓아내야 합니다. 사악한 주인에게 고기 한 점을 얻기 위해 평생 꼬리를 흔들어 생명을 연명하는 개가 되지 않으려면 조선인들도 정신 똑바로 차려야 합니다. 제가 오래전 운전을 하다가 고라니가 길바닥에서 누워 발버둥 치는 걸 보았습니다. 그 고라니를 살펴주지 못하고 그냥 지나쳤습니다. 무심했던 것이지요. 문제는 그 고라니가 밤 꿈자리까지 따라와서 울었습니다. 그 고라니를 병원에 옮기지 못하고 지나온 것 때문에 3년을 아팠습니다. 잊었는가 싶으면 문득 또 문득 그렇게 내게 뛰어들어 눈이 충혈되도록 괴롭혔습니다. 귀찮고 바쁘더라도 고라니를 구해 주었다면 이렇게 괴로움이 모기떼처럼 달려들어 수시로 내 피를 빨아먹지는 않았을 것입니다. 찰나의 잘못한 생각이 평생 저를 따라다니면서 괴롭힙니다. 저는 아직도 그때 고라니의 애절한 눈빛과 함께 살아갑니다. 이제 조선이란 나라를 보면서 고라니 때문에 앓고 있는 병을 치료할 기회를 얻은 것 같아서 이렇게 강연할 기회를 만들고 글로 강대국들에 호소하며 위기에 처해 신음하는 조선이란 고라니를 돕고 싶습니다. 조선이란 고라니를 구해서 자자손손 자식을 낳아 키우도록 도와줄 겁니다. 여러분 약자를 보고도 외면하고 돕지 않고 무관심하게 지나치며 자신의 길을 걷는 것은 죄악입니다. 저처럼 길바닥에 누워 신음하는 고라니를 도와주지 못한 죄책감에 시달리며 살고 싶지 않거든 함께 도와주세요. 신음을 외면하지 말고 앞장서서 우리 함께 힘을 합해 조선을 도웁시다. 조선 만세! 조선 만세! 조선 만세! 그들의 만세 소리가 지구촌을 푸르게 넝쿨 질 수 있도록 함께 도웁시다. 저처럼 고라니의 형벌 때문에 평생 괴로워하지 말고 도울 수 있는 현실을 도와줍시다. 감사합니다. 하고는 연설을 끝낸 펄벅 여사는 한국인의 밤 행사를 열었다. 참으로 가난한 시간들이 하얗게 채색되는 기분이 들었다. 펄벅 여사는 여기서 그치지 않고 옆에 있는 사람들과 어깨동무를 하고 아리랑을 불렀다. 모두 한목소리가 되어 부르다 울음바다가 되었다.

새들도 울고 초목도 하늘도 꺼이꺼이 목놓아 울었다. 모든 행사가 끝나자 펄벅 여사는 눈가가 벌겋게 부은 얼굴이었다. 이승만 박사는 프란체스카 여사의 울고 난 모습에 이어 두 번째 펄벅 여사의 울고 난 눈언저리가 참으로 단풍처럼 곱고 황홀하도록 아름다움을 느끼고 속으로 참으로 곱다는 생각을 하고 있는 이승만 박사에게 펄벅 여사가 말했다. 이승만 박사님 한국이 연합군의 카이로 선언을 믿고 가만히 있으면 절대로 안 됩니다. 스스로 독립을 쟁취해야 조선은 희망이 있습니다. 이승만 박사님의 애국심에 하늘의 가호가 있을 겁니다. 그리고 조금 더 분발하십시오. 제게 도움이 필요하면 언제든지 연락을 주십시오. 제가 힘이 닿는 한 조선의 독립을 도울 것입니다. 이승만 박사는 물었다. 당신은 미국 사람 아니요? 그런데 무슨 이유로 우리 조선을 돕는다는 말이오? 하자 펄벅 여사는 말한다. 우리 인간들은 저마다의 피아노 건반을 가지고 연주를 하지요. 그러나 그 모든 화음이 잘 조합되었을 때 명연주가 됩니다. 한 음이라도 힐거워져 조율해야 한다면 연주 전체를 망치게 된단 말이오. 이 지구촌은 모두 하나요. 자신의 나라에서 자신의 음을 곱게 연주할 생각은 않고 남의 나라 음을 빼앗으려 한다면 도가 레까지 소리를 내려 한다면 지구촌 전체는 음이 이탈되어 불협화음이 되어 노래가 아닌 소음이 되고 맙니다. 지구의 입장에서 보면 저마다의 음을 연주하며 행복하게 살다가 후손에게 물려주고 살길 원하지 저렇게 남의 나라를 욕심부린다면 이 지구촌이 아수라장이 될 수도 있다고 보지 않겠소. 그러기에 일본은 자신의 나라만 잘 가꾸고 살아야 하지 조선을 삼키고자 입을 벌린다면 반드시 배가 터져 죽을 것임을 몰라서 저렇게 미련한 짓을 하고 있단 말이오. 나라를 빼앗기는 조선인도 죄인이 될 테니 반드시 조국을 지켜주시길 바랍니다. 고대 그리스 철학자 플라톤은 말했습니다. '정치 참여를 거부한 것에 대한 벌 중 하나는 결국 자신보다 못한 사람들의 지배를 받게 된다.'라고 말입니다. 조선인이여 일어나시오. 그리고 싸우시오. 그리고 이기십시오. 적의 수가 많다고 전쟁에서 반드시 이기지 않습니다. 비록 인원이 적더라도 반드시 싸워 이기겠다는 용기와 결기가 전쟁을 승리로 이끄는 걸 역사에서 보지 않았습니까? 그러니 싸워서 반드시 나라를 찾아 후손들에게 넘겨주셔야 하지 않습니까? 힘을 내십시오. 반드시 조국을 찾을 수 있을 겁니다. 응원하겠습니다. 펄벅 여사의 말에 이승만 박사는 또 눈물이 나왔다. 고마움의 눈물이고 어리석은 조선 민족에 대한 눈물이고 한국에 대한 놀라운 애착을 보여주는 고마움에 눈물이 눈송이처럼 펄펄 날아 나왔다. 제가 이렇게 조선에 대한 애착이 생긴 계기는 나라를 찾기 위해 밤낮 뛰는 이승만 박사 당신을 보면서 시작되었소. 훌륭하오. 존경하오!라고 했다. 한 줄기 빛이 어디선가 날아들어 슬픔과 상처를 말릴 것 같은 나팔꽃 같은 예감이 피었다.

발이 차가운 슬픔

한편 일본은 1943년 학도지원병 제도를 시행한다. 자원(自願)이라는 굴레를 씌워 대학생과 전문대생을 무작위로 차출해서 전선에 투입한다. 전국적으로 강제로 끌려간 대학생 숫자는 7천 명이 넘는다고 했다. 일본의 만행은 거기서 끝나지 않았다. 1944년 발표한 미친 공포령은 하늘도 땅도 벌떡벌떡 일어날 일이었다. 극에 달한 자원 수탈의 횡포가 태풍처럼 휘몰아치며 광산 자원을 대대적으로 약탈하기 위해 북한 일대에 군수 공장을 설립한다. 애써 농사지어 놓은 쌀을 모두 가져가 버리고도 모자라 갈수록 수탈은 산더미처럼 불어나기 시작했고 면화 누에고치 조세 무엇이든 돈 되는 곳이면 약탈의 손이 미치지 않는 곳이 없고 그것도 모자라 애써 모아놓은 것들을 털도 안 뽑고 잡아먹으려 으르렁거린다. 공출령을 선포하고 이런저런 이유를 붙여 코에 걸면 코걸이 귀에 걸면 귀걸이를 만들어 거둬들이기 시작하더니 송진 기름 아주까리 기름 놋그릇 숟가락 몽둥이까지 닥치는 대로 개 혓바닥 빈 그릇 핥듯이 싹싹 핥아가 버린다. 죽도록 농사를 지어서 모두 일본에다 바치고 백성들은 초근목피로 연명하며 하루하루를 견뎌야만 하는 상실이 지배하는 시대였다. 그렇지만 밤이 지나면 아침이 오듯이 내일은 해가 뜬다는 희망을 붙들고 울분을 녹여녹여 먹으며 함께 부둥켜안고 울어울어 조선 백성의 눈물은 지구로지구로 퍼져나가 하늘에까지 닿았는지 일본 단말마의 시간이 지나가고 일본의 패망이 성큼성큼 다가오고 있었다. 1943년 하반기 접어들어 코이소 쿠니아키가 조선 총독으로 명을 받고 조선으로 콧수염을 날리며 날아온다. 코이소 쿠니아키는 조선에 발을 들여놓기가 무섭게 더욱더 강한 강경책을 강풍에 꽃잎 떨어지듯 쏟아낸다. 물이 마르고 번개의 얼룩이 비처럼 쏟아져 내린다. 어둡던 하늘이 더욱 어두워지고 사람들의 마음 깨지는 소리가 검은 그을음으로 눈처럼 휘날리고 새가 꽃을 낳고 꽃이 뱀의 알을 낳고 물고기가 돼지를 낳듯 그렇게 조선의 생태계를 파괴했다. 조선 백성들은 또다시 공포를 입고 공포를 먹고 공포 잠을 자며 분위기를 살피기에 급급해 밖을 숨기고 안을 밝혀야만 했다. 코이소 쿠니아키는 징병제도를 새로 도입하여 청소년들을 강제로 입영시키고 여자는 일본군 **강제위안부**로 보내기 위해 12~20세 한국 숲의 처녀들의 푸르고 싱그럽고 탱탱한 신바람을 이 잡듯이 뒤지기 시작한다. 수십만여 명을 강제로 끌고 가고 간혹 고향 탈출의 꿈을 품고 자원했다가 아주 극소수만 군수 공장 잡역부로 끌려갔다. 나머지는 모두 일본의 위안부 중국 남양 전선 위안부를 만들어 버린다. 하루에도 수십 명. 헉헉거리며 달려드는 짐승 같은 자들에게 여자의 가장 소중한 보물창고를 강탈당해야 했다. 빨래터에서 실종되고 밭에서 실종되고 집에서 길에서 유령처럼 숨어있다가 어디서든 보이기만 하면 귀신처럼 나타나서 잡아갔다. 어떤 공포영화보다 더 잔학무도한 지옥 같았다. 꽃다운 15살 17살 19살 딸 셋 모두를 강제로 끌고 가는 딸을 붙잡기 위해 맨발로 뛰어나간 어머니를 발로 마구 짓밟아버리고 딸을 끌고 가버리자 딸을 빼앗긴 어머니는 울면서 울부짖었다. 일본 너희 놈들은 모래를 넣은 냄비 속에 넣어져 볶아지거나 불꽃이 너울거리는 쇠로 된 방 안에 갇혀 타죽는 고통을 맛보게 될 대규환지옥(大叫喚地獄)에 떨어질 것이 두렵지도 않으냐? 어찌 이리 인간으로 해서는 안 될 일을 서슴지 않고 한단 말이냐? 하고 몸부림친다. 그렇지만 그 어떤 노력도 소용없고 치욕은 치욕치욕치욕치욕 조선 소녀들을 배동바지*도 안 된 어린 소녀들을 치욕으로 물들게 한다. *배동바지: 벼, 보리 따위의 이삭이 나오려고 대가 불룩해질 무렵. 그렇게 치욕의 시간을 건너 1943년 12월 미국과 영국과 중국 대표가 카이로에서 3국 대표 회담을 개최한다. 루스벨트와 처칠과 장개석은 이 회담에서 한국도 적당한 시기를 잡아서 독립을 시켜준다고 결의를 한다. 김구는 민족주의를 표방하는 단체들을 규합하여 **한국독립당**을 창당한다. 대한민국 임시 정부는 한국광복군을 조직한다. 1945년 2월. 얄타회담이 전격적으로 열린다. 미국의 루스벨트와 영국의 처칠과 소련의 스탈린이 아무런 이견(異見) 없이 결의의 방망이를 세 번 두들긴다. 지난번 카이로 회담(1943년)에서 결의한 안건처럼 전후 패전국들 처리문제와 일본의 지배를 받는 한국의 독립을 재차 확인시켜 준다. 반갑고 기쁨은 이루 말로 표현할 수 없지만 믿어지지 않는 일이라 모두 어리둥절하다. 이 일이 성사되기까지는 이승만의 스승인 윌슨 대통령의 힘이 절대적이었음을 아는 이는 이승만과 윌슨 대통령밖에 없었다. 아니, 하늘에서 이렇게 미리 작전을 세워놓은 것이었다. 윌슨은 제자의 조국 독립을 위해 루스벨트가 대통령이 되도록 지원을 했다. 이에 루스벨트는 자신이 대통령이 되면 반드시 그 은혜를 갚겠다고 약속을 했었다. 윌슨 대통령의 제자 사랑과 이승만의 조국 사랑에 감동한 루스벨트는 자신도 함께하겠다고 약속을 했었다. 그가 당선되자 윌슨 대통령은 그 약속으로 조선을 독립시켜 달라는 약속 장을 내밀었다. 루스벨트는 대통령으로 당선되자 윌슨 대통령과 했던 맹세를 잊지 않고 지킨 것이었다. 모든 건 때가 있는 법이라서 루스벨트 대통령은 자신의 임기 안에 윌슨과의 약속 아니, 어쩌면 자신과의 약속을 지켜야 한다고 생각했다. 그리고 이때를 놓치면 영영 나라를 일본의 손아귀 속에 넣어주는 꼴이 될지도 모르니 그 전에 완전 독립을 하게 해주어야겠다고 마음먹었던 것이다. 어떤 방법으로든 조선에 기회를 만들어주기 위한 것이었다. 얼른 조선 땅에 독립 싹을 틔워서 자라도록 해주어야 한다. 애국지사인 이승만에 대해 듣고 자신의 감정을 마구마구 움직였던 생각이 나자 루스벨트 대통령은 열 일을 제치고 이 일이 다시 혹 만에 하나라도 원점으로 돌아갈 일을 염려하며 분주히 움직여 주어야겠다고 다짐했다. 이승만은 루스벨트의 말을 믿기는 하지만 불안해하자 윌슨 대통령은 제자 이승만에게 이야기 하나를 해주며 안심을 시켰다. 루스벨트 대통령의 인격을 못 믿는가? 내 루스벨트 대통령 인성이 어떤 사람인지 말해 주겠네. 비서관이 '루스벨트 대통령은 술주정뱅이다.'라는 기사가 난 주간지를 루스벨트 대통령에게 가져다주었지. 거짓 정보를 기꺼이 실어주는 언론에 분통이 터져 또다시 비서관이 루스벨트 대통령에게 그냥 두어서는 안 된다고 정식으로 고소를 하자고 졸라대자 루스벨트 대통령은 정식으로 법원에 고소해서 명예 훼손으로 손해배상을 청구하도록 하게 하자고 말하자 비서관은 당황하고 놀랐으나 대통령의 지시를 안 따를 방법이 없었지. 그렇게 법정에서 재판이 열렸고 방청객은 어느 때보다 많아 발 디딜 틈이 없이 많았다네. 대통령 명예에 대한 중차대한 사건인 만큼 판사는 신중했고 한 사람 한 사람 심문을 했고 이를 종합해서 배심원들과 신중하게 논의한 끝에 판사의 판결문이 발표되었는데 그 발표는 '귀 잡지사의 기사는 허위로 판명이 내려졌으며 정확하게 확인도 하지 않고 개인의 명예를 훼손한 것이 인정된다. 그러니 귀사는 대통령에게 명예 훼손에 대한 손해배상을 지급하시오.' 법정을 쩌렁쩌렁 울리는 판결문이 내려지자 법정에 있던 사람들은 술렁이며 너무나 당연한 결과라고 '대통령을 상대로 한 재판에서 졌으니 배상금이 엄청날 것이며 이제 그 주간지는 문을 닫을 것이다.'라며 수군거렸고 그때 판사의 위엄있는 말이 다시 울려 퍼졌는데 그 말은 '대통령이 요구한 명예 훼손 손해 배상금은 5달러입니다. 재판을 종료합니다. 탕! 탕! 탕!' 망치 소리가 법정에 울려 퍼지자 방청석은 또다시 시장처럼 시끄러워졌다네. 비서관이 자신의 귀를 만지며 물었다네. '각하 명예 훼손의 대가가 고작 5달러라니 제가 잘못 들은 겁니까?' 대통령은 빙그레 웃으면서 말했다네. '중요한 건 진실이지 손해 배상금에는 아무런 의미가 없네. 그리고 그 진실을 판단하는 것은 권력이 아니라 사법부의 정의를 향한 망치 소리니 이제 그 정의의 진실이 밝혀졌으니 나는 그것으로 만족하며 미국이란 나라의 장래가 밝다는 것을 확인했으니 그걸로 됐네.' 했다네. 어때 이만하면 루스벨트 대통령을 믿을 수 있겠는가? 예 그 정도 인격자라면 믿어보겠습니다. 이승만은 이야기를 듣고 스승의 그 자비로운 제자 사랑이 느껴져 믿는다고 대답은 했지만 당장 일본이 또 어떤 간악한 꾀를 내어 다시 원점으로 번복시킬지 아무도 모르는 불안까지 없애지 못했기에 불안은 머리에 남아 숨 쉬고 있었다. 미국의 루스벨트와 영국의 처칠과 소련의 스탈린이 조선과 피가 섞인 것도 아니요 살이 섞인 것도 아니기에 더욱 신경이 곤두서는 것이다. 모두 조선인이 아니지 않은가! 루스벨트 대통령도 일본이 미국에 이득이 가는 제의를 하면 그 이득을 따라 그림자처럼 옮겨갈 것이 너무도 뻔하기에 이승만은 제자를 안심시키려고 꺼낸 말에도 안심하지 못하고 좌불안석(坐不安席)이 되었다. 이승만은 불안 주의보가 내려진 듯 눈에서도 귀에서도 코에서도 혓바닥에서도 불안 멀미가 난다. 이 어둠 속에서 어떤 소재와 상징과 비유를 사용해야 암전을 극복하고 무대가 환해지고 아름다운 음악 소리가 나고 관객들의 기립박수 소리가 나게 할 수 있을까? 비 맞은 중처럼 중얼거리고 있었다.

환희에서 파국으로

3

마약 같은 시간에서 벗어나다

이승만은 중얼거리면서 어릴 때 배운 소한(小寒)이라는 절기에 인생을 돌아보며 얻는 교훈과 지혜인 소한유사(小寒遊思)를 생각했다. '모기는 피를 빨 때 잡히고, 물고기는 미끼를 물 때 잡힌다.'고 했다. 인생도 남의 것을 탐낼 때 위험해진다. '몸의 근육(筋肉)은 운동으로 키우고, 마음의 근육은 관심으로 키운다.'고 했다. 체온이 떨어지면 몸이 병들듯, 냉소가 가득한 마음은 병들기 마련이다. '바둑의 정석(定石)을 실전(實戰)에서 그대로 두는 고수(鼓手)는 없다.'고 했다, 왜냐하면 정석대로 하면 불리(不利)해지기 때문이다. 인생의 정석도 불리하지 않기 위해 배우는 것이다. '밥을 이기는 충견(忠犬)도 드물고, 돈을 이기는 충신(忠臣)도 드물다. 삶은 웃음과 눈물의

코바늘로 행복의 씨실과 불행의 날실을 꿰는 것과 같다.' 공부할 때는 몰랐는데 지금 시점에서 모두가 이렇게 톱니바퀴처럼 맞물려 돌아간다는 생각을 하니 또 답답해진다. 이렇게 답답할 때는 기도가 가장 위안을 준다. 다시 간절하게 기도를 한다. 겨우내 조용하던 햇살이 갑자기 방향을 바꾸어 화살을 쏘아대기 시작합니다. 놀랍습니다. 강물이 놀라 비늘을 반짝이며 튀어 오르고 바람도 놀라 파릇파릇 회전문을 돌리고 구름도 놀라 목화송이처럼 하얗게 몽실몽실 언니를 찾아다닙니다. 죽은 듯 움츠려 있던 나무들이 기지개를 켜듯 일본에 억눌려 있는 조선에도 기지개를 켜게 해주십시오. 무거운 잠을 털어내며 눈썹을 깜빡이는 연초록 싹들이 움트는 소리가 연초로록 연초로록 여기저기 날아다니고 있습니다. 우리나라 조선도 푸른 움이 틀 수 있도록 힘을 주십시오. 새들도 목청을 가다듬으며 공연을 하기 위한 합창 연습에 들어갔습니다. 우리 조선도 아름다운 대한독립 만세 소리로 합창할 수 있는 문을 열어주십시오. 남쪽 나라에서 제비가 찾아오듯 멀리서 독립이 지지배배 지지배배 부르는 소리를 듣게 해주십시오. 독립을 위해 가야 합니다. 앞으로 직진해야 합니다. 이 기회의 길로 곧장 걸어가게 해주십시오. 터널이 오면 터널을 뚫고 가시밭길이 나오면 가시밭길을 옷이 찢어지고 살이 찢어지고 뼈가 허옇게 튀어나오는 한이 있더라도 조선을 일어서게 해야만 합니다. 이 독립의 길을 돌돌 말아 품 안에 간직하고 태풍이 몰아치면 태풍을 밀어내고 땡볕이 내리면 땡볕을 녹이면서 온몸이 태풍에 찢어져 펄럭이고 땡볕에 녹아 온천수가 되더라도 뛸 것이니 이 독립의 길을 놓치지 않고 걸어 조선 땅에 독립의 깃발을 펄럭이게 할 기운을 내려 주소서! 내 조국에 내 나라말이 자유롭게 살게 하고 내 조국에 내 나라글이 자유롭게 살게 하고 내 조국에 내 이름으로 당당하게 살게 해주시고 남의 나라 팔에 끌려가는 일이 없게 하고 남의 나라 사람이 내 나라의 법을 좌지우지하지 못하도록 도와주소서. 남의 나라 사람이 내 나라 사람의 얼을 혼을 정신을 함부로 건드리지 못하게 하시고 오로지 나라를 구하기 위해 목숨을 버린 애국지사들의 원통함에 빛을 비춰주시고, 제게도 힘을 내려 주소서! 이 독립의 길을 온 백성이 손에 손을 잡고 저기 멀리서 환한 등불을 비추어 깜깜한 밤거리에 등불을 따라갈 수 있게 행운의 깃발을 조선에서 펄럭이게 하여 주소서. 이승만은 조선을 위한 기도로 밤을 새운다. 하늘은 이승만의 얼룩지고 남루해 펄럭거리는 기도가 가엾어서 기도를 들어주었다. 1941년 12월 8일 일본은 하룻강아지 범 무서운 줄 모르고 덤벼들며 일본 전 역사에 위대한 업적을 남기는 날로 일요일 새벽을 선택해서 전투기와 폭격기 1백8십 대를 동원하여 하와이 진주만을 선전포고도 없이 기습공격을 퍼부었다. 일요일 새벽은 한 주간 일하고 긴장을 풀어 머리맡에 접어놓고 달콤한 잠을 곤하게 자는 시간임을 누구보다 잘 아는 일본이기에 긴장이 풀린 이날을 야비하게 노린 것이었다. 일본 총리 토요죠오 히데키는 미국 침공을 특급 비밀로 하고 수뇌부에 은밀한 작전을 주문한다. 용의 비늘을 건드린 것이다. 잠자던 용이 일어나 꿈틀꿈틀 비늘을 털기 시작한다. 일본의 앞날이 용 코에 걸려든 것이다. 진주만은 미국의 해군기지다. 태평양 전쟁은 일본의 무모한 진주만 기습공격에서부터 시작되었다. 무방비 상태에 있던 미국의 피해는 컸다. 미 해군 함선이 침몰하거나 큰 피해를 입었고 약 200대의 비행기가 격추되거나 운행 불능 상태에 빠지고 2천200명 이상의 군인과 100명의 민간인 사망자가 발생했다. 그에 비해 일본군 희생자는 100여 명에 불과해 겉으로 보기에는 일본의 일방적 승리로 끝나는 듯이 보였다. 하지만 미국은 철저하게 분석해서 일본에 복수할 준비를 계획하고 있었던 걸 일본이 알 리가 없었다. 준비 후 일어날 참혹한 전쟁을 일본은 상상조차 하지 못하고 있었다. 모든 준비를 마친 미국은 일본에 몇 번의 경고를 보냈지만, 무방비 상태에서 진 미국을 우습게 보고 미국의 경고를 무시하고 쥐가 고양이에게 덤비듯 덤비고 있었다. 미국은 결단의 시간이 왔다고 판단하고 1945년 8월 6일과 9일 각각 히로시마와 나가사키에 원자폭탄을 새처럼 날려 보냈다. 진주만의 습격에서 승리를 맛본 일본의 대가는 상상을 초월했다. 진주만 기습은 히로시마의 비극을 야기한 원류였다. 일본은 태평양 전투에서 해군이 전멸해 무수한 병기와 병력을 감당하지 못하고 본토 공습을 당한다. 드디어 하늘은 악마들에게 죗값을 내린다. 원자탄이 휘르륵 획휠 휘드륵 획휠 일본 히로시마와 나가사키로 날아가 숲을 태워버리고 땅을 잿더미로 만들었다. 항복은 항복항복 두 손 두 발을 싹싹 빌면서 백기를 펄럭인다. 한편 나치 독일의 폴란드 침공으로 결정적 전쟁이 시작된 제2차 세계대전은 1944년 히틀러가 자살하고 독일은 연합국에 항복한다. 2차 세계대전은 독일이 무조건 항복하며 백기를 드는 것으로 1945년 5월 7일자로 거대한 막을 내렸다. 인명 피해는 9천여 명이 되었으며 소련인이 가장 많이 희생되었고 중국 독일 폴란드 일본 순으로 엄청난 목숨을 땅속에 묻어버리고 검은 장막을 내렸다. 제2차 세계대전은 그 규모와 영향력에서 인류 역사상 가장 큰 전쟁이었다. 또한 인류는 이 전쟁을 통해서 얻은 교훈도 컸다. 전쟁의 참상이 얼마나 비참하고 참혹하며 지구촌 평화의 중요성이 얼마나 절실한지를 깨닫게 해주었고 국제가 서로 약소국을 삼키기 위해 편을 먹고 싸우는 일이 얼마나 어리석은 일이며 그 결과는 얼마나 비참하고 참혹한 결과를 가져오는 것을 보았기에 국제간의 서로 협력해야 함이 얼마나 필요한지를 다시 한번 깨닫게 해주는 계기가 되었다. 그 결과물로 국제 질서를 재편하고 국제연합(UN)이 설립되고 냉전체제가 시작되었으며 과학기술의 발전과 핵무기 개발로 인한 국제정세 변화가 급격해졌으며, 그리고 의학, 통신 기술의 급속한 발전이 일어나기 시작했다. 인권에 대한 인식 변화도 생겼고 세계인권선언 채택(1948년)과 전쟁범죄에 대한 국제법 정비도 하게 되며 경제 구조도 많은 변화가 생겼다. 이때부터 미국의 세계 경제 주도권이 확립되고 유럽 경제 통합도 시작되었다. 강대국에 억눌려 그늘을 덮고 그늘을 먹고 그늘을 베고 자던 약소국이 식민지 상태를 벗고 독립국으로 다시 태어나고 있는 순간이었다. 윌슨은 일본을 공격할 명분이 생겼음에 기뻐하며 제자인 이승만에게 말했다. 모든 게 끝났네. 어서 마음의 준비를 단단히 하고 조국으로 돌아가 일본에 짓밟혀 정신도 도시도 모두 초토화된 조국을 정비할 준비를 하게. 정비하기가 그리 쉽지는 않을걸세. 조선인들은 모두 사회주의 속에서 독립운동을 했기에 미국 선진국의 문물과 정치를 익힌 사람은 자네뿐이라 걱정일세. 이승만은 스승의 진정한 사랑에 또 한 번 감사의 눈물이 가슴속을 훑고 지나갔다. 나약한 모습을 스승에게 보이기 싫어 자리를 박차고 나와 민족정기가 힘을 잃고 지쳐 있으니 조국으로 귀국하게 해 달라고 맥아더에게 원조를 부탁했다. 그러나 미 국무부에서는 무슨 이유인지 승인을 해주지 않았다. 이승만은 길을 찾으면 생긴다는 각오로 스승을 다시 찾아 도움을 청했고 스승은 맥아더에게 부탁해 귀국길을 열어준다. 맥아더는 매일 불상의 몸을 닦듯 얼룩진 조국을 닦은 보람이 이제야 나타나니 어서 조국으로 돌아가서 어지러움을 쓸고 질서를 잡아야 한다며 적극적으로 도와주었다. 해방되던 그때 임시정부는 중국 중경에 있었다. 독립을 그토록 원하던 우리나라는 중경에서 해방을 맞는다. 길고도 험난했던 항일 독립투쟁이 막을 내리는 순간이었다. 귀국 전날 임시정부 요원들은 모두 기념사진을 찍었는데 얼마나 흥분되었는지 얼굴이 모두 다른 사람의 얼굴처럼 나왔다. 그렇지만 이승만은 기념사진을 찍는 것조차 시간을 아껴야 한다고 서둘러 조국을 밟았다. 임시정부 요원이 아닌 개인 자격으로 조국 땅에 왔지만, 그의 독립운동을 모두 알고 있는 하지 중장이 중앙청에서 기자회견을 하도록 주선해 놓았고 이승만을 소개한 이는 하지 중장이었다. 자유 신문 기사는 세상에서 맥아더가 제일 높고 한국에서는 하지 중장이 제일 높은데 하지의 안내를 받으며 들어선 사람은 이승만이었다. 미 육군 남한 주둔 사령관인 존 하지 중장은 당시 나는 새도 떨어뜨릴 만큼의 위상인데 그의 안내를 받으며 들어선 사람은 이승만이었고 하지 중장은 이승만의 두 팔을 추켜올리며 '여기에 조선 사람들의 위대한 지도자가 있으니 소개한다'라며 소개를 했다. 조선의 자유와 독립을 위해 일해 왔고 개인의 야심은 전혀 없는 사람이며 군이나 정당과는 아무런 관련이 없고 단지 개인 자격으로 이 땅에 오신 분이니 환영해 주십시오.라며 하지는 각별하게 예우하며 소개를 했다. 그리고 이승만이 연설하는 내내 부동자세로 서서 옆을 지켰다. 우리나라 사람은 태극기를 흔들었고 미군들은 태극기도 흔들지 못하게 했다.고 기사를 썼다. 하지 중장은 이승만을 동암장에 머무르게 한 다음 하지는 시중을 들 사람과 경호도 담당하고 차까지 내주었다. 미국과 맥아더는 이승만을 임시 대통령이라고 했기에 하지는 정중하게 대통령 예를 갖춘 것이었다. 실로 각별하게 미 군정이 주목한 데는 맥아더 덕분이었다. 아니 더 정확하게 말하면 윌슨 스승 덕분이었다. 대한민국 임시정부 태동의 역사는 중국 상해시에 임시정부의 터가 마련되고 임시정부 요원들이 형태를 갖추고 본격적인 독립운동을 했다. 손병희 등 독립운동가들이 주축이 되어 국무총리와 장관 등 정부 관료들의 인선 작업을 시작했다. 이때 임시정부가 주목한 사람이 이승만이었다. 임시정부는 이승만을 국무총리에 임명한다. 미국에서 독립운동을 하던 이승만은 임시정부의 사실조차 몰랐지만, 그는 이미 유명인사가 되어 있었다. 정작 본인 이승만이 모르는 사이에 미국 사회는 물론 한국 사회에서도 인정받는 엘리트가 되어 있었다. 미국 동부 최고의 명문대학인 뉴저지 프린스턴 대학은 두 명의 대통령을 배출한 대학이다. 이 대학에서 이승만은 미국 28대 대통령이며 당시 총장이었던 윌슨과 각별한 인연을 맺으며 박사 과정을 밟았었고 36살(1910)에 미국의 영향을 받은 중립론으로 불과 2년 만에 수료 받았다는 건 주위 모두를 놀라게 한 일이었다. 보통 5~7년 걸리는 박사 논문을 2년 만에 끝냈기 때문이다. 프린스턴 대학에 오기 전 이승만은 하버드 대학에서 1년 반 만에 석사학위를 마쳤는데 이승만은 석사 박사가 중요한 것이 아니라 그 인맥을 쌓아 조국을 독립시키려는 목적이었기에 그는 일찍부터 국제학에 관심을 두었다. 조국으로 돌아가 조국을 독립시키고 서양문명을 발전시킨다는 계획을 세웠기 때문이다. 그렇게 원대한 꿈을 가진 이승만이기에 장인환 의사가 스티븐슨을 암살하는 사건이 벌어졌을 때도 정말로 한심한 생각이 들었고 조국의 독립이 점점 어려워질까 노심초사했던 것이다. 아무리 스티븐슨이 일본 외교 공안으로 일하면서 일본의 통치가 조선인들에게 행복한 일이라고 선전하며 미주 한인들의 분노를 자아내게 했다고 하더라도 총으로 그를 저격했다는 건 도리어 독립이 한 발짝 더 멀어지게 하는 일임을 직감했다. 더군다나 황인종이 백인 외교관을 쏘았으니 그 당시 황인종은 인간도 아니라도 했던 시절에 황인종이 백인 외교관을 쏘아서 얻을 수 있는 이익은 미국 사람들로 하여금 분노를 폭발시킬 뿐 나라의 독립은 자꾸만 어려워지게 할 뿐이란 걸 깨달았었다. 그러나 샌프란시스코에 가서 형편을 살피니 어렵기 그지없는데도 조국을 위해 모금을 하는 것을 보고 애국심에 감탄했던 기억이 생생하게 떠오른다. 그때 가장 먼저 미국인들의 여론을 살폈었다. 루스벨트 대통령의 친구이기에 더욱 암담하던 기억이 난다. 이 살해 사건은 일본의 선전기관들이 한국 사람들을 흉도이고 최악의 악당이라고 묘사하는 데 대대적으로 이용되었을 때 또 절망감이 들었었다. 이승만은 일본의 거물 정치가 이토 히로부미를 사살했을 때도 조마조마 가슴을 졸이며 여론몰이를 할 국제정세를 살폈었다. 역시 예상대로 미국 신문에 한국인들은 살인마이며 무지몽매하다는 기사들이 가득 실렸고 미국 학생들은 한국인과 이야기하는 것을 두려워했고 교수조차 무서워해서 만나주지 않았던 기억이 주마등처럼 스쳐 간다. 이들은 나름대로 일본 제국주의에 의해 장렬하게 싸웠다지만 이승만 생각에는 국익에 도움이 되지 않는다는 판단을 하며 독립운동가들과의 생각 차이가 너무 길어 답답했던 지난날이 스물서른 연기처럼 피어올랐다. 너무 힘들고 지친 긴 여정이었다. 상해 임시정부는 이승만에 대해 큰 기대가 있었다. 그러나 미국 이승만의 편지는 임시정부 요원에게 충격이었다. 이승만은 자신이 대통령이라는 것보다 자신을 도와준다는 윌슨 대통령의 말을 스승이라 믿었고 임시정부의 눈치를 보는 것보다 조국의 독립이 우선이라던 윌슨 대통령의 말에 따라 우편엽서 홍보물을 만들어 공문에도 대통령 직함을 찍어 보낼 때 당시 임시정부에는 대통령이란 직함이 없었고 안창호가 보낸 편지에 마음이 흔들리자 윌슨 대통령은 자신이 도와주는 나라는 제자의 조국이지 조선이 아니라는 말에 결심을 굳혔고 대통령이란 직함을 밀어붙이며 일을 했다. 그러나 임시정부에서는 각국에 보낸 명칭이 위법이라며 계속해서 만류했고 윌슨 대통령은 **나라를 찾은 다음 그들의 말을 경청해야지 나라를 잃은 마당에 그까짓 법이 어디에 해당하냐**고 소리를 지르던 모습에 혹여 윌슨 스승이 내가 대통령이 되면 우리나라를 도와주겠다는 말에 내 명의로 각국에 국서를 보냈으니 지금 대통령 명칭을 변경하지 못하겠소. 미국이 도와주지 않으면 우리의 힘으로는 어렵소. 이승만은 또 다시 스승 윌슨 생각이 간절하게 났다. 윌슨 대통령은 말했었다. *제자가 머나먼 타국에서 제대로 먹지도 못하고 자지도 못하고 나라를 위해 애쓰고 학문에 전념하*

는 것을 보며 늘 눈시울이 붉어졌네. 그래서 세계 약소국의 비애를 제자에게서 똑똑히 보았으며 이를 위해 무엇을 해야 할까? 진정한 인류의 평화를 위해 조국을 잃고 심장이 아파서 끙끙 앓고 있는 제자를 위해서 무엇을 해줘야 할까? 고민에 고민을 거듭한 끝에 세계 질서의 청사진이 될 '14개조 평화원칙'을 발표했네. 민족자결주의, 군비 축소 영토 분쟁의 공정한 해결, 국제연맹 창설 등을 포함한 원칙이었고, 국제연맹의 창설은 국제 분쟁을 평화적으로 해결하고 집단 안보를 통해 세계 평화를 유지하려는 것이었고 곧 내가 아끼는 제자의 조국을 위하는 것이었으니 이제 걱정하지 말고 조국독립을 위해 당당하게 싸워 빛나는 나라를 건설하게. 내 자네가 속으로 얼마나 많이 아팠고 힘들었고 남몰래 울어야 했는지 생각하면 내 가슴도 너무 아파 자네에게 조금이라도 도와주려 노력했네. 나의 제자 이승만 조국이 영원하길 빌면서 말일세. 하며 자신에게 말하던 생각이 생생하다. 그러나 고립주의 성향을 강하게 나타내는 공화당 의원들의 반대에 부딪히게 되었고 좌절감을 느꼈지만, 자신이 세계 평화를 위해 결정했음에 조금도 굴하지 않았다. 제자를 보면서 국제 분쟁이 얼마나 악행인지를 보았기에 윌슨 대통령은 전국을 순회하며 국제연맹 지지를 호소하다가 뇌졸중으로 쓰러졌다. 그 일로 윌슨은 결국 대통령직에서 물러났고 1924년 생을 마감했다. 우드로 윌슨은 평범하거나 단순한 정치인이 아니었고 세상을 따뜻하게 해야 모두 지구에 공존할 수 있음을 아는 시대를 앞서 내다보는 선지자였다. 이승만은 자신 때문에 윌슨이 저렇게 일찍 세상을 뜬 것 같아 심장이 찢어지는 고통을 느꼈었다. *아! 하늘이시여 어찌하여 저를 버리시나이까?* 하고 하늘을 원망도 했다. 그렇지만 찬물을 끼얹듯 스승의 목숨 건 사랑에 답례를 반드시 하는 것이 스승의 은혜에 보답하는 길이란 생각을 하고 마음을 다잡았다. 아무리 어렵고 힘들더라도 스승의 은혜를 갚기 위해서 이 나라를 반석 위에 올려놓아 자자손손 빛나게 해야 할 것이라 생각을 다잡는다. 만일 우리끼리 떠들어서 행동이 일치하지 못한 소문이 세상에 전파되면 독립운동에 큰 방해가 있을 것이며 그 책임이 당신들에게 돌아갈 것이니 떠들지 말라고 한 다음 윌슨 대통령이 시키는 대로 이승만은 대통령임을 자인하며 필라델피아 한인 자유 대회에서 조선의 독립 통치를 위해 국제연맹에 위임 통치를 청원하는 등 당시 국내외 독립운동 세력과는 동떨어진 생각을 주장했었다. 임시정부는 그 나름대로 최선을 다 했지만 앞서가는 나라의 정치와 사회적 분위기와 세상을 휘어잡는 힘은 이승만과 전혀 달랐다. 역사의 수레바퀴는 늘 그렇게 발자국만 남기고 역사의 뒤안길로 뚜벅뚜벅 사라지는 거겠지만 그렇다고 하더라도 그 발자국을 돌아다볼 때 후손들에게 떳떳하게 남겨야 할 것이란 생각을 이승만은 늘 무기처럼 장전하고 다녔었다. 이승만은 독립운동가들의 그 애국정신에는 손뼉을 치지만 생각은 기형, 그러니까 미국이나 강대국 선진국들이 생겨나도 그 힘이 어디에서 솟아나는

지 아니, 어쩌면 힘이 솟아나는 것조차 모르고 살아왔기 때문에 우리나라가 속수무책으로 당하고 또 당하며, 당하고 나면 그때야 막기에 급급할 뿐 미리 선진 문화를 배우고 힘을 비축할 수 있는 생각을 하지 않고 있었으므로 어둠 속으로 침몰하고서야 허우적거리며 어둠에서 탈출하기 위해 죽을힘을 다하고 또 그렇게 하기를 반복하고 있다는 생각을 뼈저리게 느끼고 있었다. 그러기에 다시 우리나라가 강대국들의 어둠으로 들어가기 전에 미리 만반의 준비를 해야 한다는 것을 말해 주고 싶었지만, 그들은 오히려 태어나 겪어보지 못한 일이므로 말로 설명하기란 어림없는 생각이란 것도 깨달았다. 벽 뒤의 세상에서 보면 치명적일 만큼 보이는 부분만 보고 마치 그 벽이 모든 재앙을 막아주는 것으로 보이는 것에 불과하지만 모든 예술은 보이지 않는 것을 보아내는 탁월한 창의력에서 출발하는 것조차 모르기 때문에 환각(幻覺) 술과 다를 바 없다 여기며 눈앞에 보이거나 근접해 있는 것들로 세상을 재단하고 가늠하는 조국의 애국지사들이 안타깝기만 할 뿐이었다. 그들과 같이 어둠 속에서 서로의 얼굴을 만지며 무슨 빛깔이고 어떻게 생겼다고 말하기에는 지금 조국의 모든 상황에 불경죄를 저지르는 것 밖에 안 된다는 생각을 한다. 더 심각한 것은 사람들의 생각은 익숙한 것에 길들어 새롭게 변하는 일에 번거로움을 감당하지 않으려고 하는 것도 문제라는 생각이 든다. 생면부지의 생각은 아무리 좋은 생각이고 자신들에게 이득이 될지라도 일단 밀어내고 익숙한 것에 매달리는 저 습성을 어찌해야 할지 곰곰 할 뿐이다. 만질 수 없는 소리를 만졌다고 하고 귀로 냄새를 맡았다고 하고 코로 말을 들었다고 하면 아무도 믿을 사람이 없음에 황홀한 통탄에 젖어 들기도 했다. 멀쩡하게 생긴 불구자를 누가 불구자로 부르겠는가? 모두 코도 귀도 눈도 입도 모두 가지고 있지만, 선진국의 냄새도 못 맡고 소리도 못 듣고 보지도 못하고 말할 줄도 몰라, 아니 더 정확하게 말하면 그런 냄새를 태어나서 맡아보지도 못했고 듣지도 보지도 못했고 말은 더더군다나 해본 적이 없으니 앞을 보는 안목은 단 1g도 없는 것이 너무나 당연하고, 보고 듣고 냄새를 맡고 말을 해본 사람을 바보 취급하는 것 같아 답답하기 짝이 없다. 생각이 하얗게 변했다가 파랗게 변했다가 빨갛게 변해보지만 아무 대책이 떠오르지 않는다. 모든 앞서가는 것에 발목을 잡는 현실로부터 잠시 피신할 입장도 아니고 잠깐이라도 쉴 입장도 아니다. 이승만은 잠시 나도 이 모든 것을 모르고 안 보고 안 듣고 몰랐으면 좋았을지도 모른다는 생각을 한다. 그래서 이승만이란 껍질에서 탈출해서 아주 먼 곳으로 가버리고 싶은 생각도 했다. 그랬다. 차라리 사춘기 소년처럼 대책 없는 반항으로 막연히 집이란 감옥에서 탈출하듯 탈출도 하고 싶었다. 진실로 그렇게 유치한 목마름과 간절함이 자신을 괴롭힐 때도 있었다. 그러나 눈앞의 상황들과 조국이 두 눈에 피눈물을 흘리며 자신을 쳐다보며 발목을 잡는 현실 때문에 모든 생각은 모래 위에 지은 집으로 끝나버리고 그럼에도 그렇더라도 해야만 하는 천근만근의 무게를 지고 이승만은 다시 신발 끈을 묶어야만 했었다. 일본에 짓밟혀 진흙투성이가 된 조국을 꽃으로 피어나는 아름다운 조국을 만들기 위해 다시 일어서서 독립신문에 대통령의 교서를 발표하면서 무력의 승리는 준비에 달려 있다. 숫자로도 기술로도 우리는 일본에 대항할 아무것도 없으니 비인도적 행동이 없기를 바란다며 임시정부의 무모한 대항은 자제해 달라고 호소를 했다. 그러나 이러한 이승만의 행동과 발언에 임시정부는 크게 분노했다. 이승만은 이완용보다 더한 역적이라고 떠들며 같은 생각을 가진 사람끼리 힘을 모아 조직과 자금 모든 권력을 장악하려고 했다. 임시정부는 권력과 재정권이 임시정부에 있어야 한다. 이승만은 모든 권력이 자신에게 있어야 한다고 생각한다. 그는 서양 물을 먹어서 동양에 전혀 맞지 않는 제안을 하고 있다. 맹렬하게 비난했다. 나쁜 쪽으로 힘을 모으는 것은 눈높이가 같은 사람끼리라 단합이 잘되어 임시정부는 결국 이승만 대통령을 탄핵한다. 탄핵안이 제출된 주된 이유는 임시 대통령으로서 주된 근무지인 상해를 오래 떠나서 대통령으로서의 직책을 제대로 수행할 수 없었다는 것이 탄핵 제출안의 주내용이었다. 그러나 이승만은 대통령이란 자리에 연연하지 않았다. 나라를 구하는 것 외에는 관심이 없었다. 스승인 윌슨 대통령이 제자이기에 조국을 도와준다는 말만 하지 않았어도 희망을 품지 않았을지 모르지만, 미국이란 최강국이 도와주면 안 될 일이 없다는 것을 미국에서 공부하면서 배웠기에 조국을 찾아서 강대국으로 만드는 조건이 이보다 좋을 수 없다고 생각하고 조국만 보았지 자리 따위엔 애초에 관심 없었다. 그것보다는 유유자적(悠悠自適) 삶을 즐기고 싶었는데 하늘에서 자신을 그렇게 편하게 버려두지 않음에 그것마저도 사치가 되었다. 임시정부는 어리석음과 욕심으로 가득 채워졌기에 일본의 선전 내용만 강화시켜 줄 뿐 한국의 독립을 가져다주지 못할 것을 내다보니 앞이 보이지 않지만 그래도 포기할 수 없는 자신의 운명 앞에 소리 내어 울지도 못하고 제네바 국제회의에 참석도 했었다. 공식적인 외교활동에 주력하고 조선의 대통령이 되어 나라를 구하라는 월슨 스승이 원망스러울 때도 있었지만 월슨 대통령은 말했었다. 김구는 어떤 대중적 지지기반이 없고 조직이 없는 상황 속에서 순교자적인 열혈한 의지를 가진 사람으로서 선택할 수 있는 길은 테러리즘이었을 것이고 어떤 순교자적 투신이었을 것이네. 그러나 자네 나라는 테러리즘이란 어리석은 방법으로는 일본을 이길 수 없거니와 국제 사회에서도 냉대를 받을 것이고 나 역시 자네 나라를 돕고 싶어도 여론 때문에 돕지 못한다는 건 미국에서 의회민주주의를 공부했고 외교를 공부했고 그 분야에서 박사학위까지 받은 자네가 더 잘 알지 않는가. 그러니 자네의 소신대로 밀고 나가야지 독립운동가들의 낙후되고 어리석은 생각에 흔들리지 말고 배운 대로 우선주의로 가야 할 것이네. 자네 나라는 전에도 말했지만, 서로의 길을 선택할 수밖에 없을 것이네. 윤봉길 의거 이후 상해 임시정부는 폐쇄되었고 김구와 임시정부 요원들은 숨어 지낼 수밖에 없었음을 잊었는가? 이승만은 윌슨 대통령의 말에 지난 일이 다시 떠올랐다. 김구는 일본의 집요한 추적을 피해 처절한 생활을 하며 맥을 이어갔었다. 독립군 김구는 국제 사회와 미국 외교를 위해 노력해 달라고 당부하는 내용을 보내 왔었고 다시 구미위원부를 설치하고 활동을 펼치며 재미 한중 활동을 한 것을 적어 보냈지만, 생각은 서로가 너무 먼 당신이었었다. 국제 사회에 우리의 처지를 알려 도움을 받는 것이 우선이라 생각하는 자신을 김구는 어리석다고 몰아붙였었다. 김구와는 조국의 독립이란 생각은 같았지만, 방법에서는 달라도 너무 달랐다. 일본의 항복 문서 조인식에서 일본 점령군 최고 사령관이 한국 대표로 문서를 받아낸 이가 맥아더 장군이다. 그는 반소 반공주의자였다. 극동 아시아 최고의 권력자인 신적인 그는 소련과 협상을 원하지 않았다. 이승만은 맥아더에게 전보와 편지를 보냈다. 그는 *한반도에서 미군만의 단독 점령을 환영한다. 소련과의 공동 점령을 반대한다*(1945.8.11.)고 보내기도 했다. 이승만의 이런 편지는 맥아더의 환심을 사기에 충분했다. 당시 미국 정부로부터 독자적인 권한을 행사하며 동아시아의 정책을 결정할 수 있는 유일한 위치에 있는 맥아더가 이승만에게 화답을 하기 시작했다. 그는 이승만의 귀국길에 자신의 전용 비행기 바탄을 내어주며 이승만의 귀국을 도왔다. 결국, 미국 정부가 갖고 있었던 이승만의 귀국 허가는 맥아더의 보증과 신임하에 이루어진 것이었다. 이승만은 바로 서울로 오지 않고 일본 도쿄로 갔다. 그는 미국 극동 사령관 맥아더가 있는 곳으로 날아갔다. 그리고 3박 4일간 도쿄에 머물렀다. 이승만은 맥아더를 만나 회담을 가졌다. 그 두 사람의 대화는 맥아더 장군이 **민족통일의 결집체를 만드는 데 시일이 얼마나 걸리겠냐**고 이승만에게 물었다. 그리고 맥아더는 새로운 정치조직을 요구하며 그 임무에 이승만을 임명하고 도와줄 계획을 하고 있었다. 이승만 박사는 10월 23일 오후 2시 서울 조선호텔에서 각 정당 대표 200여 명을 초청해 자주독립의 역사적 단계를 논의하였다. 기대와 환호 속에 귀국한 이승만은 미 군정과의 교감 속에서 좌우익 인사들을 아우르는 조직을 결성하며 다양한 정치세력들을 설득해 나갔다. 그리고 돈암장에서 김구를 만나 설득하기 시작한다. 26년 만에 다시 만났다. 김구 선생이 이승만 박사에 대해서 일정한 존경심과 외경심을 가지고 있었다. 같은 조국독립 연사이었고 같은 고향의 선비였고 또 자기보다 학벌도 우수하고 김구가 가지고 있는 어떤 열패감 같은 것이 그 밑바닥에 깔려 있었던 것은 사실이었다. 김구는 공사석에서 **형님 좋으신 대로 하시지요**라는 말을 자주 쓰고 있었다. 그러나 아주 질 좋은 정보를 확보하고 있던 이승만의 정치 판단과는 상대가 안 된다. 자신의 반공 노선을 내세우며 향후 그의 연설을 하기 시작했다. **공산주의자는 공산주의 나라인 소련으로 보내야 한다.**

환희에서 파국으로

4

별빛 같은 낭떠러지 시간들

이승만은 이국 멀리 낯선 땅에서 조국의 독립이란 새로운 희망을 찾아 미국 유학 시절 대학 강의실에서 듣던 이야기가 필름처럼 재생되었다. 조국 잃은 참담함에 책도 펴지 않고 비참함에 휘둘리는 생각의 상투를 잡고 돌리고 있을 때 교수의 송곳처럼 뾰족한 말이 귓속으로 날아들었다. *모든 인간은 자유롭고 평등하다.* 자유민주주의에 관해 설명하고 있는 교수의 말에 이승만은 머리에 벼락 맞은 것처럼 번쩍하고, 가슴이 새장에서 탈출한 날개처럼 파닥거리며 날아올라 가슴을 움켜쥐었던 생각이 땅을 뚫고 나오는 봄 새싹처럼 파릇파릇 돋아났다. 모든 인간이 자유롭고 평등한데 왜 조선은 자유롭지도 못하고 평등한 대우도 못 받고 살도록 일본이란 감옥에 갇혀 산단 말인가? 일본이 정말 저주스러웠다. 생각은 생각 꼬리를 물고 줄지어 달려와 그때 함께 공부하던 미국 친구에게 나는 조국의 독립과 자유를 위해 공부하러 미국에 왔다고 하자 그 친구는 조선이 일본의 식민지인 걸 세상이 다 아는데 너 하나가 그런다고 나라가 달라지고 세상이 달라질 거란 착각하지 말고 공부도 잘하고 머리도 좋으니 학교 졸업하면 미국에서 편안하게 교수나 하면서 아들딸 낳고 행복하게 살 궁리나 하는 게 현명하지, 쓸데없는 데 에너지 낭비하지 말라고 비아냥인지 충고인지 모를 말을 하는 미국 친구에게 기가 막혀 말문을 닫았던 기억이 떠오른다. 그야 미국인이라 넘길 수 있었지만 같은 민족이 소련식 공산주의를 좋아하고 우리나라를 공산주의로 만들어야 한다는 말에 숨이 막혀 죽을 것 같다는 표현으로도 모자랐다. 이승만은 일기를 쓴다. 이 땅에 독재도 공산주의도 절대로 발붙이지 못하게 할 것이다. 반드시 자유민주주의가 펄럭이게 할 것이다. 내가 원했던 것은 자유민주주의. 하지만 나의 손에 쥐어진 조국은 그 자유를 지키는 것이 아니라, 공산주의자들의 억압으로 탄압하며 국민에게 공산주의를 선동하라고 압박하며 목을 조여온다. 도무지 어디서부터 어떻게 수습을 해야 할지? 이승만은 밤마다 침대에 누워 스스로에게 다짐을 하며 일기를 적는다. 공산주의가 얼마나 무서우며 모든 자유를 박탈당하고 삶이 얼마나 피폐해지는지 전혀 모르는 국민들을 어찌해야 할까? 공산주의자는 파괴주의자

이므로 이 땅에 있는 공산주의자는 모두 자유민주주의를 파괴하려는 간첩이다. 미소 공동위원회가 결렬되면 남조선을 파괴하고 북조선이 공산주의 정부를 세워 3.8선을 깨트리고 소련군이 결국 우리나라를 차지해 공산주의 꽃이 피어날 것이다. 백범과도 처음에는 사이가 좋았으나 정치적인 문제에서 의견이 갈리기 시작해 정부 형태 단독정부 남북평화통일에서 우리 사이의 길은 서로 반대쪽으로 달리고 있어 점점 사이가 멀어지기 시작했다. 김구 역시 남북이 각각 단독정부를 세우면 반드시 민족상잔이 일어나니까 단독정부를 세우지 말자고 주장했다. 이승만 역시 각각의 정부를 세우는 것에는 반대지만, 공산주의는 더더욱 반대이기 때문에 이미 북한은 소련이 장악했기에 공산주의 정부를 세우는 것에 끝내 반대하며 이승만은 미국 국무부의 실세인 알저 히스를 만나 보기로 결심하고 집을 나섰다. 프란체스카는 자신이 함께 가 도울 수 있는 일을 돕겠다며 따라나섰다. 함께 국무부를 방문하여 임시정부에 대한 승인을 허락해 달라고 건의했었다. 그리고 일본 상대인 대일 전쟁에 참여하기 위한 무기 원조를 요청하였다. 그러나 미국 국무부의 혼벡과 히스는 냉담했다. 아직도 일본 편에서 허우적거린다는 생각을 지울 수 없어 이승만은 거 이유가 무엇인지나 알아봅시다. 형제의 국가에서 어찌 일본 편에 서서 눈치만 보고 형제가 길거리를 떠도는데도 못 본 척 눈을 감고 장님 행세를 한단 말이오. 형제 등에 칼을 꽂는 이유를 내가 이해할 수 있게 말해 보시오. 하긴 힘이 없어 남의 나라에 허락을 받으려는 자체가 코미디지만 당신들이 나라고 생각해 보시오 내 말에 조금의 흠집이라도 있는지! 하고 소리를 지르며 너무 당당하게 말하자 알저 히스는 보시오, 이 시점에서 한국의 독립 정부를 승인한다면 소련의 반감을 사게 되는 것이고, 소련이 대일본 전쟁에 참여하지 않은 상황에서 이 문제에 관해 토론할 수도 없지만 소련의 관심이나 이권을 무시할 수 없소. 하고 이승만의 임시정부 승인요청을 거절하였었다. 그러자 이승만은 그건 핑계에 불과한 것이고 당신의 나라 미국은 어떻게 해야 자국에 이익이 될까를 저울에 달고 있는 중 아니오? 내 나라 독립 정부를 세우는 데 지금 미국의 승인을 말하는 것이 자존심 상하지만 지금은 사정이 어쩔 수 없어 부탁하는 것이오. 하자 알저 히스는 당신의 나라 조선의 독립 정부를 승인하는 일이 그렇게 간단한 일이 아님을 말하는 것이니 물러가서 조금 기다려 보시오. 하고 밀가루 반죽에 스며들지 않은 밀가루같이 허연 말을 던졌었다. 그 밀가루 허옇게 펄펄 묻은 말로 수제비나 만들어 자시오. 모두 한통속이 되어 힘없는 나라를 삼키려는 그 속셈은 하늘에서 반드시 벌을 내릴 것이오. 당신네 국가도 하느님을 믿으니 하는 말이오. 말만 형제고 형제가 헐벗고 굶주릴 때는 남이란 말이오. 나는 세상에 그런 형제가 있다는 말은 들어보지 못했소. 형제가 힘들면 발 벗고 나서서 도와주지는 못할지언정 자신의 욕심을 위해 형제를 못 본 척하는 일은 지옥으로 가는

지름길임을 명심하시오. 이승만은 아무것도 묻지 않은 옷자락에 툭툭, 신경질을 묻혀 털면서 일어서 소맷자락으로 찬바람을 일으키며 나왔다. 그 일이 있고 난 뒤 미국 정부는 세계 청취자를 대상으로 태평양 전쟁의 전쟁 상황을 미국의 소리(VOA, Voice of America)를 개국하여 방송을 시작했었다. 이승만도 매일 미국의 소리 초단파 방송망을 통해 고국 동포들의 투쟁을 격려하며 동포들에게 아직은 누구도 믿을 수 없다. 미국도 이것저것 따지며 대병을 이동하지 않으니 왜적은 기세등등하여 온 세상이 모두 자기들 세상인지 알고 설치지만 이제 머지않아 그들은 우리에게 꿇어앉아야 할 것이다. 잔악무도한 일본의 멸망이 눈앞에 다가왔으니 일본은 우리 민족의 손에 모두 물속으로 가라앉아 물귀신이 되기 전에 어서 잔악무도한 행패를 접고 두 손 들고 꿇어앉아 참회하라. 그렇지 않으면 우리 손으로 너희 나라까지 모두 빼앗아 우리 후손들에게 줄 것이니 후회하지 말고 나라를 두고 너희 나라로 돌아가기 바란다. 우리는 자유민주주의를 만들어 후손들에게 넘겨주어야 할 의무가 있다. 소련 공산주의 너희들도 호시탐탐 남의 나라를 넘보지 말길 바란다. 날마다 비슷한 내용으로 방송을 했다. 이승만은 불안함을 모아 한 줄로 엮는 일기를 썼다. 열매들은 모두 없는 것에서 태어났다가 다시 없는 곳으로 돌아간다. 모든 존재하는 것들은 애초에 무에서 유로 이동했다 다시 무로 돌아가는 것이다. 세상 모든 고목도 없는 것에서 싹이 터서 어린나무가

되고 고목이 되었다 다시 고사목이 되어 싹이 트기 전에 있던 어떤 곳으로 돌아간다. 인간도 태어나기 전에는 없는 존재였고 태어나서 있는 존재였다가 다시 없어지는 존재다. 있는 것과 없는 것 사이엔 바람이 존재하는지 물이 존재하는지 빛이 존재하는지 아무도 알지 못한다. 아무리 교만하고 거만하고 욕심 가득한 몸도 처음엔 아기 이전의 몸이었다. 그 교만과 거만과 욕심은 언젠가 다시 아기의 몸 이전으로 돌아가는 무의 상태가 될 것이다. 세상 모든 만물은 썼다가 지우고 또 쓰고 지우기의 반복일 뿐이다. 살아있는 것들은 늘 무언가를 지워 가는 중이고 태어나지 않은 것들은 늘 무언가로 태어나는 중이다. 모든 태어나지 않은 것들은 흔적이 없듯이 태어났던 것들도 흔적이 없는 공백이 될 텐데 인간의 욕망 검열 기제들은 끝없이 작동하고 멈추고를 계속한다. 그리고 이승만은 미국 국무부에도 소련이 장차 우리 한반도를 점령할 것이니 미국도 정신 똑바로 차리고 좋은 말 할 때 우리 같은 형제 나라를 도와주길 바란다고 말했다. 그건 애원이 아니라 무서운 경고였다. 이 말에 동의하는 장군들도 꽤 있었으니 하지 중장도 맥아더 장군도 이승만의 말에 일리가 있다고 했다. 그러나 미 국무부는 무감각이었다. 그렇게 뱀보다 길고 징그러운 시간도 어느 돌무덤으로 들어갔는지, 이 나라에 푸른 싹이 돋기 시작했다. 드디어 1942년 3·1운동 기념일에 맞춰 전승 축원을 위한 한인 자유 대회를 열었다. 이승만의 지인들로 구성된 한인 자유 대회를 열었다. 그리고 그해 3월 한미 우호 협회는 루스벨트 대통령에게 임시 정부 승인과 연합국에 가담시킬 것을 촉구하는 성명서를 보냈다. 어떤 방법으로든 그 결과에 상관없이 조국의 독립을 위한 일이라면 무조건 할 수 있는 일을 다 했다. 그리고 이승만은 **미국 전쟁 활동에 협력하겠다**는 임시정부의 전문을 루스벨트 대통령에게 또 보냈다. 미국에 있을 때 할 수 있는 일을 백방으로 뛰어다니며 했지만, 독립에 대한 염원은 이뤄지지 않고 몇 년을 그렇게 보내고 이승만은 뉴욕을 떠날 계획을 세웠다. 그 이유는 일본 도쿄에 가서 맥아더를 만날 계획이었다. 그와 만나서 조국 독립에 대한 고견도 교환하고 암흑 속에 침몰당하여 있는 조국을 건질 비책도 좀 듣고 싶었다. 그와의 인연은 오래되었다. 미국 조지워싱턴대학 프린스턴 대학에서 학사와 박사 과정을 공부할 때 맥아더는 백악관과 국방성에서 근무했다. 맥아더는 기독교 정신과 반공 민주주의에 대한 신념이 대단한 사람이었으며 그런 맥아더가 좋아 이승만은 그와 많은 이야기를 나누며 인연을 맺어갔었다. 이승만은 그 당시, 지금은 맥아더가 비록 백악관 국방성에 근무하지만, 장차 그는 훌륭한 사람이 될 거란 생각을 했고 맥아더 장군은 이승만을 **조국의 독립을 위해 불철주야 자신의 몸도 돌보지 않고 뛰어다니는 애국심이 대단한 자이며 일을 할 때도 결단성도 있고 대쪽같이 곧은 성격이라 옳지 않을 일에는 절대로 타협하지 않는 당대에 보기 힘든 영웅이며 항일 투사**라며 칭찬을 하자 맥아더 부인의 아버지도 맥아더의 말을 듣고 탄복해 한국의 독립을 지지하는 이승만의 후원회 구성원이 되었으며 맥아더는 주위 사람들에게도 말했다. 한국의 독립을 위해 후원해 주십시오. 저렇게 조국의 독립을 위해 뛰어다니는 이승만 박사가 조국을 되찾는다면 당신들의 정성을 절대로 잊지 않을 의리가 있는 사람입니다. 그리고 저런 이 박사가 있는 한 조선은 반드시 나라를 되찾을 것이니 믿고 도와주시길 바라오.라고 이박사, 이박사, 하면서 주위 사람들에게 소개할 정도였고 이승만을 아끼며 존경하던 사람이었다. 이승만은 맥아더를 만나러 가려는 찰나 지난 시간이 주마등처럼 달려왔다. 배재학당에서 아펜젤러와 달젤 벙커 호머 헐버트 윌리엄 스크랜튼 등의 선교사들로부터 새로운 교육을 받으면서 얼마나 신기하고 가슴 설레었던가. 어머니를 속이고라도 배재학당에 들어온 것을 천 번 만 번 잘했다는 생각에 밤잠을 못 이루고 달빛을 밟으며 서성거리던 아득한 옛날이 다가온다. 특히 고종의 특사로 미국으로 갈 때 미국의 각계 유명 인사들에게 추천장을 써주며 자신이 하는 일을 본인들의 일처럼 도와줘서 미국에 정착하는 데 얼마나 큰 기둥이 되어 주었던가? 당시에 자신을 위해 힘써준 모든 선교사는 미국 주류 사회에 속했기에 미국에서 정착과 유학을 하는 중에도 각계의 주요 인맥을 연결해주며 호의적으로 설명해 줌에 그들과 친교를 나누는 데 어려움이 적었고 나라 없는 설움으로 괴로워할 때마다 그들은 따뜻한 위로를 주었고 독립운동을 하는 데도 많은 도움을 받을 수 있는 결정적 역할을 해준 이들이었다. 아! 인맥이란 이렇게 소중하다는 걸 맥아더를 만나러 가면서 또 한 번 깊이 가슴에 새기면서 계획대로 일본으로 갔다. 오색사자가 호랑이를 잡아먹듯 일본이 아가리를 벌리고 우리나라를 삼키기 위해 우리 민족의 꽃 피는 시절을 비바람으로 마구 흔들고 있었다. 흔들리면 안 돼! 쓰러지면 안 돼! 어떤 강풍에도 이겨내야만 해. 그래야 후손들이 자자손손이 삼천리 금수강산에서 숨바꼭질하고 오재미를 하고 강강술래를 하며 춤추고 노래하는 나라가 되어야지. 가지마다 형형색색 행복을 주렁주렁 걸어놓고 살게 해줘야 해. 떨어져 벌레 먹은 마음을 어서 수습해야 해. 차돌 같은 치아에도 보이지 않는 균들이 먹기 시작하면 결국은 치아를 뽑게 되는 거야. 어서 그 벌레들을 박멸해야지. 천천히 시간을 옮기든 빨리 시간을 옮기든 시간은 다 사그라진 불꽃이 된다. 사그라진 불꽃이 되기 전에 몸에 열기가 활활 타오를 때, 어서 해야지. 온 외부를 가려버리는 내부의 일식 같은 일이 일어난 지금 나라를 빨리 되찾지 못하고 방심한다면 저 해독들은 아무도 모르게 우리나라를 자신의 뱃속에 씹지도 않고 통째로 꿀꺽 삼키고 꿈틀꿈틀 역사라는 시간 위를 눈도 깜빡 않고 길게 길게 징그럽게 살아가며 살무사의 독으로 새끼를 낳고 기르고 또 새끼를 낳고 기르고 할 것이다. 뱀이라는 제목 아래 *너무 길다*는 본문, 그러니까 가장 긴 것을 가장 짧은 말로 상상력을 거꾸로 쏟아보듯이 나라를 찾기 위한 상상력을 거꾸로 쏟아볼까?

꽃잎처럼 우수수 상상력이 쏟아질까? 옥수수 알갱이처럼 상상력이 내 마음속에 여물어 빼곡하게 박힐까? 1942년 10월 1일은 우리말 학자들이 조선어학회 사건으로 체포된 날이다. 우리말과 우리글을 연구하는 단체였다. 이 단체는 1921년 12월 3일에 이병기의 주도로 출범한 한글 단체였다. 일본 경찰은 **조선어학회는 민족주의자의 단체**라는 누명을 씌우고 탄압을 시작했다. 이희승과 최현배 등이 먼저 체포되고 나중에 이병기와 김범린과 이은상과 안재홍 등을 차례로 손발을 묶었다. 어문학자들에게 갖은 고문이 자행되었다. 갖은 고문을 가하며 괴로움으로 범벅 시켰다. 또 1943년 9월에는 조선의 역사를 연구하는 단체 **진단학회**(1934년 조직)도 태어나자마자 단명을 하고 죽고 말았다. 서러움과 분노가 학자들의 가슴 가슴마다 날아들어 피눈물을 자아내게 했다. 죽은 진단학회는 죽지 않고 밤이나 낮이나 살아남아 회원들 가슴 가슴으로 살아남아 추루룩추루룩 피 울음을 울고 다녔지만 끝내 진단학회는 장례식을 치르고 말았다. 조선 총독 미나미는 무인 얼굴로 험상궂고 무자비하게 생겨 보기만 해도 오금이 저릴 정도로 악랄한 기가 얼굴에 번질번질 개기름처럼 흘러내렸다. 공출 명목으로 쌀을 이집 저집 훑으며 거두어 갔다. 전쟁에 사용할 자재로 합당한 쇠붙이도 모두 거두어 갔다. 무기를 만드는 데 쓰일 금반지나 숟가락이나 놋그릇이나 놋요강 등 닥치는 대로 쓸어갔다. 군수 물자에 동원된 쇠붙이가 그렇듯이 산업현장으로 청소년들은 모두 같은 물건이 되어 끌려갔다. 끌려간 물건(?)들은 강제로 탄광이나 공장 등에 투입시켰다. 노무자들도 군함에 실려 북쪽 사할린으로도 4만여 명이 끌려갔다. 총 붙들려간 노무자 숫자는 백만 명이 넘었다. 고향을 떠나 남의 나라로 끌려간 백성은 부모 형제 가족들의 피울음이 귓속으로 마구 달려왔다. 세상의 슬픔과 어둠은 모두 조선으로 달려달려 아무리 잘라내고 뿌리를 캐내도 성성성성 자라나서 한계가 드러나게 했다. 끌려간 노무자가 백만 명이 넘고 그 가족까지 모두 아픈 심장을 합하면 하늘 끝까지 다 쌓아도 쌓지 못할 아픈 심장이었다. 1943년 하반기 접어들어 코이소 쿠니아키가 조선 총독으로 명을 받고 이 땅에 오자마자 강경책을 쏟아내며 조선인을 공포 분위기로 몰아넣었다. 또다시 공포를 입고 공포를 먹고 공포 잠을 자며 분위기를 살피기에 급급해야 했다. 코이소 쿠니아키는 징병제도를 새로 도입하여 청소년들을 강제로 일본군으로 입영시켰다. 여자는 열두 살부터 스무 살까지 끌고 가서 정신대(挺身隊)라는 명칭을 붙이고 남양 군도와 만주로 보냈다. 끌려간 여자들의 주 업무는 일본 군인을 성(sex)으로 위로해 주는 일이었다. 전쟁터에 나간 일본군의 성욕을 채워주는 성 노리갯감인 위안부 노릇을 조선의 어린 소녀와 처녀들은 본인의 의지와는 무관하게 성노예로서 몸을 버려야 했다. *아! 어쩌란 말이냐? 이 천벌을 받아 마땅한 만행을 눈썹 하나 까딱 않고 마구 저질러 대는 이 만행을 도대체 어쩌란 말이냐?* 여기저기서 어미를 잃은 아이가 거리를 헤매고 자식이 끌려간 부모의 통곡 소리가 천지를 뒤덮는 이 현실을 어쩌란 말이냐? 새파랗게 파릇파릇 이제 젖가슴이 벙글기 시작하는 어린 처녀를 정신대라니! 성적 노리개라니! 이 천벌 땅벌 다 받아도 모자랄 만행을 저지르는 저 잔인한 짐승들을 도대체 어쩌야 한단 말이냐? 구덩이를 파고 감자를 묻듯이 무를 묻듯이 자식을 묻어두고 밥을 날라 먹여야 하는 이 비통하고 비장한 현실을 어찌해야 한단 말이냐? 산속에 굴을 파고 자식을 숨겨놓고 젊음이 있는 가족을 빼돌리지 않으면 빨래터에서도 들에서도 집에서도 닥치는 대로 끌고 가버리는 이건 무슨 법으로 무슨 형벌로 다스려야 한단 말인가! 백성들은 지옥보다 더한 나날들을 살고 있었다. 군함에 실려 북쪽 사할린으로도 무더기무더기 노무자들을 실어 보냈다. 고향을 강제로 떠나 남의 나라로 끌려간 백성들은 부모 형제 가족들의 피 울음이 귓속으로 마구 달려왔다. 세상의 슬픔과 어둠은 모두 조선 고향으로 달려달려 달음질쳐 와 아무리 잘라내고 뿌리를 캐내도 푸루루푸루루 자라나서 한계가 드러나게 했다. 아, 하늘이여! 신이여! 도대체 어쩌란 말입니까? 이 난국을! 기도하며 울부짖던 지난 시간들이 눈앞에 눈처럼 펄펄 날리고 있다. 이승만은 얼른 고통스런 지난날을 지우기 위해 윌슨 생각을 한다. 반(反)소련 전선을 구성해야 한다고 윌슨 스승을 만나 간곡하게 주장하자 윌슨은 알았다며 제자의 말을 귀담아들었고 카이로 회담에서 연합국은 한국을 적당한 절차에 따라 독립시킨다는 것을 발표했다. 이승만은 윌슨 스승에게 스승님 적당한 절차란 말이 무엇입니까? 제대로 된 조국 독립을 발표해 주어야 하지 않습니까? 미국 정부에 자세한 내막을 파악해 주십시오. 하고 졸랐다. 윌슨은 알았다고 제자를 달랬다. 이승만은 미국의 전략첩보국 전략 사무국(CIA의 전신 OSS) 부국장인 굿펠로우를 만났다. **한국인을 대일 전쟁 첩보 부대에 꼭 참여하게 해주십시오.** 하고 부탁을 했다. 그 덕분에 진주만 기습공격 이후 1942년 1월 24일 한인들을 대원으로 훈련하기로 했고, 이후 6월부터는 미국에 있던 이승만과 굿펠로우는 전략 사무국을 통해 한인 병사를 양성하고자 했다. 그러나 굿펠로우는 *일본어에 능통한 한국 청년들을 선발해 달라고* 했다. 이승만은 어찌했건 초기의 계획대로 그들의 부탁을 들어주기로 마음먹고 일본어에 능통한 한국인 청년 100여 명을 선발해 보냈다. 그러나 굿펠로우는 *이 청년들이 모두 일본어에 능통한지를 확인한 후 소정의 비밀 훈련을 마친 후 적당한 시기에 임무를 수행케 한다는* 계획으로 실험을 했다. 이 전략 사무국 대원이 된 인물에는 유일한도 있었다. 그들은 김구의 광복군과 협력해 한인들을 선발하는 특수 임무 작전을 세웠고, 미국에서 직접 소수의 한인 특공대원을 뽑아 일본을 상대로 비밀첩보 작전을 시켰다. 그리고 한국에 고난도 훈련을 시키기에 들어갔다. 최정예 특수요원들을 투입해서 시킨 고난도 훈련은 한국을 점령하고 있는 일본에 대한 정보를 수집하고 거점을 확보해 일본을 무력화시켜 조국의 독립을 앞당기는 것이 목적이었다. 극비로 진행된 이 작전의 이름은 냅코 프로젝트(NAPKO Project)라는 이름표를 달고 있었다. 모두 한국인인 선발 요원들은 이름 대신 암호명 A, B, C, D로 불릴 만큼 특별 작전 수행 임무를 부여받고 단단한 무장을 했지만, 이 프로젝트는 1945년 8월 광복 직전에 나가사키, 히로시마에 떨어진 핵폭탄으로 인해 일본이 무조건 백기를 들고 항복함에 따라 공중분해되고 말았다. 이때 인원의 60명이 넘는 요원이 이승만이 추천한 요원들로 그들은 대일 전 준비를 위한 철저한 교육을 받았다. 캘리포니아에 있는 산타 카탈리나섬에서 유격 훈련, 무선 훈련, 폭파훈련, 촬영훈련 등을 받으며 조국을 찾기 위해 자신의 목숨을 걸고 훈련에 임했던 자들이었다. 이승만은 1945년 4월부터 열린 유엔창립총회에 참관인 자격으로라도 참석하여 독립 보장을 받으려 했으나 실패하자 내 사전에 실패란 없다 될 때까지 하고 또 해볼 것이다, 다짐하고 임시정부를 즉각 승인할 것을 요청하는 진정서를 사무국과 각국 대표들에게 카이로 선언의 기본정신에 따라 승인해 달라고 했으나 시도가 또 무산되고 말았다. 시간이 없었다. 지금 시점에 빨리 자유민주주의를 위한 어떤 일을 하지 않으면 영영 소련 공산주의의 노예가 될지도 모른다는 매우 다급한 생각이 들었다. 이미 일부 독립운동가들이 공산주의나 자유민주주의나 상관없이 독립해야 한다는 주장에 동조했다. 더군다나 비밀리에 협약된 얄타 밀약설 얄타 회담에서는 *전후 한반도*

를 소련의 영향력 아래에 두기로 했다.'라는 미·영·소 3국 간의 이른바 **얄타 밀약설** 비밀을 이승만은 알고 있었다. 이승만은 얄타 밀약설을 세상에 폭로하기 시작했다. 한국이 강대국들의 횡포인 가쓰라-태프트 밀약에 이어 또다시 비밀협약의 희생물이 되지 않아야 한다고 주장했다. 이승만은 미국 상하원 외교 분과 위원장들에게 얄타 밀약을 항의하는 전보를 보냈고, 트루먼 대통령에게 한국을 비밀협약의 희생양이 되어 노예로 전락하는 것을 막아줄 것을 호소하는 서한을 보냈다. 한국에 관한 카이로 선언에 위배되는 얄타에서의 비밀 협정이 최근에 밝혀짐으로써 대통령께서 매우 놀라셨을 겁니다. 비밀 외교에 의해 한국이 희생된 것은 이번이 처음이 아닙니다. 1905년 한국을 일본에 팔아넘긴 밀약은 20년 동안이나 비밀에 싸여 있습니다. 다행히 얄타협정은 바로 이곳 유엔 창립총회 도중에 밝혀졌습니다. 과거 미국이 저지른 잘못을 바로잡고, 3천만 한국인이 노예로 전락하는 것을 막기 위해 대통령께서 이 상황을 바로잡아 주시길 호소합니다. 투르먼 대통령께서는 강한 자가 약한 자를 괴롭혔을 때 약한 자의 편을 드는 정의로운 용기를 가진 대통령이시니 반드시 미국이 저지른 잘못을 바로잡아 주시리라 믿습니다. 한국위원회 위원장 이승만. 그리고 이승만은 계속 언론에 이 문제를 연설하고 워싱턴 주미 외교 위원부 사무실에도 편지를 보냈다. 당시 우리는 세계 지도자들이 얼마나 부패했는지를 알지 못했기 때문에 속수무책이었으나, 지금 우리는 이 사실을 캐냈으므로, 세계에 양심이란 게 남아 있을지는 알 수 없지만, 그것이 깨어날 때까지 싸우겠습니다.라고 보내고 연설했다. 그러나 미국 국무부는 그 모든 것은 아니라며 부정했다. 이승만은 잘 됐다 싶어 미국 국무부에 쳐들어갔다. 그 말이 사실이라면 공식 성명을 통해서 얄타 회담에서 한국의 독립을 침해하는 어떠한 비밀 협정도 체결되지 않았다고 밝혀 주십시오. 그러나 미 국무부에서는 영국 하원에서 얄타 밀약설에 관한 질의를 받은 처칠 또한 아무런 비밀협약이 체결되지 않았다고 주장하니 믿어 주시길 바랍니다. 하자 이승만은 그럼 잘 되었군요. 영국 하원에서도 얄타 밀약설에 대해 아무런 비밀협약이 체결되지 않았다고 했다니 지금 당장 3국 정상이 비밀 협정의 존재를 부인하는 성명을 발표하면 되겠군요. 일이 간단하게 되었습니다. 괜히 비밀협약설에 휘말리지 말고 어서 성명을 발표해 주십시오. 하고 강하게 요구했다. 실제로 미국이 그 당시 신탁통치를 찬성했고, 소련에 대일 참전을 요구하여 3달 후 만주 작전이 실행될 것을 미리 내다본 이승만은 먹구름이 끼자 제방 둑을 미리 막으려는 속셈이었다. 그러나 미국과 소련은 그런 이승만의 앞서가는 생각을 미처 눈치채지 못하고 말을 막기에 전전긍긍하다가 이승만에게 당한 꼴이 되고 말았다. 이승만이 모른 척하고 짠 전략의 의도는 얄타 회담의 정상들이 비밀 협정이 없었다고 부인하고 한국의 독립을 보장한다고 재차 확인시켜 주는 절차를 빨리 끌어내어 꼼짝 못 하게 묶어 두기 위함이었다. 이승만의 전략에 말려든 미국 국무부는 **얄타 밀약설은 거짓 소문이며 카이로 선언에서 천명된 한국의 독립은 충실히 이행될 것이라고** 발표하면서 미국은 다시 번복할 기회를 잃었고 결국 이승만의 전략은 목표를 정확하게 정조준해 성공하게 되었다. 이승만은 소련이 한국에 대한 야망을 품고 있음을 알고 극심한 신경과민이 되어 있었다. 하지 중장이 진주군 사령관으로 인천에 가고 이승만이 노심초사하며 뛰어다닐 때 이승만의 친구인 로버트 올리버 박사 부부가 이승만을 찾아왔다. 자신의 의견이 조심스럽기는 하지만 그래도 친구로서 말을 해주고 싶었지만, 식사가 다 끝나도록 아무 말도 없이 식사만 했다. 그러고는 차를 마시러 나가자고 이승만을 데리고 기분을 전환시키기 위해 자리를 옮겼다. 이승만은 로버트 올리버 박사가 참 고맙다는 생각을 했다. 자리를 옮긴 곳은 정신이 푸르러지도록 환경이 좋았다. 차 냄새가 콧속으로 날아 들어와 이승만 박사가 코로 훌훌 냄새를 맡고 있을 때 로버트 올리버는 입술 사이로 조심스레 말을 꺼냈다. 소련을 **어떻게 생각하십니까?** 이승만은 마시던 컵을 화들짝 뜨거운 차에 데기라도 한 듯 내려놓으며 로버트 올리버를 쳐다보았다. 소련이라니요? 공산주의를 왜 내게 물으시오? 아니 그냥 한 번 생각해 보자는 이야기요. 아시아에서도 조선은 소련의 세력권 내에 있어서 해본 말입니다. 이승만은 그의 말을 국수 올처럼 후루룩 마시며 말한다. 설마 소련과 협력하라고 말하려는 것은 아니겠지요?

이승만의 말에 로버트 올리버는 잘됐다 싶어 맞습니다. 지금 모든 정세는 한반도에 공산당과의 연립 정부를 세워야 할 것이 필연적인 사실로 되고 있습니다. 그의 말에 이승만은 벌떡 일어서서 노려보며 당신 지금 실성했군요. 친구가 아니었다면 당신을 그냥 두지 않았을 것이오. 헛소문을 믿고 친구의 나라를 공산주의 구렁텅이로 밀어 넣을 생각을 하다니 혹시 아침을 거르셨소? 어디 아프오? 술 취했소? 아니면 마약했소? 이승만의 휘모리장단처럼 휘몰아치는 말에 현기증이 날 정도였으나 로버트 올리버는 정신을 가다듬으며 어차피 말 나온 길에 자기 생각을 모두 이야기하자고 단단히 마음을 먹고 찻잔을 입에 대고 홀짝 한 모금을 마시고 다시 입술 사이로 이승만의 혈압을 올릴 말 타래를 꺼내 던졌다. 만일 당신이 지금처럼 소련에 관한 생각과 태도와 고집을 버리지 못한다면 연립 정부에 배척될 것입니다. 그뿐 아니라 어쩌면 결국 조국의 독립을 얻기 위하여 한평생 투쟁한 것이 허사가 되고 말지도 모릅니다. 내 오랜 시간 세계정세가 돌아가는 것을 확인하고 분석한 결과 당신이 나의 친구이기에 이 말을 꼭 해주고 싶어서 이렇게 찾아온 것입니다. 쉽지는 않겠지만 세계의 시계는 저렇게 강대국을 향해 치닫고 있음을 잊어서는 안 될 것이오. 적당히 휠 줄도 알아야 부러지지 않습니다. 적당히 정세 흐름에 따르는 것이 본인의 안전을 위해서도 조국의 독립을 위해서도 좋을 것이니 내 말 잘 기억하시길 바랍니다. 이승만 당신의 오래된 벗으로 해주는 말

입니다. 이승만은 아무 말 없이 로버트 올리버의 텅 빈 입술을 쳐다보며 물 한 방울도 없는 빈 잔을 홀짝이고 있었다. 공산주의의 플라스틱 목소리가 치욕스런 질감으로 흘러나와 유령처럼 공중을 떠돌며 사람들 가슴속으로 스며들었다는 생각이 매미의 방언처럼 파랗게 새파랗게 들렸다.

환희에서 파국으로

5

　무겁고 긴 침묵은 어둠이 되어 공중을 떠받치고 있었다. 로버트 올리버는 침묵이 너무 무거워 금방이라도 땅에 툭, 떨어질 것만 같아 아슬아슬하게 최선을 다해 침묵을 떠받치고 떨면서 이승만이 침묵을 깨기를 기다리며 숨죽이고 있었다. 한겨울의 차가운 감옥, 쇠창살을 붙잡고 꺼이꺼이 울던 지난 시간, 미국으로 날아와 굶주림과 병도 조국을 찾겠다는 의지로 이겨낸 세월, 온몸과 정신은 피투성이였지만, 눈빛은 꺼지지 않았다. 아무리 모진 고통도 다 이겨낸 지금 다시 공산주의란 무시무시한 소련의 노예가 되다니 이승만은 주먹으로 허공을 치며 일어선다. 허공은 이승만의 주먹을 받아쳐 다시 이승만에게로 돌려보냈다. 이승만은 다시 주먹을 불끈 쥐며 공산주의가 붉은 아가리를 아무리 크게 벌려도 우리나라는 절대로 삼키지 못하게 하리니 두 번 다시 내게 그런 말 하려거든 나를 아는 척도 하지 마시오! 이승만의 목소리는 대나무처럼 성성하고 푸른 직선의 목소리였다. 이승만은 *나의 조국 자유민주주의*라고 손톱으로 허공에 글자를 새겼다. 이제 조국은 새로운 시작이 눈앞에 있지만 길이 두 갈래로 나 있다. 시대적으로 조선 시대에는 글을 배우지 않았고 일제 저항기에는 배우지 못했기 때문에 국민들은 물론 독립운동가들조차 공산주의가 얼마나 위험천만하고 자유주의가 얼마나 좋은지 알지 못하니 여기저기 무작정 자신들의 소신만 시끄럽다. 그렇지만 자유민주주의 연출의 의도가 분명하고 우리나라 국운을 운행하는 항해사가 바람을 잘 견뎌준다면 공중이 땅으로 내려오는 혁명보다 자유를 실어나를 바람이 활개를 쳐줄 것이라 굳게 믿으며 머릿속으로 시 한 수를 짓는다.

호랑이의 붉은 포효

어느새 뿌리내린 붉은 그림자
자유의 바람은 옅어져 가고
별들은 밤하늘 벽을 두드리다 스러진다

평등이란 이름 아래
공산주의 색으로
붉게 스며들고 있는 분별력 없는 사람들

손뼉을 치지 않는 손은

어느새 주먹이 되어

침묵을 강요당한다

바람아, 다시 불어라

거짓 진실을 가둔 창을 깨고

빛을 되찾아오라

호랑이 기침 소리에

어둠이 깔리고

비겁한 자들은 속삭인다

공산주의가 평등이고 해방이라고

그러나 그들의 손엔 족쇄가 있다

그들은 산을 지우려 한다

숲을 베고, 강을 막고

자유의 숨결을 끊으려 한다

하지만 어리석은 자들이여, 호랑이는 굴복하지 않는다.

우리는 태초부터 이 산의 왕

발톱은 강철보다 예리하고
이빨은 거짓을 물어뜯는다
한 번 울리면 강산이 흔들리고
한 번 달리면 길이 새겨진다.

어둠이 아무리 깊어도
우리는 끝내 포효할 것이다.
기억하라,
호랑이는 사라지지 않는다.
자유민주주의를 반드시 수호할 수호신이다

　이승만은 답답함으로 그 짧은 순간에 시 한 수를 지어 머릿속에 저장하고도 먹구름처럼 밀려오는 공산주의 바람이 눈앞에까지 휘몰아치고 있음을 느꼈지만 속으로 *침착하자! 침착하자!* 자신을 달래는 중이었다. 그의 생각을 존중해 줘야 하는데 화꽃이 몸을 지배하고 머리까지 올라와 금방이라도 펑! 하고 터질 것같이 과부하가 걸렸다. 이승만은 어머니의 말을 떠올리며 참았다. *화가 날수록 말을 하지 말고 화를 가라앉히고 말해야 실수가 적을뿐더러, 어떤 승패가 걸린 일이라면 이길 수 있으니 화가 난 상태에서는 절대로 아무 말도 하지 말고 기다려야 함을 명심하라!* 어머니의 당부가 어느새 이승만에게로 다가와 있었다. 어머니를 생각하느라 상대의 말까지 잊고 있는데 왜 못마땅하오? 하고 로버트 올리버가 다시 말을 꺼냈다. 이승만은 그때야 어머니 품에서 빠져나와 말을 시작했다. 나는 조국을 위해 평생을 싸우다 내 나이 이리되었소. 당신도 잘 알지 않소. 그렇게 조국만 위해 싸워온 내가 나 자신을 위해 싸웠겠습니까? 조국을 위해 나를 희생해서 이만큼 되었는데 조국을 소련 공산주의에 맡기란 말입니까? 나는 천 번을 아니 만 번을 죽었다 깨어난다고 해도 조국을 공산주의로 만들 수는 없습니다. 이것이 나의 신조입니다. 아내와 나는 고국에 돌아가 국민과 함께 자유롭고 정의로운 자유가 날아다니는 나라를 만들 것입니다. 조국에서도 동포들이 나를 기다리고 있습니다. 일본에 자유와 주권을 잃은 세월도 비참한데 소련 공산당의 노예를 만들어 조국의 동포를 속이라는 말입니까? 나는 나의 양심을 걸고 공산주의가 어떻게 되리라는 걸 뻔히 내다보면서 그렇게 조국에 비양심적인 일은 하지 못하겠습니다. 그렇기에 나는 할 수 있는 한 계속해서 독립운동을 하며 나라를 구하려는 마음으로 그들에게 설명하고 경고하고 항의해볼 작정입니다. 그들의 말대로 공산주의가 세상을 지배하려 든다면 조선만 파멸할 것이 아니고 소련의 세계 정복 야욕을 알지 못한다면 미국도 무사하지 못할 것이니 미국이 타격을 받지 않으려면 미국이 앞장서서 이 일을 해결해야 한다고 생각합니다. 나는 꼭 우리 조국만 위해서가 아니라 현재 세계 사태의 심각성을 자유민주주의 나라인 미국에 그대로 알리는 것입니다. 자신도 모르게 격하게 말이 나가고 목소리가 커지자 프란체스카가 옆에서 눈을 더욱 크게 뜨고 놀랍다는 듯 바라보았다. 그뿐 아니라 로버트 올리버 부부도 이승만의 말에 압도되어 그를 쳐다보고만 있을 뿐 어떤 말도 첨가하지 않았다. 로버트 올리버 부부는 자신들이 알고 있던 이승만보다 훨씬 차원 높은 생각을 하는 그에게 새삼 놀라는 중이었다. 그들은 고개를 끄덕이며 속으로 과연 이승만 박사구먼. 윌슨 대통령이 반할 만해. 이승만 박사가 있는 한 분명 조선이란 나라는 언젠가 강대국이 될 거라는 말을 부부가 쌍둥이처럼 하고 있었다. 이승만은 뱃속에 말을 다시 꺼낸다. 내 반드시 조국을 자유민주주의로 만들어 우리 후손들이 자유롭게 살고 내가 나중에 나이가 들면 시골 한적한 곳으로 가서 닭을 기르고 토끼를 기르며 조국의 신선하고 맑은 공기를 마시며 여생을 보낼 수 있는 나라를 만들 것입니다. 지금 미 국무부는 소련과 정책협조를 해야 하기 때문에 반공산주의자인 나의 귀국 허가까지 허락하지 않는다는 것 내 다 알고 있소. 그렇지만 나는 끝까지 방법을 찾아서 조국으로 돌아가 나라를 구할 것이오. 내 안에는 지금 화꽃은 서정 없는 이야기의 불길 속에서 피어난 꽃이오. 태워지지 않는 불꽃의 향기를 다 태워 재가 되더라도 잿더미 속에서도 피어나 무너지지 않는 조국을 꽃 피울 것이오. 먼 훗날 후손 중 누군가는 묻겠지요. 진흙 속에서 사는 법을 가르쳐 달라고. 그럼 나는 부드러운 고양이 털 같은 말로 답해줄 것이오. 두려움 대신 진흙에 빛을 심으라고. 그리하여 빛의 소리로 그늘을 키워내고 바람으로 그 향기를 옮기면 진흙에서도 연꽃이 반드시 피어나리라고 부드럽게 이야기해 주리오. 이승만은 그렇게 로버트 올리버와의 만남에서 또다시 심각함을 느꼈다. 태산처럼 믿었던 로버트 올리버의 당신 입에서 나를 소련 공산주의자로 전향시키려 하다니!! 아니 나의 조국을 소련 공산당과 한통속이 되길 말하다니, 내 실망조차 까맣게 타 더는 당신과 할 이야기가 없구려. 잘 지내시오. 말을 휘리릭, 던지고 일어섰다.

애국지사들의 순교

조국에서 애국지사들이 목숨을 걸고 나라를 지키기 위해 뛰었기에 지금 희망의 태양이 떠오르고 있는 것이었다.

 까마득한 날에 하늘이 처음 열리고
 어디 닭 우는 소리 들렸으랴
 모든 산맥이 바다를 연모해 휘달릴 때도
 차마 이곳을 범하던 못하였으리라

끊임없는 광음을

부지런한 계절이 피어선 지고
큰 강물이 비로소 길을 열었다

지금 눈 내리고
매화 향기 홀로 아득하니
내 여기 가난한 노래의 씨를 뿌려라

다시 천고(千古)의 뒤에
백마(白馬) 타고 오는 초인(超人)이 있어
이 광야에서 목 놓아 부르게 하리라

이육사 '광야' 전문

    조국 광복에 대한 의지와 민족적 염원을 담아 광야에서 목 놓아 부른 저항시다. 신성하고 범접할 수 없는 공간인 우리 조국의 광활한 대지를 노래하고, 추운 겨울에도 향기를 팔지 않는 매화는 아무리 어려운 역경 속에서도 꺾이지 않는 민족정신의 저항 의지를 말한다. 지금 가난한 노래의 씨를 뿌려 반드시 나라를 부강하게 해 후손들이 이 광야에서 목 놓아 노래 부르며 마음껏 놀게 하리라는 굳은 결기가 담긴 시다. 미래에 대한 비전과 희망을 노래하며 민족의 부활과 승리가 세상에 목놓아 부르게 될 것이라며 조국의 자유와 광복의 염원을 강하게 담고 있는 애국 시다. 이육사는 경상북도 안동군 도산면에서 태어났다. 본관은 진성(眞城)이며, 퇴계 이황의 14대손이다. 어려서부터 할아버지께 소학을 포함한 한학을 수학하다가 도산 공립보통학교에 진학하여 신학문을 배웠다. 1925년 20대 초반에 가족이 대구로 이사한 뒤 형 이원기(李源琪), 아우 이원유(李源裕)와 함께 대구에서 의열단(義烈團)에 가입했다. 우리는 나라를 찾기 위해 어떤 일이든 해야만 한다. 그렇게 해야지요. 그래서 반드시 조국을 찾아야지요. 우리 형제 모두 힘을 합해 조국 찾는 일에 동참합시다. 숟갈 몽둥이 하나라도 다 팔아서 독립운동에 쓰고 우리 힘이 다 닳을 때까지 나라를 구하기 위해 뛰자. 힘! 힘! 힘! 나라를 위해 일어서자! 싸우자! 이기자! 그렇게 이육사의 형제들은 모두 독립운동을 위해 의기투합했다. 1927년 10월 18일 일어난 장진홍의 조선은행 대구지점 폭파 사건에 직접 폭파 장치를 만들고 설치하고 일본을 물리치기 위해 나서 싸운 혐의로 이육사의 큰형인 원기 큰동생 원일과 함께 투옥되고 만다. 장진홍은 1895년 7월 27일 경북 칠곡 출생이다. 일제가 대한제국의 군대를 해산하면서 황실 경호 명목으로 남겨놓은 조선 보병대에서 1916년 복무를 마치고 동향 선배 소개로 비밀 결사인 광복단에 가입하면서 독립운동에 뛰어든다. 그의 정신 역시 투철한 애국심에 불탔다.

일본을 쫓아내고 독립하는 길만이 나라가 살고 부모 형제가 살고 자신이 살길이라며 앞뒤 가릴 생각도 없이 뛰어들어 1918년 만주로 망명했다가 조선인과 함께 러시아 지역으로 이동하여 독립군 부대의 군사 훈련을 시도하고 1919년 3·1운동 때는 자신의 가산을 팔아 독립운동에 쓰며 밤낮없이 발바닥이 부르트도록 전국을 다니면서 일제의 3·1운동 탄압 과정을 조사하고 자료를 모아 기록한 뒤 미군으로 복무 중인 선구자에게 전달했다. 선구자에게 번역본을 배포해 달라고 부탁하고 효과적인 독립운동을 위해 이리저리 백방으로 뛰어다녔다. 3·1운동 이후 국내의 독립운동이 위축되자 별다른 활동을 하지 못하고 답답한 암흑 속에서 처절한 분노를 울부짖으며 또 다른 방법을 모색하던 중 광복단 동지인 선배 소개로 전문가에게 폭탄 제조법을 배우게 되었다. 반드시 쓸모가 있으리라 판단을 한 그는 미친 듯이 제조법을 배웠고 이것이 조선은행 대구지점 폭탄 투척 사건을 일으키는 계기가 된다. 폭탄을 누구의 도움도 필요 없이 직접 제조할 수 있는 기술자가 된 장진홍은 이육사 형제들을 불러 상의한다. 이육사 형제들은 아낌없이 경제적인 도움과 힘을 합한다. 그들은 조선총독부의 산업 정책을 뒷받침하는 핵심 기관인 저 은행들을 폭파해야 한다. 경상북도 도지사와 경상북도 경찰부 조선은행 대구지점 조선식산은행 대구지점 등을 목표물로 정한다. 그렇게 하려면 최대한 파괴력이 높은 폭탄을 제조해야 한다. 그리고 무엇보다 중요한 것은 보안이다. 우리의 거사

실패를 줄이기 위해 목표물 파괴는 단독 거사를 해야 한다. 그리고 폭탄 제조는 일제의 눈을 피해 칠곡의 외딴 빈집에서 폭탄을 제조한다. 그리고 옮길 때는 깜깜한 야음에 태워서 대구까지 운반하도록 하자. 폭탄은 선물 상자로 위장시켜 옮기되 밤에 옮기기로 한다. 폭탄을 옮길 심부름꾼을 물색해야 하니 믿을만한 심부름꾼을 알아보고 자, 힘내자! 그렇게 그들의 회의가 끝나고 폭탄은 속전속결로 제조되었다. 그리고 밤을 이용하여 폭탄은 심부름꾼의 지게에 얹혀 조선은행 대구지점에 무사히 도착했다. 그러나 눈치 빠른 은행원이 그것이 폭탄인지를 해독한다. 은행원은 경찰을 부르고 바깥에 옮겨둔 폭탄 상자가 폭발하여 경찰 4명을 포함한 6명이 상처를 입고 장진홍은 어둠을 입고 무사히 달아났다. 그리고 이육사를 비롯한 이육사 형제들은 어둠을 갈아입고 그림자를 숨겨가면서 친척을 찾아다니며 안동의 주요 시설을 폭파할 것을 계획하고 제조한 폭탄을 건네준다. 계속해서 거사를 위한 폭탄을 제조하지만, 후속 폭탄 테러 계획은 약삭빠른 일본에 의해 무산된다. 실행에 옮기지 못하고 그들의 눈알에 들켜버린 것이다. 원통 애통 절구통이 산통처럼 깨져 쓰레기통에 폭탄이 처박힌다. 경찰의 그물망이 좁혀오면서 이들을 잡기에 혈안이 된 경찰을 피해 일본 오사카로 가서 숨을 고르며 다음 계획을 파랗게 설계한다. 그렇지만 이육사의 독립운동을 향한 애국심은 거기서 억울하고 분통 터지게도 막을 내리고 만다. 일본 경찰의 끈질긴 추적 끝에 그들의 손에 체포되고 이육사는 대구형무소에 갇혀 받은 수인 번호 264의 음을 딴 이육사에서 나왔다고 전해진다. 1929년 이육사가 대구형무소에서 출옥한 후 일본의 추격을 따돌리고 다시 독립운동을 할 힘을 얻기 위해 포항에 있는 집안 어른인 이얼은의 집에 잠시 머물 때 육사는 이얼은에게 *저는 육사(戮史)란 필명을 가지려고 하는데 어떻습니까?*라고 아프지 않게 물어본다. 이 말은 일본 역사를 찢어 죽이겠다는 의미가 부여된 말이다. 당시 역사가 일제 역사이니까 일제 역사를 찢어 죽이겠다. 다시 알아듣기 쉽게 말한다면 일본을 패망시키겠다는 의미다. 이 말을 듣고 곰곰 생각한 이얼은은 *표현이 혁명적인 의미를 너무 노골적으로 드러내는 것이니 같은 의미가 있으면서도 온건한 육사(陸史)를 쓰라* 권하였다. 이육사는 이를 받아들여 육사(陸史)로 바꿔 썼다고 한다. 또한 육사(肉瀉)라는 호는 고기를 먹고 설사한다는 뜻으로 당시 일제저항기 상황을 비아냥거리며 조롱하는 의미였다. 1932년 조선일보 대구지국 기자로 근무할 때 대구 약령시에 관한 기사를 네 차례 연재할 때 사용되기도 했다. 이육사의 필명이나 호는 이활(李活) 이육사 (二六四) 육사(戮史) 육사(肉瀉) 육사(陸史) 등 많았다. 그리고 시 등림은 1930년 조선일보에 말을 발표하면서다. 언론인으로 일하면서 중국과 대구 경성부를 오가면서 오로지 가슴에는 독립만을 품고 항일 운동가로서 활약하며 시인부락, 자오선 동인으로 작품을 발표했고 늘 일본의 눈이 빛처럼 투시되고 있었지만, 그 눈을 피해 끊임없이 조국을 구할 방법만 생각했다. 대구 격문 사건 등으로 수차례 체포되고 또다시 구금되며 오로지 나라를 독립시키겠다는 일념은 보리밭처럼 밟으면 밟힐수록 파릇파릇한 싹이 더욱 무성하게 가슴에 돋아났다. 1926년 베이징으로 가서 베이징사관학교를 졸업하고 1929년 광주학생운동과 1930년 대구 격문사건(檄文事件) 등에 연루되어 옥고를 치르며 혼신의 힘을 다해 나라를 독립시키려고 뛰었다. 39년 짧은 삶 동안 모두 17차례에 걸쳐 옥고를 치르면서도 조금도 굽히거나 굴하지 않고 오직 물 위에서 침몰하고 있는 배를 반드시 건지겠다는 오체투지의 힘을 발휘했다. 중화민국 국민당 군사위원회에서 난징에 창설한 조선인 항일 군관 훈련반, 육대장이 대장으로 있는 군사학교에 1932년 9월 입학하여 보병 육성과 특수 부대원 훈련을 받고 이듬해 4월에 졸업했다. 이육사는 베이징대학에서 공부하면서 루쉰(魯迅) 등과 의도적으로 사귀면서 독립운동을 계속했다. 루쉰의 지위를 확립하는 계기가 된 소설 아큐정전은 아큐라는 날품팔이 노동자를 주인공으로 하여 봉건적인 중국 사회가 만든 민족적 비극을 풍자한 소설이다. 아큐정전이 1921년 베이징의 신문 부록 판에 연재되어 명성을 얻게 된 작가와 생각이 같고 마음이 잘 통해 친하게 지냈다. 아큐는 이 소설의 주인공인데 신해혁명 전후의 가장 하층민으로 날품팔이를 하며 살아가고 있었다. 자오 나리라는 사람은 마을의 유지로 살면서 아큐를 비롯한 하층민들을 무시하고 착취하며 자신의 권위를 과시하면서 우쭐대며 산다. 또 약삭빠르게 서양 문물을 흉내 내며 신문화 운동을 따르는 척하며 허위의식을 상징하는 가짜 양놈과 마을의 깡패 두목 노릇을 하며 깡패들의 힘을 이용하여 약자를 괴롭히는 왕 털보, 아큐와 비슷한 처지에 있으면서 끊임없이 괴롭힘을 당하는 하층민 샤오 D, 절에서 생활하며 아큐에게 잔소리와 쓴소리와 매운 소리를 하면서도 따뜻하고 정겨운 인간적인 면모를 보여주는 비구니, 주위 사람들에게 끊임없이 괴롭힘을 당하지만 정신승리법을 통해 현실을 회피하고 자기기만의 모습을 보여주는 아큐라는 인물을 통해 당시 중국의 봉건적인 사회 질서와 서구 열강의 침략으로 힘든 시기에 신문화운동이었던 신해혁명이 일어나던 전후, 중국 사회가 안고 있던 문제점을 신랄하게 비판하며 중국의 개혁을 촉구하는 작품이다. 신해혁명이 일어나자 아큐는 아주 잠깐 번개 치는 만큼의 희망을 보지만 결국, 혁명의 흐름에서 다시 소외되고, 운명은 낭떠러지로 굴러떨어지고 만다. 하층민으로 태어나 발버둥 치며 희망을 향해 노력했지만 결국 아큐는 자신과는 무관한 누명을 쓰고 자오 나리 댁의 강도 혐의로 체포되어 사형을 당하는 시대의 희생물이 되고 마는 비극적인 최후를 맞이하게 하는, 소설이라지만 루쉰은 구국을 위해 국민의 정신을 계몽하는 것이 가장 중요하기에 이를 위해 문학으로 계몽운동을 한 것이었다. 이육사는 이 소설을 읽으면서 지금 조국을 생각하며 아득한 생각을 한다. 지금 조국과 중국의 차이를 비교하며 신해혁명이 실패한 원인을 냉철하게 분석해 보았다. 신해혁명의 실패 원인은 혁명의 주체가 되어야 할 민중들의 우매함이다. 민중들은 우매해 혁명이 무엇인지조차 이해하지 못했다. 또 하나는 준비되지 않은 민중들의 무기력함이다. 먹고 사는 일 외엔 아무 관심도 없는 무기력함이 실패의 원인이다. 세 번째는 혁명을 하는 그 순간에도 기존의 기득권층의 지배력은 오히려 더 강화되거나 그대로 유지되었기 때문이며 네 번째는 지배세력은 오히려 혁명을 기회로 삼아 더 큰 이익을 챙기기에 혈안이 되어 있었기 때문이다. 루쉰이 아큐정전을 쓴 것은 이 모든 것 때문에 당시 중국 사회가 어지럽다며 중국 사회와 국민의 의식 수준을 비판하는 소설인 것이다. 이육사는 사후에 신문학 작가 루쉰의 삶을 기념하는 글을 발표하기도 한다. 루쉰의 1921년 작 초기 단편 소설 **고향**을 한국에 번역하여 소개하기도 한다. 그렇게 담담하게 중국에서 많은 교훈을 얻고 조국을 하루빨리 구할 수 있는 원인을 조목조목 적어서 1943년 어머니와 큰형의 소상을 위해 잠시 귀국했다가 이육사에게서 한시도 눈을 떼지 않은 일본에 체포되어 베이징으로 압송되었다. 다음 해인 1944년 1월 16일 해방을 목전에 두고 그렇게 혼신의 몸을 다해 싸운 독립을 바짝 한 발 앞에 두고 한 발자국을 더 디디지 못해 그토록 원하던 독립을 보지도 못하고 억울하게도 청포도처럼 푸르고 맑은 눈을 감고 만다. 항상 일본의 눈엣가시가 되어 주의할(要注意) 인물로 낙인찍혀 있던 이육사는 베이징 주재 일본 총영사관 감옥에서 서슬 푸른

39세의 나이로 사망한다. 그는 세포 구멍구멍마다 오직 조국의 독립과 광복만을 생각하며 붉은 피를 소비한 애국지사다. 루쉰이 책을 읽고 나라를 어떻게 해야 되겠다는 나라 구할 비책을 적은 그 방법을 써 보지도 못하고 눈을 감았다. 옥고(獄苦)와 빈궁으로 엮인 남루한 나날들이었지만 한 가지 버팀목인 조국을 위하는 지절과 변함없는 구국 투쟁은 우리나라를 기울지 않게 해주는 하나의 큰 지렛대가 될 것이다. 그의 시 절정에서처럼

    매운 계절의 채찍에 갈겨
    마침내 북방으로 휩쓸려 오다.

    하늘도 그만 지쳐 끝난 고원(高原)
    서릿발 칼날 진 그 위에 서다.

    어데다 무릎을 꿇어야 하나
    한 발 재겨 디딜 곳조차 없다.

    이러매 눈 감아 생각해 볼밖에
    겨울은 강철로 된 무지갠가 보다.

이육사 '절정' 전문

한발 재겨 디딜 곳조차 없는 육사의 의식 공간은 항시 쫓기고 쫓기며 17차례 옥고를 치렀으니 검은 불안이 가슴에 강박관념을 끊임없이 만들어냈을 것이다. 빼앗긴 조국에 대한 분노와 아득함과 망연자실함, 망국민의 비애와 질긴 고래 심줄 같고 지루한 장맛비 같은 일본의 만행과 횡포와 야만에 대항하면서 오로지 조국 광복에 대한 염원을 가슴의 피를 찍어 시에 새겨놓은 것이다. 이육사는 일본의 회유에 변절한 시인들을 보며 시 한 수를 썼다.

흔들리는 깃발

한때는 바람을 노래하던 맑은 숨결의 시들이
이제는 녹슨 펜 끝에서 타인의 혀로 웅얼거린다

찬란했던 언어들은 꺾이고 잉크는 검은 그림자를 남겼다

무궁화 뿌리처럼 뻗어 나가던 말들이
낯선 손에 길들여진다

너희는 무엇을 보았기에
별빛 아래에서 눈을 감았느냐?
어떤 어둠이 너희를 덮어

한 줌의 양심마저 저버렸느냐?

그러나 꼭 기억하라

바람은 언제나 불 것이며
잃어버린 노래는 다시 깃발처럼 휘날릴 것이다.

환희에서 파국으로

6

　이육사는 초인적인 삶을 살았다. 20대 초반부터 각종 독립운동을 위해 애쓰다가 독립을 위해 감옥살이를 했으며 만주까지 건너가서 조선독립군이 사용할 무기 반입 계획에 몸소 참여했다. 그야말로 마흔도 안 되는 짧은 인생이지만 수천 년의 목숨을 이어붙인 만큼 조국을 위해 한목숨 아끼지 않고 치열하게 싸웠다. 조국을 위해 불태운 애국지사의 삶은 우리 후손들의 피가 되고 살이 되고 숨소리가 되어서 자자손손 살아갈 것이다. *강철로 된 무지개* 세상을 꿈꾸던 저항 시인 이육사! 현실에 굴복하지 않고 오로지 조국을 위해 투쟁하다 한 몸을 기꺼이 던져버린 이육사! 한글 사용에 대해 일제가 탄압을 가해오자 악착같이 한글을 품속에 넣고 다니면서 한글로 시를 썼다. 저항의 의지를 바늘 끝만큼도 굽히지 않았다. 일제저항기에 변절했던 문인들은 나라가 독립된 후 온갖 문화 권력을 누리며 살아갈 때 나도 독립운동을 했다고 깜깜한 거짓말을 할까? 아니면 부끄러움에 환하게 비치는 빛을 보지 못하고 속죄 속에서 살까? 신들의 장난은 너무나 가혹하다며 이육사는 변절한 시인을 보며 너무 안타깝고 가슴 아파했다.

윤동주의 본관은 파평(坡平)이고 아명은 해환(海煥)으로 북간도 명동촌(明東村)에서 바람처럼 새싹처럼 태어난다. 기독교 장로이자 소학교 교사인 윤영석과 어머니 김룡 사이에서 7남매 중 장남으로 태어났다. 독실한 기독교 집안으로 아버지가 기독교 장로이니 당연하게 기독교 영향을 받고 성장했다. 동생 윤일주(尹一柱)와 당숙 윤영춘(尹永春)도 시인이었다. 함께 자란 고종사촌 송몽규(宋夢奎)는 독립운동가이자 문인이었다. 윤동주는 1931년 명동 소학교를 졸업하고 중국인 관립학교 달라즈(大拉子)를 거쳐 용정 은진 중학교에 다니던 윤동주는 신사참배를 강요하는 일본 사람한테 **당신네 나라 조상에게 참배를 강요하는 게 말이 된다고 생각합니까? 그럼 일본, 당신네 나라 사람들이 먼저 우리 조상들에게 참배하시오!** 윤동주는 어린 나이에도 배짱 두둑한 말을 했다고 한다. 1935년 평양 숭실중학교로 학교를 옮겼으나 이듬해 신사참배 문제가 발생하여 결국 문을 닫았다. 집안이 어려워 봐야 효자가 나오고 나라가 어려울 때 충신이 나온다는 말처럼 나라를 잃지 않으려는 저항운동으로 유명한 민족주의자 문익환 목사도 명동촌에서 윤동주와 함께 자랐다. 명동촌이란 곳은 참으로 명당자리였다. 하얼빈에서 이토 히로부미를 저격했던 안중근 의사도 거사 전, 이 명동촌에서 사격 연습을 하며 마음을 가다듬었다고 한다. 또한, 명동촌 사람들은 항일 감정에 대한 분노로 일본을 일본이라 부르지 않고 왈본이라고 불렀다. 윤동주는 18살인 1935년 평양에서도 일본 순사들 멱살 잡기가 연일 화제로 오르내리며 끊임없이 저항하다 숭실학교로 건너갔으나 일제가 신사참배 운동을 강요하자 윤동주는 일본은 들어라! 죽어도 너희 일본 조상한테 참배하는 일은 없을 것이다. 우리 조선 사람에게 너희 조상에게 참배하라는 말은 도둑맞은 사람을 보고 도둑놈에게 잘못했다고 비라고 말하는 것과 무엇이 다르다는 말이냐? 우리 조선은 그렇게 얕잡아 볼 민족이 아님을 알아라! 잠시 빛이 구름 속에 가렸다고 영원히 구름 속에 갇혀 있는 일은 없을 것이다. 잠시 여우 빛이 들었다고 여우가 호랑이가 되지는 못함을 명심하길 바란다. 서슬 푸른 결기를 세우며 문익환과 함께 동맹 퇴학을 감행했다. 말도 안 되는 일본의 잔인무도한 행동에 강력한 저항 의지를 자퇴로써 저항한 것이었다. 숭실학교는 기어이 2년 뒤인 1938년 3월 19일에 정식으로 폐교했고 만주의 바람과 햇살과 물이 키운 윤동주의 몸속에는 만주 바람 만주 햇살 만주 물이 많이 섞여 있기에 그의 시 **별 헤는 밤**에도 만주 북간도 묘사가 나온다.

별 하나에 추억(追憶)과

별 하나에 사랑과

별 하나에 쏠쏠함과

별 하나에 동경(憧憬)과

별 하나에 시(詩)와

별 하나에 어머니, 어머니

어머님, 나는 별 하나에 아름다운 말 한마디씩 불러봅니다

소학교(小學校) 때 책상(冊床)을 같이 했든 아이들의 이름과 패(佩), 경(鏡), 옥(玉) 이런 이국(異國) 소녀(少女)들의 이름과

벌써 아기 어머니 된 계집애들의 이름과 가난한 이웃 사람들의 이름과

비둘기, 강아지, 토끼, 노새, 노루,

'프랑시스 · 잠' '라이너 · 마리아 · 릴케' 이런 시인(詩人)들의 이름을 불러봅니다.

이네들은 너무나 멀리 있습니다.

별이 아슬이 멀듯이,

어머님,

그리고 당신은 멀리 북간도(北間島)에 계십니다.

나는 무엇인지 그리워

이 많은 별빛이 나린 언덕 우에

내 이름자를 써 보고,

흙으로 덮어 버리었읍니다.
딴은 밤을 새워 우는 벌레는
부끄러운 이름을 슬퍼하는 까닭입니다.
그러나 겨울이 지나고 나의 별에도 봄이 오면
무덤 우에 파란 잔디가 피어나듯이
내 이름자 묻힌 언덕 우에도
자랑처럼 풀이 무성할게외다.

윤동주 '별 헤는 밤' 전문

그러나 겨울이 지나고 나의 별에도 봄이 오면 무덤 우에 파란 잔디가 피어나듯이 내 이름자 묻힌 언덕 우에도 자랑처럼 풀이 무성할 거외다. 윤동주의 별 헤는 밤의 마지막 시 구절이 너무 아리고 쓰리고 아프다. 꼭 자신의 운명을 예견한 듯해서 더욱 가슴에 칼바람이 불게 한다. 숭실중을 거쳐 진로를 결정할 무렵에 윤동주는 문학에 관심이 높아 문과 진로를 선택하고 싶어 했다. 경성에 있는 연희전문학교 문과(현 연세대학교 문과대학) 진학을 희망하였다. 연희전문학교는 민족주의적이고 자유로운 분위기에서 조선어를 가르치고 곳곳에서 저항의 깃발 태극기가 펄럭이던 곳이었다. 윤동주는 문학은 민족사상의 기초 위에 서야 하는데 연희전문학교는 전통을 배우고 익힐 수 있는 학교의 분위기가 민족적 정서를 살리기에

*가장 알맞은 배움터*라고 후배에게 말했다고 한다. 연희전문 문과는 일제저항기 때 국학 연구의 중심이었던 학교였다. 이때 학과 문제로 집안의 반대가 심했다고 한다. *문과를 졸업하면 신문기자밖에 더 되냐.* 반대의 막대기로 가로막던 아버지와 할아버지는 의대나 법대를 원하고 윤동주는 두 분의 고집에 일제에 저항하듯 문과를 고집하여 이 문제로 밥그릇, 물그릇이 공중으로 날개를 달고 날아다닐 정도였다고 했다. 하루도 편할 날 없이 전쟁이 일어나자 보다 못한 할아버지가 휴전을 선언하고 백기를 들며 아버지와의 싸움을 말리고 손자의 저항에 승리를 인정하며 할아버지와 아버지는 손자와 아들 뜻에 동의했다. 도저히 손자의 뜻을 굽히지 못함을 인지하고 이대로 가다간 부모와 자식 간에 싸움만 심해질 뿐이지 손자가 저항을 끝내지 않을 거란 판단에 어쩔 수 없이 중재에 나선 것이었다. 예부터 자식 이기는 부모가 있던가! 결국, 승리의 깃발을 높이 들고 1938년 연희전문학교 문과 진학에 성공했고 서울에 살던 시기에 많은 명시가 쓰였다. 태평양 전쟁으로 연일 포탄이 하늘을 뚫고 일제와 조선총독부의 전횡이 갈수록 심해지던 시기 어지러움 속에서 무사히 졸업하고 졸업 후 학문에 대한 열의보다 조국을 찾아야 한다는 생각으로 유학을 결심하고 1942년 일본 도쿄 릿쿄대학 영문과를 다니다 흉흉해진 도쿄의 분위기가 그를 교토 도시샤대학 영문과 편입 결심을 굳히게 했다. 윤동주는 교토에서 조선인 유학생인 고종사촌 송몽규와 함께 *재교토 조선인 학생*

민족주의 그룹 사건으로 일본 경찰의 어망에 걸려들어 2년 형을 선고받고 후쿠오카 교도소에 수감되었다. 윤동주는 독립 의지가 강한 시를 썼다는 이유로 체포되었다. 독립운동 혐의로 체포된 바 있는 송몽규도 일제의 요시찰인물이었다. 송몽규가 교토에서 사촌이자 유학생인 윤동주 고희욱과 어울리며 조선독립과 민족계몽에 대해 논의했고 특히 *징병제를 이용해서 무기를 갖고 군사 지식을 체득한 일본이 패전에 봉착할 즈음 무력봉기를 일으켜야 한다. 절대 저들의 생각대로 일이 이루어지게 두어서는 안 될 것이다.* 주장을 펼치며 윤동주 외 다수의 조선인 유학생이 함께 민족주의 그룹을 만든 것이다. 이를 파악한 일본 경찰은 송몽규, 윤동주를 포함한 조선인 유학생 그룹을 체포한 것이다. 수감 후 윤동주는 2년을 채 견디지 못하고 수감된 지 1년 7개월 뒤인 1945년 2월 숨을 멈춘다. 일본은 하늘이 부끄러운 변명을 늘어놓았지만, 죽기 직전, 윤동주가 무언가를 말했지만 일본인 간수가 알아듣지 못했다고 하는데 당시 지인들의 말에 따르면 윤동주는 정말 건강한 청년이었는데 복역 중 생체실험을 당해서 사망했다는 것이다. 윤동주와 같이 민족주의 그룹 친구인 정확한의 말에 의하면 어느 날 면회하러 갔더니 윤동주가 하는 말 확한아! 일본놈이 아무래도 내게 생체실험 주사를 주입하는 것 같다. 지금 일본은 731부대에서 마루타(벌목한 나루를 둥글게 다듬은 통나무)라는 치명적인 생체실험을 자행하고 있다. 생물·화학 무기 개발에 주력하기 위한 731부대는 8개

부서를 만들고 나무를 다듬는 곳으로 은폐하고 거기에 강제로 끌려온 피해자들을 제제소 공장 재료로 비유하면서 마루타라고 부르잖아. 전쟁 포로들도 수없이 끌려가서 생체실험 당하는 거 너도 알고 있지? 내게도 그 주사를 주입하는 것 같아. 주사를 맞고 나면 기분이 가라앉고 몸에 이상을 확연하게 느껴. 마취가 되어가고 굳어가는 느낌이 들어. 했다. 윤동주는 실제로 복역 중에 어떤 주사를 자주 맞았고 함께 수감된 고종사촌 형이자 친구 송몽규 또한 이 주사를 자주 맞다가 1945년 3월 7일 급사했다. 윤영춘이 윤동주의 시신을 거두러 후쿠오카 교도소에 들를 당시 송몽규를 면회했는데 동주와 나는 계속 주사를 맞고 있어요. 그 주사가 어떠한 주사인지는 모릅니다. 그러나 아마도 생체실험을 하는 치명적인 주사임은 틀림없는 것 같아요. 감옥을 탈출하기 전에는 안 맞을 방법이 없어요. 하고 말했다고 한다. 제 발로 걸어서 간 윤동주는 싸늘한 돌덩이가 되어 고향으로 돌아왔다. 몇 달을 못 기다리고 3월 6일 용정의 동산 교회 묘지에 새 둥지를 만든다. 장례식에서는 문우지에 발표되었던 우물 속의 *자화상*과 *새로운 길*을 낭독해 함께 묻어주었다. 윤동주보다 2년 늦게 연희전문을 졸업한 정병욱은 1944년 학병으로 일본에 끌려갔다. 학병으로 끌려가기 전 정병욱은 전라남도 광양에 계신 어머니에게 윤동주의 시를 맡긴다. 동주나 내가 다 죽고 돌아오지 못하더라도 조국이 독립되거든 이것을 연희전문학교로 보내어 세상에 알리도록 해달라고 유언처럼 남겨

놓고 떠났다. 다행히 목숨을 보전하여 무사히 집으로 돌아가자 어머님은 명주 보자기로 겹겹이 싸서 간직해 두었던 동주의 시고를 자랑스레 내주시면서 기뻐하셨다. 정병욱의 증언이다. 어머니는 시집을 받아 일본의 눈을 피해 양조장 마루 밑 항아리 속에 보관했다. 죽음을 두려워하지 않고 눈을 시퍼렇게 뜨고 있는 조국의 마음을 가슴 아프게 흔들어 놓고 어두운 감옥에서 견디기 고통스러워 목숨줄을 딸깍, 끊고 하늘로 이주했지만, 그가 어디로 이주했는지 주소불명인 것은 일본의 눈을 피해 독립운동을 하기 위해 계책인 것을 아무도 모른다.

길

잃어버렸습니다.
무얼 어디다 잃었는지 몰라
두 손이 주머니를 더듬어
길에 나아갑니다.

돌과 돌과 돌이 끝없이 연달아
길은 돌담 끼고 갑니다.

담은 쇠문을 굳게 닫아

길 위에 긴 그림자를 드리우고

길은 아침에서 저녁으로
저녁에서 아침으로 통했습니다.

돌담을 더듬어서 눈물짓다
쳐다보면 하늘은 부끄럽게 푸릅니다

풀 한 포기 없는 이 길을 걷는 것은
담 저쪽에 내가 남아 있는 까닭이고

내가 사는 것은, 다만,
잃은 것을 찾는 까닭입니다.

윤동주 '길' 전문

내가 사는 것은 다만, 잃은 것을 찾는 까닭입니다. 자신이 사는 까닭은 다만 잃어버린 조국을 찾는 일이다. 오로지 자신의 삶은 조국을 위해서만 존재한다는 그의 불굴의 정신은 영세불망(永世不忘) 이 세상에 존재하며 빛을 발할 것이다. 쇠문이 굳게 닫혀 암담하고 막막한 현실에 눈물도 짓고 하늘을 보면 부끄럽고 희망은 풀

한 포기도 키우지 않음을 한탄하며 자신이 사는 것은 오로지 잃은 조국을 찾는 까닭이라 목 놓아 피 울음을 토하고 있었다. 윤동주와 함께 독립운동을 하던 진우정은 그가 간 뒤에 일어난 일들을 모두 적는다. 동주야! 1945년 5월 히틀러가 지휘하는 독일군이 연합군을 향해 백기를 들고 패전을 공식적으로 확인시켜 주는 항복을 표명했다. 그리고 미군은 일본의 오키나와를 점령, 8월 16일에는 B29 수백 대의 폭격기가 상공을 자유자재로 비행을 하며 일본 본토에 대대적으로 공격을 가했단다. 일본 군국주의자들의 패전은 시간문제인데도 항복을 미루자 결국 비장의 카드를 꺼내 최후의 수단으로 히로시마에 원자폭탄을 날리고 원자탄은 바로 달려가서 히로시마의 뿌리까지 통째로 흔들어버렸단다. 금세 도시는 시커먼 잿더미가 되고 무참히 부서졌다. 죽음의 땅에서 간신히 살아남은 이는 반신불수가 되어 통곡 소리조차 낼 수 없게 되었다. 미군 치베즈 대령이 조종한 공격기에서 무시무시한 인류사상 최초의 핵공격 원자폭탄을 선보인 것이다. 도시는 완전히 불바다로 황폐화되었다. 그래도 일본은 정신을 못 차린다. 정신을 못 차리는 일본을 향해 미국은 두 번째 원자폭탄을 제트기처럼 날려 보냈다. 원자탄은 땅도 숲도 도시도 바람도 햇빛도 모두 다 까맣게 눈도 깜빡하지 않고 조져버렸다. 죽음의 땅에서 간신히 살아남아도 반신불수가 되어 통곡 소리조차 낼 수 없게 본때를 보여주었다. 미군 치베즈 대령은 일본의 오만무례를 잘라버리기 위해 극단의 조처를 해야 한다고 결단을 내린 것이다. 두 번째 원자탄이 투하된 건 사흘 뒤의 일이다. 두 번째 원자탄 역시 여지없이 정확도를 자랑하며 일본으로 날아가 임무를 충실하게 수행했다. 일본군은 첫 번째의 가공할 원자폭탄 파괴력에 벌벌 떨면서도 상황을 예의주시하다 두 번째 원자폭탄 공격을 받고 나서 더는 전쟁을 계속 끌고 나갈 전의를 상실했단다. 군 수뇌부는 야간 긴급회의를 가졌지만, 그 누구도 피는 피로, 이는 이로, 그런 말을 입 밖에 내놓질 못했단다. 미군의 공격과 작전을 알았으므로 계속 피해가 늘어나자 허둥지둥 살길을 모색할 궁리에 입을 맞추고 있었단다. 긴 한숨 소리가 원자탄에 섞여 공중분해되고 있었다. 백성들도 하나 같이 떠는 목소리로 화산이 다시 폭발할 지경에 이르는 참담 비참 세상에 그 어떤 화려한 수식어를 가져다 붙여도 문장이 화려하거나 좋아지길 기대하기는 불가능이란 걸 뒤늦게 깨달았단다. 시작은 화려했으나 끝은 처참하기 그지없었다. 되로 주고 가마니로 받은 혹독한 대가를 치른 전쟁 결론이다. 빠를수록 좋은 손 털기로 결론을 냈다. 8월 12일 0시 45분에 시침이 멈췄단다. 일본 천황은 풀이 다 죽어 죽 한 모금도 못 얻어먹은 비쩍 말라비틀어져 모래알처럼 조그맣고 거미줄처럼 가느다랗고 달달달 떨리는 목소리로 더듬거리면서 말했단다. 하하하하 항복! 항복! 항복! 을 입 밖으로 내뱉었단다. 동주야! 너 하늘에서 보고 있지? 혹시 이 통쾌한 광경을 네가 못 볼까 봐 내가 이렇게 너에게 전보로 알려주는 것이다. 잘 자라! 네가 그토록 기다렸던 독립이 왔는데 가슴이 찢어지는구나! 보고 싶다, 동주야! 진우정은 이렇게 또박또박 적어서 윤동주에게 전보로 보냈다. 전보는 활활 타면서 윤동주에게로 날아올랐다. 길길이 신이 나서 타오르는 걸 본 진우정은 *동주야 잘 봤지?* 하고 깜깜한 밤하늘을 쳐다보니 시를 쓰던 윤동주가 푸른 잉크가 뚝뚝 떨어지는 펜을 들고 초면 같은 웃음 한 켤레를 신으며 조국 땅에 내려오려는 듯, 별 하나가 유난히 반짝이며 환하게 웃고 있었다. 진우정은 시 한 수를 짓는다.

님그림자

 님의 목소리는 바람이 되어
 이 밤, 내 창가를 스치고 가네

 나는 두 손을 뻗어 님을 잡으려 하나
 허공만이 나를 안고 흐느끼네
 님의 발자국은 어둠 속에 사라지고
 나는 그 길 끝에서 서성이네

 부르려 해도 메아리만 돌아오고
 기다리려 해도 그림자만 길어지네

한때는 님의 숨결이 내 가슴에 닿았건만
이제는 그리움으로 아롱거리네나
는 홀로 불빛 아래 앉아
님의 이름을 한 글자씩 부수어 삼키네

밤이 지나면 새벽이 올 것을 알면서도
나는 오늘도 어둠 속에서 님을 기다리네

그 기다림마저 님이려니
나는 끝내 이 슬픔을 버리지 못하리

 만해 한용운(1879~1944)은 충남 홍성에서 태어났으며 어려서부터 학문에 관심이 많았다. 그러나 유학을 하다가 불교에 귀의했다. 1896년 오세암에서 불교 수련을 하면서 불교 개혁과 민족의식을 확립하려 힘썼다. 불교가 조선 후기에 억압받고 쇠퇴하는 것을 보며 불교 개혁과 민족 독립의 필요성을 깨닫고 만해 한용운은 조선 말기와 일제저항기를 거치며 독립운동과 민족운동을 적극적으로 펼쳤다. 1919년 3월 1일, 민족대표 33인 중 한 명으로 참여했으며 민족대표들과 함께 태화관에서 독립선언서를 낭독하며 비폭력 평화운동을 선언했다. 한용운은 불교계를 대표하여 참여했으며, 독립선언서를 직접 배포하는 역할도 수행하며 독립운동을 하다 일제 경찰에 의해 체포되어 서대문형무소에 갇히었다. 한용운은 수감 중에도 독립에 대한 신념을 굽히지 않고 동료들과 함께 독립운동 방향을 논의하며 일본을 쫓아낼 계책을 연구하다 1920년 출소 후에 더욱 적극적으로 독립운동과 민족운동을 전개하고 다녔다. 1921년엔 『불교 유신론』을 저술했다. 또 조선 불교계의 독립 정신을 일깨우기 위해 각종 신문과 잡지에 글을 기고했다. 문학을 통한 독립운동의 하나로 독립을 향한 갈망과 저항 정신을 담은 작품으로 많은 사람에게 영향을 주었다. 『님의 침묵』을 1926년 출간했다. 일본의 창씨개명 요구를 끝까지 거부하며 일본에 대항하며 싸웠다. 한용운은 물소리를 찍어 시 한 수를 썼다.

조국을 향한 길

설악의 바람 속에 깃든 뜻
한 줄기 맑은 물소리 따라
산을 넘고 강을 건너
나는 조선의 나라를 꿈꾸었네

어린 날 책 속에서 찾은 조국
가슴속에 새긴 그 이름 조선
검은구름이 하늘을 덮어도

그 이름마저 흐릴 순 없었네

민족의 종소리 울리던 날, 꽃잎처럼 터진 외침
대한독립 만세!

그날, 태화관에 모인 서른세 개의 별
나는 불꽃 속에 서명하였네

쇠창살 사이로 흐르는 강
옥중에서도 갇히지 않고 날아다니며
밤하늘을 가르며 건지던 조국의 달빛
님의 침묵 속에도 타오르는 불꽃

한 줄 한 줄 써 내려간 시
글마다 새겨진 조국의 노래

검은먹물 뚫고 독립의 꽃은 찬란하게 피어나리

폭풍이 몰아쳐도 꺼지지 않으리라
창씨개명도 나를 바꾸지 못하리라
나는 조선의 승려, 조선의 시인

나라를 지키는 불굴의 혼

해방의 새벽을 비추기 위해

내 숨결은 바람이 되고

내 시는 강물이 되어 조선의 대지를 적시리라.

조선의 나라, 조선의 숨결, 나는 그 길에서 다시 피어나리

환희에서 파국으로

7

<님의 침묵>

장르: 시대극(역사, 독립운동)

배경: 1919년 3·1운동 전후, 일제저항기 조선

주요 등장인물

- *한용운(만해)* - 조선의 독립운동가이자 승려, 시인 본관은 청주(淸州), 본명 정옥(貞玉), 아명 유천(裕天), 법명 용운, 법호 만해(萬海, 卍海), 충청남도 홍성 출신
- *조국주* - 독립운동을 돕는 서점 주인
- *구도자* - 조국을 구하기 위해 독립운동하는 사람
- *나카무라 경부* - 조선을 탄압하는 일본 경찰
- *허벌레* - 나라를 배신한 매국노

- **수감자들**- 한용운과 함께 옥중에서 독립을 꿈꾸는 사람들

제1막 - 감옥에 갇히다

(장소: 서울 어둠 깔린 한적한 골목, 한용운과 조국주가 급히 걷는다.)

조국주: 선생님, 일본 경찰이 이미 민족대표들을 감시하고 있습니다. 독립선언서 배포는 너무 위험합니다.

한용운: (웃음 지으며) 나라를 찾는 일인데 위험 없이 할 수 있겠소? 위험 정도는 감수해야지.

조국주: 하지만 체포되시면…!

한용운: (단호하게) 나라를 찾기 위한 길이라면 어찌 체포를 피할 수 있겠소?

(멀리서 일본 순사들의 발소리가 들려온다. 한용운은 잠시 멈춰 주위를 살핀다.)

한용운: 서점 지하실에 독립선언서를 숨겨 두시오. 나는 태화관으로 가겠소.

(한용운은 조국주에게 독립선언서를 주고 급히 돌아서서 걸어간다.)

조국주: (한용운의 뒷모습을 향해) 조심하십시오. 선생님! (하고는 독립선언서를 품에 넣고 주위를 한 바퀴 돌아본 다음 부지런히 서점으로 간다.)

(장소: 1919년 3월 1일, 태화관 내부. 한용운과 민족대표들이 둘러앉아 있다.)

한용운: (힘주어) 이제 우리가 침묵을 깰 때입니다. 조선의 독립은 이미 우리의 가슴속에 있습니다.

구도자: 하지만 일본이 이렇게 가만히 있지는 않을 겁니다. 우리 모두 위험해질 것입니다.

한용운: (싸늘하게 쳐다보며) 독립의 길에 위험이 없을 리 있겠소? 다만, 누군가는 이 길을 먼저 걸어야 하지 않겠소? 위험 없이 어찌 조국을 구한단 말이오?

(이때 문이 거칠게 열리며 일본 경찰들이 들이닥친다. 나카무라 경부가 앞장서 있다.)

나카무라: (비웃으며) 너희 조선인들, 이게 무슨 짓인지 아느냐?

한용운: (당당하게) 우리는 단지 우리의 땅에서, 우리의 자유를 외칠 뿐이오.

나카무라: (손짓) 모두 체포해라!

(한용운과 민족대표들은 저항 없이 연행된다. 밖에서는 대한독립 만세!를 외치는 군중들의 함성이 들려온다.)

제2막 - 감옥에서의 위협

(장소: 서대문형무소, 어두운 감방. 한용운이 철창을 등지고 무릎을 모아

두 손으로 깍지를 끼고 고개를 숙이고 생각에 잠겨 있다.)

허벌레: (조심스럽게 한용운의 눈치를 살피며) **선생님, 지금이라도 일본과 타협하시면 목숨을 보전할 수 있습니다.**

한용운: (손을 풀고 고개를 들며 날카롭게 허벌레를 쏘아보며) 허벌레, 자네도 조선 사람이 아닌가? 어찌하여 자신의 뿌리를 부정하며 벌레 같은 말을 하는가?

허벌레: (시선을 피하며) 저는 현실을 말하는 겁니다. 살아야 싸울 수 있습니다.

나카무라: (웃으며) 그래 한용운, 창씨개명을 하고 조선 불교를 일본에 충성하게 하겠다고 서약하면, 목숨은 살려주지.

한용운: (단호하게) 조선의 하늘이 일본의 것이 될 수 없듯이, 내 이름도 바꿀 수 없소.

(나카무라가 주먹을 날리며 한용운의 뺨을 가격한다. 하지만 한용운은 흔들리지 않고 빨아들일 듯 나카무라를 쳐다본다.)

나카무라: (분노하며) 네놈은 오래 버티지 못할 것이다. 이 감옥에서 나갈 생각은 하지 마라.

한용운: (비웃듯 웃으며) 착각하지 마라. 조선의 독립이 오는 날, 나는 이곳을 걸어 나갈 것이다.

수감자 1: 선생님, 저들은 우리가 여기 갇혀 있으면 독립의 뜻을 꺾을 수 있다고 생각하는 것 같습니다.

한용운: (웃으며) 물이 흐르듯 뜻도 흐르는 법. 감옥이 우리 몸은

가두지만 어찌 우리 마음까지 가둘 수 있겠소?

(나카무라 경부가 감방문을 열고 들어온다.)

나카무라: (거드름을 피우며) 한용운, 너가 말하는 조선독립은 망령이다. 정신 차려라! 조선은 영원히 일본의 일부가 될 것이다.

한용운: (차분하게) 님이 오시기 전까지, 어찌 이 침묵을 깰 수 있겠소?

나카무라: (분노하며) 네놈이 끝까지 저항한다면, 목숨을 부지하기 힘들 것이다.

한용운: (조롱이 조롱박처럼 조롱조롱 열린 웃음을 지으며) 나는 이미 조선과 함께 죽고, 조선과 함께 살아 있다.

나카무라: (분노 꽃을 화르르 피우며) 그래 두고 보자 어디 얼마나 견디나.

제3막 - 목숨을 건 탈출

(감옥 지하실 심문실. 한용운은 심문을 받으며 심하게 얻어맞고 있다.)

나카무라: 마지막 기회를 주겠다. 창씨개명을 하고 일본에 충성하겠다고 서약해라!

한용운: (피 묻은 입술을 닦으며) 이름을 바꾼다고 조선의 땅과 하

늘도 바뀐다고 착각하지 마라?

(나카무라가 분노하며 주먹을 휘두르려는 순간, 갑자기 감옥에 소란이 일어난다. 독립운동을 지지하는 간수 하나가 한용운에게 다가온다.)

간수: (작은 목소리로) 서둘러요. 일본 내에서도 항의가 빗발치고 있습니다. 빨리 감옥을 탈출하십시오.

한용운: (고개를 끄덕이며) 하늘이 도왔군. 하지만, 님이 오시기 전까지, 침묵하지 않겠소.

한용운: (하늘을 보며) 아직 할 일이 많소. 나의 님인 나라가 돌아올 때까지, 우리의 길은 계속될 것이오.

허벌레: 선생님, 서둘러야 합니다. 동지들이 저쪽에서 기다리고 있습니다.

한용운: (고개를 저으며) 나는 여기서 나갈 수 없소. 내 탈출이 조선의 독립에 도움이 될 것 같소?

(감옥 안, 한밤중. 구도자가 몰래 감옥에 침입해 한용운에게 다가온다.)

구도자: 선생님, 일본이 선생님을 죽이려고 합니다.

한용운: (잠시 생각하다) 내가 사라지는 것보다, 내 뜻이 남는 것이 중요하오. 하지만 이곳에서의 나의 역할이 끝났다면, 님을 향해 다시 걸어가겠소.

(한용운이 간수복으로 갈아입고, 구도자와 허벌레와 함께 감옥을 빠져나온다. 밖에는 폭우가 내리고 있다. 한용운이 지친 몸을 이끌고 감옥을 빠져나와 골목으로 숨어든 순간, 허벌레가 이끄는 일본 경찰들이 따라붙는다.)

감옥 밖에서 기다리던 동료들이 그를 부축하며 눈물을 글썽인다.)

구도자: 선생님, 무사히 탈출 하셔서 다행입니다.

한용운: 그래 고맙네 도와줘서.

허벌레: (한용운의 말에 웃음을 쪼개며) 네놈들을 놓칠 줄 알았나? 어리석기는!

구도자: (주먹을 불끈 쥐며) 네 이놈…!

한용운: (담담하게) 허벌레, 이 벌레만도 못한 놈. 너는 조선 땅에서 태어나 조선을 팔아먹는구나. 하지만 역사는 너를 기억할 것이다.

(총성이 울리고, 구도자가 몸을 던져 총을 막는다. 한용운은 총 맞은 구도자를 데리고 필사적으로 도망친다.)

제4막 - 님을 향한 길

(장소: 설악산 오세암, 한용운이 글을 쓰고 있다. 그의 앞에는 님의 침묵 원고가 놓여 있다.)

한용운: (뒷짐을 지고 서성거리며 시 한 구절을 낭송한다) 님은 갔지만, 나는 님을 보내지 아니하였습니다. 사랑하는 님이여, 부활하소서.

(멀리서 조국의 아침 해가 떠오르고, 한용운의 눈에는 희미한 염화미소가

피어난다.

　해가 조선의 산천을 비춘다. 한용운의 눈에 뜨거운 불꽃이 타오른다.)

　한용운은 1910년 국권침탈이 되면서 국권은 물론, 한글마저 쓸 수 없는 가혹한 현실이 다가오자 국치의 슬픔을 안은 채 중국 동북삼성(東北三省)으로 갔다. 그곳에서 만주지방 여러 곳에 있던 우리 독립군의 훈련장을 순방하면서 그들에게 독립정신과 민족혼을 심어주는 운동을 하였다. 불교 잡지인 월간 **유심(惟心)**을 1918년 간행하였다. 1920년 만세 사건의 주동자로 3년 동안 옥살이를 했다. 일본의 삼엄한 감시 아래 출옥 후에도 강연 등 여러 방법으로 조국독립을 위해 설파하며 조국독립을 위해 헌신했다. 오세암에서 1925년 선서(禪書) **십현담주해(十玄談註解)**를 탈고하였고 한국 근대시의 기념비적 작품으로 인정받는 대표적 시집 **님의 침묵**을 1926년 발간하였다. 민족 독립에 대한 희망과 신념을 사랑의 노래로 형상화한 시집이다. 일제에 대항하는 단체였던 신간회(新幹會)를 결성하는 주도적 소임을 맡았다. 경성지회장(京城支會長)과 중앙집행위원 자리를 겸직하였다. 부인 유씨(俞氏)와 다시 결합하였고 1935년 장편소설 흑풍(黑風)을 조선일보에 연재하였고, 이듬해에는 장편 후회(後悔)를 조선중앙일보에 연재하였다. 그는 소설을 통하여 독립운동을 전개하려 했다. 1938년 그가 직접 지도해오던 불교 계통의 민족투쟁 비밀결사 단체인 만당사건(卍黨事件)이 일어났고, 많은 후배 동지들과 함께 일본에 의해 체포되어 모진 고초를 겪은 후유증으로 성북동 심우장(尋牛莊)에서 1944년 6월 29일 별세하였다. 동지들은 한용운을 미아리 사설 화장장에서 화장한 뒤 망우리 공동묘지에 안치하였다. 만해 한용운은 사상가이자 문학가, 불교 개혁 조국의 독립을 위해 헌신한 인물이다. 3·1운동을 주도하며 옥고를 치렀고, 문학과 언론을 통해 독립 의지를 불태웠으며, 일제의 만행에 끝까지 저항하며 타협하지 않았다. 한용운의 정신은 대한민국의 민주주의와 독립정신의 중요한 기반이 되었다.

어리석은 회유

이승만은 독촉중앙회를 중심으로 피를 토하는 심정으로 연설을 하고 다녔다. 우리 모두 한 덩어리로 뭉칩시다. 애국정신을 자유민주주의라는 목적하에 뭉쳐 우리의 원하는 바를 세계에 보여줘야 합니다. 그 기관을 만들었기에 이 모임은 실로 조선독립을 위해 우리의 역사에 길이 남을 것입니다. 그러니 나는 여러분에게 억지로라도 뭉치라고 강요하고 싶습니다. 당신들이 뭉쳐서 조선을 자유민주주의를 이 땅에 뿌리내리지 못하면 당신들은 후손들에게 죄인이 될 것입니다. 정신 똑바로 차리고 뭉쳐서 이 나라를 바로 세웁시다. 자유민주주의를 만들어 나라를 똑바로 세우려는 이승만에게 조선공산당 재건파를 이끄는 박공산은 이보시오! 이박사, 공산주의로 남북이 합하면 당신이 최고 우두머리가 되어 잘 먹고 잘살 수 있을 것인데, 어찌 많이 배운 사람이 그리도 아둔한 생각을 한단 말이오? 이미 북쪽에서는 김일성을 중심으로 모두가 평등하게 살 수 있는 공산주의가 형성되었으니 남한만 동의하면 남북이 하나로 통일이 되는데 왜 그리 고집을 피우는 것이오? 끊임없이 이승만을 설득한다. 그러나 이승만은 박공산에게 조선공산당이 이 땅에 들어서면 당신은 역사의 죄인이 됨을 명심하시오! 앞으로 이 지구상에 공산주의는 설 자리가 없을 것이오! 제발 똥인지 된장인지 분간을 좀 하고 날뛰고 다니란 말이오! 하고 소리를 지르고 문을 박차고 나와버렸다. 결국, 박공산은 작전을 바꿔 독촉중앙회를 좌우 통합 조직으로 만들려는 시도를 시작한다. 박공산은 한민당 계열을 붕괴시키는 작전을 세우고 조선공산당원들에게 이승만 제거 계획을 시작했다. 그리고 독촉 중앙회원들이 탈퇴하고 조선공산당 재건파로 자리를 옮길 것을 끊임없이 회유한다. 그러던 중 김구를 비롯한 임시정부 요원들이 귀국해 김구는 박공산을 만나 모두 하나로 뭉쳐 합작을 추진하자고 했으나 박공산은 상해 임시정부를 부정하는 성명을 발표하면서 합작을 하되 조선공산당으로 하자고 제의를 해 하나로 합치는 일은 실패로 끝나고 말았다. 모스크바 3상 회의에서 한국에 대한 신탁통치가 결정되었다는 소식이 전해지자 신탁통치에 반대하는 시위가 전국적으로 일어났다. 이승만도 임시정부에서도 신탁통치에 반대하는 결의안을 채택했지만, 몰래 38선을 넘어 북으로 드나들며 이미 소련에 설득당해 붉은 물이 든 공산당의 앞잡이가 되어 있던 박공산은 좌익세력들을 중심으로 신탁통치를 찬성하기 시작했다. 김구는 비상 국민회의를 소집하고 정식 국회 수립 전까지 과도정부를 만들고 이를 위한 결정권은 자신과 이승만에게 일임할 것을 주장했다. 미국은 앞다투어 미 군정 사령관 존 하지를 앞세워 비상 국민회의에 참석했던 인물들을 모아 회의를 개최하고 **남조선 대한민국 대표 민주의원** 의원으로 임명하고 의장에는 이승만, 부의장에는 김구와 김규식이 오르자 그 측근들과 박공산은 이승만을 모함하기 시작했다. 그 모함은 이승만이 사무엘 돌베어라는 미국인에게 엄청난 돈을 받고 광산 고문이라는 직함과 채굴권을 주었다는 거짓말을 참말로 둔갑시켜 소문을 내기 시작했다. 이승만은 참으로 공산주의란 가짜를 진짜로 만드는 탁월한 재주가 있다고 생각했다. 박공산은 이승만 제거가 만만하지 않자 다시 회유에 들어간다. **여보시오! 아직도 이승만 당신은 작금의 실태를 파악하지 못하고 자유라는 공상주의에 빠져 허우적거리고 있군요. 세상을 똑바로 보시오. 공산주의야말로 세상을 평등하게 만들고 모두가 잘사는 인간다운 삶을 살게**

해준다는 사실을 모른단 말이오? 박공산의 말에 이승만은 참으로 저능아적인 발상을 하고 있군요. 공산주의는 앞으로 반드시 이 지구상에서 사라질 것이오. 공산주의야말로 희망도 발전도 자유도 없는 공상주의라는 걸 명심하고 정신 바짝 차리고 힘들게 찾은 나라에 다시 공산당이란 붉은 물을 들일 생각 말고, 자유민주주의로 살기 좋은 지상낙원을 만들어 후손에게 물려주어야 함을 명심해야지, 그렇지 않으면 후손들에게 당신은 반드시 죄인이 되고 말 것을 잊지 마시오! 그러나 박공산은 참으로 바보 같고 촌스러운 생각을 하고 있군요. 당신이 공산주의의 지도자가 되어준다면 잘 먹고 잘살 수 있을 텐데, 소문과는 달리 머리가 몹시 나쁘군요. 하자 이승만은 도대체 당신 같은 사람은 사방이 모두 절벽이군요. 정신 바짝 차리시오. 공산주의 어림도 없는 말 자꾸 퍼뜨려 나라를 혼란으로 몰고 가는 일 따위 그만두고 어서 나라를 평정하기 위한 방책이나 강구하시오. 하고 이승만은 단호한 말을 꺼내 박공산 앞에 집어 던졌지만, 소련의 공산화 야욕의 그림자는 점점 짙어지고 있었다. 자유민주주의를 지키는 불굴의 의지를 다시 불태워야 한다. 미국과 일본이 손을 잡고 조선을 짬짜미할 때도 이겨냈다. 그런데 이쯤이야, 그렇지만 잠시도 방심해서는 안 된다는 걸 깨닫는다. 해방된 조선은 새로운 국가의 방향을 두고 다양한 이념이 충돌하는 혼란의 시기였다. 해방 후, 남한의 수도 서울은 정치적 열기로 가득해 각계각층의 인사들이 새로운 국가의 방향을 논의하며 분주한 나날을 보내고 있었다. 이승만은 독립운동가로서의 경력과 미국이란 선진 역사관과 정치관을 공부한 바탕으로 국민들의 신뢰를 받고 있었다. 북한의 공산주의 지도자들은 남한의 정치인들을 매수하여 공산주의 이념을 확산시키려는 음모의 그림자를 짙게 드리웠다. 그들은 남한의 유력 인사들에게 접근하여 금전적 지원과 권력의 약속을 미끼로 삼았으며 이승만에게는 회유가 통하지 않자 온갖 방법으로 유혹의 손길을 뻗었다. 어느 날, 이승만은 한 사업가로부터 만남을 제안받고 약속장소로 나갔다. 불안했지만 일단 만나 보기로 결심하고 나갔다. 키가 크고 이목구비가 부리부리하고 어깨가 떡 벌어져 영화배우일까? 하는 생각이 들 정도의 외모를 가진 그는 먼저 입을 열었다. *길회유라고 합니다. 만나서 반갑습니다.*라고 인사를 한다. 이승만도 예 반갑소. 이승만이오. 하고 인사를 했다. 마흔 살 정도 되어 보이는 길회유는 *제가 뵙자고 한 것은 이제 갓 해방된 나라이니 새로운 국가 건설을 위한 자금이 많이 필요하리라 생각하여 국가 건설 자금 지원을 해 드리기 위해 뵙자고 했습니다.* 하고 말한다. 목소리에 대나무 같은 푸르름이 죽죽 벋어나가는 상상이 들어 있었다. 잠시 목소리 매력에 스며 있던 이승만은 고맙소. 그런데 어찌 그리 기특한 생각을 했단 말이오? 하자 당연한 것 아닙니까? 평생 독립운동을 한 선생님에 비하면 아무것도 아니지요. 국가를 다시 건설하려면 자금이 많이 필요하실 테니 자금은 얼마든지 마련해 드리겠습니다. 필요한 만큼 말씀

하십시오. 하며 넉넉한 말을 던졌다. 이승만은 속으로 나라의 장래가 밝다는 생각을 한다. 저런 젊은이가 나라의 재건을 위해 아낌없이 얼마든지 지원을 해준다니 하고 생각을 하고 있는데 그 대신 조건이 있습니다. 하고 말한다. 그 조건이 뭐요? 하고 이승만이 묻자 길회유는 소련 공산주의 이념의 도입을 제안합니다. 이승만은 소리를 지를 뻔했지만 차분하게 생각했다. 그리고 그를 자유민주주의 쪽으로 회유하기로 마음을 굳히고 물 한 모금을 마시고 차분하게 말한다. 내 말을 잘 들어보시오. 당신이 공산주의 품에서 태어나 자라지는 않았지요? 그런데 공산주의가 인간의 이상향이라고 믿는 이유를 말해 보시오. 하자 길회유는 말했다. 공산주의의 평등이야말로 가장 정의로운 세상이 아닙니까? 이승만은 곧 받아쳤다. 그렇게 생각하시오? 젊은이여 당신이 원하는 것은 진정한 평등이요? 아니면 권력을 독점한 자들이 말하는 평등이요? 길회유는 아무 대답하지 못했다. 이승만은 조용히 그러나 근엄한 모자를 쓴 말을 이었다. 젊은 친구여! 진정한 평등은 자유에서 나오는 겁니다. 선택의 자유, 발언의 자유, 삶을 개척할 자유, 그것이 없는 평등은 결국 누군가에게 지배당하는 노예일 뿐이라는 걸 알길 바랍니다. 이승만의 말에 길회유는 지난 시간을 소환해 보았다. 공산당의 당간부들은 특권을 누렸고 지령을 내렸고 밑에 사람들은 늘 노예처럼 그들의 지령을 따라야 했고 만일 거절이라도 하면 쥐도 새도 모르게 싸늘한 시체가 되어 있던 시간들에 의문이 들기 시작했다. 돌아보면 기득권을 가진 당간부들 외엔 여전히 그늘의 노예가 되고 손발이 되어 살아가고 있음이 그제서야 보였다. 자유를 외치면 반동이라 낙인찍했다. 길회유에게 갈등이 덕지덕지 묻은 고민이 눈송이처럼 세차게 몰아쳤다. 평등을 위해 자유를 버려야 하는가? 자유를 얻어 평등을 누려야 하는가? 그날 이후 길회유는 외발로 서서 힘들게 버티고 있는 나무를 주먹으로 두드리며 피할 수 없는 운명 속에 소리 내어 울지도 못하고 고민만 깊어졌다. 평등과 자유는 양립할 수 없는 가치가 아니었다. 오히려 자유 속에서 기회의 평등이 보장될 때 모든 이가 자신의 삶을 평등하고 자유롭게 개척할 수 있는 진정한 사회가 만들어지고 삶이 만들어진다는 것을 깨달았다. 그는 이제는 새로운 길을 가야겠다는 생각 쪽으로 저울추가 한 눈금 정도 기울었다. 다음에 또 이승만을 만나자 이승만은 또 일장 연설을 했다. 길회유는 반박도 하지 않고 조용히 듣고 있었다. *젊은 친구 제 말을 잘 들으시오. 앞으로 이 나라는 당신들의 나라요. 나는 나이도 먹고 나라를 찾는 일에 힘을 다 쓰고 이제 생이 얼마나 남았는지 모르지만, 당신 같은 미래 세대는 반드시 이 나라가 자유민주주의가 되도록 힘써야 할 것입니다. 그래야 종교의 자유 생활의 자유 모든 삶의 자유가 있을 것입니다. 공산주의란 자유를 담보로 그들의 노예가 되어야만 하는 제도이니 잘 생각하길 바랍니다. 공산주의는 겉으로 보는 것과 차이가 많습니다.* 단원 김홍도(1745~1806)는 생의 마지막 무렵에 이르리, 염불하며 서방정토로 향하는 스님이란 뜻의 '염불서승도(念佛西昇圖)'를 그렸는데, 세상의 백팔 번뇌를 모두 내려놓고 연좌에 앉아 고요히 서방정토를 바라보는 듯한 늙은 스님의 뒷모습을 그렸습니다. 왜 앞모습을 두고 뒷모습을 그렸는지 아십니까? 뒷모습은 우리 내면의 거울인 까닭입니다. 단원은 늙은 스님의 뒷모습을 바라보는 사람이 깊은 내면의 성찰에 도달하도록 하고 싶어서일 것입니다. 인간의 보이는 얼굴은 하나지만, 보이지 않고 감춰진 얼굴은 셀 수 없이 많기에 겉모습만으로는 참모습을 알 수 없습니다. 그래서 뒷모습을 완연한 것으로 보고 그린 것입니다. 천의 얼굴을 한 앞을 보지 말고, 속이지 못할 뒤를 잘 보란 말이오. 중국 최고의 가면 술 변검(變臉)은 소매로 얼굴만 스치면 전혀 다른 얼굴로 바뀝니다. 최고 변검 술의 고수는 24개까지의 얼굴로 변신할 수 있다고 합니다. 지금 자신의 이익과 목적을 위해 상황에 따라 얼굴을 수시로 바꾸는 인간들이 존재하는데 그들이 바로 공산주의자들입니다. 젊은 친구여 제발 정신 바짝 차리고 조국, 아니 당신의 젊은 청춘을 공산주의란 감옥에 가두는 누를 범하지 말아 주길 바라오. 절대로 이 나라는 공산주의는 안 되오. 자유롭게 나는 독수리를 보시오. 거친 바람을 가르며 휘날리는 깃털마다 자유가 숨 쉬고 그 눈빛엔 조국의 산과 강이 서려 있습니다. 푸른 하늘을 가슴에 품고 날아야 비바람이 몰아쳐도 부러진 깃으로 다시 솟구칠 힘이 생겨 이 땅 위에 머물 마지막 깃털까지 자유로울 수 있지, 날개를 접은 둥지 안에 머무른다면 그것은 감옥입니다. 자유민주주의가 아닌 공산주의가 이 땅에 자리 잡는다면 당신들은 감옥에 갇힌 독수리와 같을 것이오. 정신 똑바로 차리시길 바라오. 시선을 멀리 넓게 보길 바라오. 길회유는 처음에는 그 제안을 거절했지만, 저울추가 기운 걸 알지 못하는 이승만은 젊은 미래가 공산주의에 물들지 않게 하려고 지속적인 설득을 했다. 오동나무가 봉황 알을 낳을 수 없고 봉황이 오동나무를 낳을 수 없음을 명심하시오! 길회유는 이승만을 공산주의자로 만들기 위해, 이승만은 길회유를 자유민주주의자로 만들기 위해 시작된 만남은 한 달이란 시간에 거의 매일 만나다시피 했다. 이 전쟁에서 길회유는 점차 이승만 쪽으로 점점 저울추가 기울어가는 자신을 발견했다. 길회유는 이승만의 말을 듣고 자신의 신념과 현실 사이에서 깊은 갈등을 겪는다. 그는 공산주의 이념이 조선의 미래에 어떤 영향을 미칠지 고민하며, 동시에 개인적인 야망과 공산주의 기대 사이에서 혼란스러워한다. 공산주의의 만민 평등을 고수하며 붉은 별 아래에서 배운 것들을 바탕으로 자유가 살아 숨 쉬는 곳에서 더 나은 세상을 만들어 보자는 확신 쪽으로 자꾸 마음이 기울어갔다. 그러나 결국, 길회유는 자신의 신념을 지키기로 결심하고 이승만의 자유민주주의 제안을 거부하고, 이승만의 회유를 당에 폭로한다. 이로 인해 그는 생명의 위협을 받게 되지만, 공산주의에 세운 물질적 공로를 인정받고 그의 도움을 받은 공산주의자들의 지지와 신뢰를 얻으며 조선공산당 수호에 앞장서게 된다. 조선공산당들은 길회유의 용기 있는 결단은 남한의 자유민주주의 국가 시도를 저지하는 데 큰 역할을 했고 그의 이야기는 후대에까지 전해질 것이며, 신념과 용기의 상징으로 남게 된다며 그를 부추겼다. 그러나 거기까지였다. 한번 배신자는 영원한 배신자가 된다며 이승만을 만나고 나서 흔들렸던 마음을 가장 친한 동료한테 털어놓고 상의한 것을 같은 공산주의를 선호하는 친구가 재산가인 길회유를 질투해 당에 거짓 고발을 했다. 이승만을 돕겠다고 했다는 새빨간 거짓말. 그러나 공산당은 확인도 없이 배신자 명분을 만들어 처단하고 말았다. 토사구팽(兎死狗烹) 당한 것이었다. 공산주의는 친구도 가족도 의미가 없었다. 가장 절친에게 목숨을 바치고 말았다. 이렇게 공산주의자들은 공산주의를 만드는 데 조금이라도 걸림돌이 되면 가차 없이 목숨을 날렸다. 사람 목숨을 파리 목숨만큼도 여기지 않았다. 정의와 진실 이런 것들은 개나 물어갈 뼈다귀 취급을 하고 공산당에 해가 되면 파리 잡듯 모두 잡아버렸다. 그런데도 달콤한 사탕 속임수에 넘어간 공산주의자들이 너무 많음에 이승만은 현기증이 일어났다. 어지러운 상황에서 북한의 공산주의자들은 남한의 주요 인사들을 매수하여 한반도 전체를 공산화하려는 야망을 품고 있었다.

환희에서 파국으로

8

　소련 공산주의자들의 음모는 결국, 남북 모두 공산주의가 되는 길에 장애가 되는 이승만을 암살하라는 지령을 내렸다. **평양의 김일성은 북한 공산주의의 최대 장애물인 남한의 이승만을 제거하라.** 소련 공산당 지령을 받은 김일성은 북조선 공산당원 중 최고의 붉은 사상을 지닌 사린범과 천한놈에게 비밀 임무를 부여했다. 그들의 임무는 남한으로 잠입하여 이승만을 암살하는 것이었다. 위험하고 험난한 여정이지만 명령에 복종하지 않으면 총살을 당하는 공산당의 명령을 받고 사린범과 천한놈은 남한으로 잠입했다. 남조선 사람으로 신분을 위장하고 서울에 잠입한 그들은 먼저 이승만의 일정을 파악하고, 그의 거처를 탐색하며 치밀한 계획을 세웠다. 한밤중, 그들은 이승만의 거처인 돈암장에 침입을 시도했다. 담을 넘으려던 순간, 경비에게 발각되어 간신히 도망쳤다. 그러나 그들은 포기하지 않았다. 실패와 도주를 반복하며 악착같이 저격을 시도했다. 늦은 밤 이승만은 비서와 경호원과 함께 자동차를 타고 권농동 창덕궁 앞길을 지나고 있었다. 사린범과 천한놈은 그곳에 잠복하고 있었다. 이승만이 탄 자동차가 나타나자 그들은 갑자기 나타나 권총을 발사했다. 총알은 자동차의 후면 유리창과 차체를 맞췄지만, 이승만과 동승자들은 무사했다. 저격에 실패한 그들은 즉시 현장을 떠났다. 사건 후, 당국은 음모의 경위와 배후에 대해 철저한 조사를 했다. 사린범과 천한놈은 평안북도 강동군 출신의 북조선 공산당원으로, 조선을 공산화하려면 우선 이승만과 김구 등 우익 요인들을 암살해야 한다는 교육을 받고 임무를 완성하기 위해 약 두 달 전 서울에 잠입하여 치밀한 암살 계획을 세우고 기회를 노리고 있는 것으로 조사됐다. 이 사건은 이승만 개인에 대한 위협을 넘어, 남북한의 이념 대립과 냉전의 서막을 알리는 신호탄이었다. 사린범과 천한놈의 시도는 실패로 끝났지만, 북은 끊임없이 남한을 공산주의로 만들려는 야욕을 버리지 않아 남과 북의 갈등은 더욱 깊어져만 갔다. 이승만 박사에 대한 암살 미수 사건이 발생했습니다. 이 사건은 북한의 공산주의자들이 이승만을 제거하려는 시도로 알려졌습니다. 범인들은 평안북도 강동군 출신의 공산당원 사린범과 천한놈으로, 작년 1월 초순에 서울에 잠입하여 이승만 박사를 비롯한 우익 요원들의 암살을 기도했습니다. 그들은 밤 12시 12분경, 이승만과 비서 2명, 경호원 1명이 탄 자동

차가 권농동 창덕궁 앞길에 다다랐을 때, 골목에 잠복하고 있다가 갑자기 권총을 발사했습니다. 다행히도 총알은 자동차의 후면 유리창과 차체를 맞쳤지만, 이승만 박사와 동승자들은 무사했습니다. 저격에 실패한 그들은 즉시 현장을 떠났습니다. 이 사건은 해방 이후 남북한의 이념 대립과 갈등이 얼마나 심각했는지를 보여주는 사례로, 현재의 정치적 긴장과 혼란을 잘 나타내고 있습니다. 하고 방송을 통해 연일 이어지는 혼란으로 갈수록 더욱 심각해지고 있음을 알렸다. 남한은 자유민주주의와 공산주의 세력 간의 갈등으로 얼마나 긴장감이 고조되고 있었는지를 잘 보여주는 사건이었고 북한의 공산주의자들은 남한의 주요 인사를 제거하기 위한 끊임없는 음모를 꾸미고 있었다. 그뿐 아니라 1930년대부터 일제의 강압과 회유책에 의해 문인들의 절필과 변절이 많았다. 붓을 거꾸로 잡았던 작가들도 일제의 품에서 빠져나와 고국의 품으로 돌아왔다. 그러나 조국을 위해 뛰어다녔던 자음과 모음들이 헤엄치며 직선으로 몰려들었다. 그렇지만 변절자들은 조국을 위해 붓을 휘두른 자들에 대해 죄스러움은커녕 나라를 팔아먹은 부끄러움조차 느끼지 않고 있었다. 글이란 언어에 호흡기를 달아주는 일과 같은 것인데 그 호흡기를 빼면 사망일 것이고 그대로 두면 일본 호흡기인 걸 조국이 다 알 텐데 수치심도 없이 당당하게 군림하고 있었다. 뱃속에는 조선의 태동을 간직하고 있는데 친일 작가들은 자신의 의지와 문학을 무엇으로 표현할 것인지? 심중에 무엇이

자리 잡고 있는지 몰골이 서늘할 정도로 아득하기만 했다. 이승만은 공산주의자들이 시시때때로 자신의 목숨까지 노리고 있어 지혜를 얻어보려 생각한 끝에 글을 쓰는 지식인들에게 조국의 사태를 논의하려 했지만, 문인들과 지식층까지 나라를 배반했음에 조국의 물도 녹이 슬고 바람도 누렇게 병이 들고 햇살도 빛을 잃고 사람의 마음까지 벌레가 다 파먹어 지구상에서 가장 슬픈 조국이란 생각이 들었다.

요동치는 검은 시간

서울의 한적한 거리, 독립운동가이자 정치인인 신지식은 일상적인 업무를 마치고 집으로 돌아가고 있었다. 그러나 그의 뒤를 조용히 따르는 그림자가 있었으니, 그는 바로 북한에서 파견된 간첩 기막힌과 한천민이었다. 기막힌과 한천민은 신지식을 납치하여 북한으로 데려오라는 명령을 받았다. 그들은 신지식의 일정을 면밀하게 파악한 후 그의 집 근처에서 매복하고 기다리기로 하고 한 달 동안 기다렸지만, 기회가 쉽지 않았다. 한 달이 지난 어느 날 신지식이 눈을 떠보니 어두운 방 안에 묶여 있었다. 주변을 살피니 좁은 방 안에 손발이 묶여 있는 현실이 꿈을 꾸고 있는지 현실인지

분간이 가지 않았다. 그저 암담하기만 했다. 밖에서 무어라고 주고 받던 사람들이 잠시 자리를 비운 틈을 타 밖을 보려고 했지만, 아무것도 볼 수 없었다. 아득한 생각에 벽에 등을 기댄 상태로 앉아 있는데 누군가가 창문을 통째로 떼어버리고 손과 발에 묶인 밧줄을 성냥불로 태워 푼 후 손목을 잡고 골목을 돌아 뛰었다. 복면을 하고 있어 누군지 몰랐지만 일단 따라서 뛰는 수밖에 없었다. 그의 탈출을 도운 것은 신지식과 함께 정치에 관해 토론을 하던 진정한이었다. 신지식과 함께 나라에 관해 이야기를 좀 나누고 싶어 늦은 밤 신지식의 집에 가던 중 신지식을 납치하는 승용차를 발견하고 택시를 잡아타고 그 차를 뒤따랐고, 그들이 들어가는 집을 확인하고 따라 내렸다. 그리고 진정한은 그 집 주인 행세를 하면서 *여기 집 주인인데 옆방에 볼일이 있어 왔습니다.* 하고 그 문을 두드리자 그들은 문을 열어 주었다. 대문 안으로 들어가 한 바퀴 둘러보는데 납치자들은 당황하는 표정으로 *저 방에는 아이가 잠을 자고 있으니 열지 말아 주시오.* 하고 말했다. 진정한은 그 말에 직감적으로 신지식을 그 방에 가뒀다는 걸 눈치채고 *아이가 자면 조용히 해야지요. 어디 고장 나거나 불편한 점 없지요?* 하자 그들은 동시에 *예! 불편한 것 하나도 없이 잘 지내고 있습니다.* 하고 대답을 했다. 그럼 불편한 점 있으면 연락 주세요. 하고는 대문을 열고 나왔다. 밖에 나와서 보니 밖에서도 열 수 있는 낡은 밀 창문이 있었다. 진정한은 뒷집 담 옆에 쪼그리고 앉아 한 시간을 기다렸을까?

간첩들은 배가 고프구먼, 어서 가서 저녁 먹고 와서 저자와 이야기를 합시다. 어서 서둘러 다녀옵시다. 손발을 묶고 방문도 자물쇠를 잠가 두었으니 그리 서두르지 않아도 될 겁니다. 둘이 도란도란 이야기를 나누며 골목을 빠져나갔다. 그들이 보이지 않자 진정한은 대문을 열고 집으로 들어가려 했지만, 대문을 굳게 잠가 열 수가 없었다. 그들이 돌아오기 전에 일을 끝내야 하므로 진정한은 복면을 다시 쓰고 창문을 통째로 떼어냈다. 다행스럽게도 창문은 커서 손발이 묶인 채로 탈출하기에 무리가 없었다. 어서 나오시오! 어서! 진정한의 목소리에 놀란 신지식이 굴러서 창문 쪽으로 오자 묶은 끈을 성냥불로 태워서 끊어버리고 어둠 속으로 뛰기 시작했다. 어두운 골목을 달리다 막, 굽은 길을 돌아서는데 추격하는 자들이 있다는 것을 알아차렸다. 신지식은 진정한을 데리고 가까운 경찰서로 향했다. 경찰서가 한 발자국만 더 멀리 있어도 붙잡힐 만큼 뒤를 바짝 쫓고 있었다. 경찰서 안에 들어서자 숨이 막혀 둘 다 쓰러졌다. 신지식은 경찰에게 말했다. 저들은 아무래도 간첩들 같소. 우리가 어서 여기서 탈출을 해 이승만 박사를 만나야 하니 경찰복을 우리에게 빌려주시오! 하자 경찰은 한참을 쳐다보더니 이름이 뭐요? 하고 묻는다. 나는 신지식이고 저 사람은 진정한이요. 하자 그들은 **몰라뵈서 죄송합니다.** 하면서 경찰차로 집까지 안전하게 데려다주었다. 마침내 신지식과 진정한은 경찰의 도움으로 간첩들의 추격을 따돌리고 안전한 곳으로 피신할 수 있었다. 신지식은 자신의 경험을 당국과 신문 지상에 알렸고, 이를 계기로 남한 내 간첩 활동에 대한 대대적인 수사가 시작되었다. 이 사건은 해방 후 남한의 불안정한 정세와 공산주의 세력의 위협을 여실히 보여주고 있었다. 신지식이 탈출할 수 있게 도와준 진정한의 용기 있는 행동은 많은 이들에게 본보기와 동시에 경각심을 일깨워주었고, 이후 남한의 안보 강화에 큰 영향을 미쳤다. 이 드라마 같은 이야기는 해방 후 남한에서 발생한 간첩의 납치 음모와 한 인물의 탈출기를 그린 작품이 아니라 당시의 역사적 실제 사건이었다. 1945년, 해방 후 혼란의 시기에 공산주의자들은 끊임없이 혼란을 일으키며 간첩 활동을 활발하게 했다. 심지어는 사랑을 사칭해서 포섭하려는 시도도 했다. 서울의 한적한 거리에서 젊은 여성 전미인이 걸어가고 있는데 어떤 남자가 그의 앞에 넘어지면서 전미인의 발을 걸어 함께 넘어졌다. 우연히 일어난 일 같지만, 계획된 작전임을 전미인이 알 리 없었다. *죄송합니다. 다치신 데는 없습니까? 네 다행히 괜찮습니다. 제 이름은 엄청난이라고 합니다. 사과의 뜻으로 식사 한 끼 사 드리고 싶은데 어떻습니까? 무례라고 생각하시면 그것도 사과하겠습니다.* 아주 정중한 언행으로 신사 중에 예의 바른 신사로 둔갑해 전미인에게 의도적으로 서성거리다 그녀 앞에 넘어진 줄도 모르고 엄청난이란 사내의 잘 생기고 매력적이고 지적인 모습에 약 먹은 것처럼 마음이 멍해졌다. 엄청난의 엄청난 작전을 모르는 전미인은 그날 이후 그가 만나자고 하면 귀신한테 이

끌리기라도 하듯 만났다. 두 사람은 빠르게 가까워지며 사랑에 빠졌다. 매일 6개월이란 긴 시간을 만나면서도 철저하게 발톱을 숨긴 엄청난이 공산주의자라는 것을 몰랐다. 그저 평범한 사람이며 재벌가의 아들 정도로 생각을 했고 엄청난은 자신의 신분은 나이와 이름 외엔 밝히지 않았으며 은근히 집안이 부자임을 자랑하며 전미인의 마음을 사기 위해 돈을 뿌리고 다녔다. 둘은 끝장 드라마처럼 갈 데까지 갔고 결혼까지 하기로 약속을 했다. 둘 사이엔 따뜻한 봄바람이 불었다. 양털처럼 보드랍고 순한 남자의 태도와 말씨와 옷깃에 전미인은 몸도 마음도 포근한 구름을 타고 하늘을 나르듯 몽롱한 시간을 둥둥 떠다니며 행복해하던 어느 날 엄청난이 공산주의 운동에 깊이 관여하고 있다는 사실을 알게 되었다. 엄청난은 애초부터 미인인 전미인을 이용하면 남한의 거물들을 쉽게 포섭할 수 있다는 계산하에 의도적으로 그에게 접근한 것을 전미인은 알지 못했다. 그러나 매력적인 외모와 예의 바른 행동과 여자가 좋아하는 선물 공세에 단숨에 빠져버렸다. 그도 그럴 것이 금방 해방된 남한은 어지럽고 가난하고 초췌하기까지 해 엄청난처럼 좋은 옷을 입지도 못했고 좋은 음식을 먹지도 못하는 힘든 세월이었기에 전미인은 모든 게 신선하고 새로워 금방 정을 방목하고 말았던 것이다. 이렇게 자신에게 푹 빠지게 해놓고 엄청난은 전미인에게 자신의 공산주의 이념을 설파하며 함께 새로운 세상을 만들자고 제안한다. 그러나 전미인은 가족과 나라를 생각하며 그의 제안에 갈등을 느낀다. 그의 말을 들으니 자신이 생각했던 것과 달리 실제 공산주의란 지상낙원 같다는 생각까지 하기에 이른다. 서서히 엄청난에게 마음을 빼앗기고 그의 사상에도 빠져들고 있었다. 둘은 급속도로 가까워졌고 결혼까지 하기로 약속을 하고 비싼 폐물까지 결혼 선물로 받았다. 1년 후에 결혼할 결심으로 행복에 풍덩 빠져 지내던 어느 날 전미인은 엄청난이 엄청나고 위험한 계획을 세운 것을 알게 되고, 그 계획에 자신이 희생물이란 걸 알게 되었다. 전미인은 그의 사랑과 나라의 안위를 저울질하게 된다. 그러나 몸과 마음을 모두 섞은 사이라 전미인의 갈등은 쉽게 결정할 일이 아니었다. 그렇게 시간이 흐르고 가을 나뭇잎이 하나둘 떨어져 내리고 마음이 스산한 전미인은 마음도 가라앉힐 겸 북한산을 올랐다. 서울이 한눈에 내려다보이는 북한산에서 전미인은 많은 생각을 했다. 그러나 도무지 뚜렷한 결정을 하기란 쉽지 않았다. 그날 밤 엄청난은 전미인의 생각을 꿰뚫기라도 하듯 그녀의 머리에 총을 겨누며 결정을 요구했다. 너무 놀라서 쓰러졌고 눈을 뜨니 방바닥에 피가 흥건했다. 전미인은 직감했다. 벌써 3개월째 월경이 없어 예감은 했지만, 현실이 너무 엉켜 어찌해야 할지 생각 중인데 갑자기 들이대는 총에 놀라서 아이가 유산이 된 것임을 알았다. 전미인은 이를 갈며 결심을 굳히고 엄청난에게 **함께 일을 돕겠다**고 안심을 시켰다. 그리고 결국 엄청난의 계획을 당국에 알렸다. 그녀는 사랑했던 이를 배신하는 고통을 감내하며, 나라를 위한 선택을 했고 엄청난은 체포되었다. 전미인은 엄청난의 마지막 눈빛을 잊지 못했다. 전미인은 그때 또렷하게 알았다. 공산주의자들은 아내도 자식도 모두 목적을 위해서는 죽일 수 있다는 것을. 그리고 사랑과 이념 사이에서 갈등하는 자신과 달리 엄청난은 오로지 이념을 위해서는 사랑도 자식도 모두 희생하고 만다는 것을. 이렇게 다시 공산주의와 자유민주주의가 같은 땅에서 머리를 맞대고 이념 싸움을 하고 있어 이승만은 고치 속에 갇힌 번데기처럼 갑갑했다. 이승만은 일기장을 꺼내 읽으며 가슴을 진정시킨다.

상처 속에서

불길이 혓바닥을 날름거리면서 하늘을 핥고
달빛마저 숨죽인 밤

사상과 피가 뒤섞인 거리
아이의 울음이 재 속에 섞여 휘날린다

꿈을 꾸던 손들은 총을 쥐었고
노래하던 입술은 비명을 삼켰다.

시간이 멈춘 상처에 흐르는 눈물

빼앗겼던 자리마다 어두운 그림자
그러나 잿더미 속 한구석에서
싹이 돋아나기 시작한다

희망이 흙을 뚫고 다시 피어난다
그 이름도 찬란한 대한민국이란 푸르고 싱싱한 싹

1945년 8월 15일

히로히토 천황은 무조건 항복을 세계 앞에 천명한다. 36년 동안 일본 제국주의 속박에서 벗어난 조선. 조선은 36년 그 기나긴 시간을 환골탈태시키고 있다. 제국주의 일본의 악랄한 간섭 악랄한 횡포 악랄한 설움 악랄한 속박의 굴레를 벗어난 조선의 *대한 독립 만세! 대한 독립 만세! 대한 독립 만세!* 소리가 골목마다 거리마다 쏟아져 나와 뒤엉킨다. 환희의 물결로 두둥실 두둥실 춤사위를 이루어 온 누리가 넘실거린다. 백성들은 그동안의 억압과 설움에서 해방되어 서로 얼싸안고 울고울고울고울고 또 운다. 울음소리는 흘러흘러 우주를 홍수에 떠내려 가게 하고 울음 속에 숨어있던 웃음소리는 날아날아 우주를 꽃 대궐로 만든다. 춤춘다, 춤춘다, 또 춤춘다. 통곡한다, 통곡한다, 또 통곡한다. 이날을 위해 자신의 몸을 불사른 애국지사들은 하늘에서 땅으로 내려오고 땅에서 하늘로 날아오르며 덩실더덩실더덩실덩실 춤 사위로 자신들과 조국을 잇는 구름다리를 만든다. 색동다리를 만든다. 바람이 송이송이 핀다. 빼곡한 어둠을 걷어내고 붉은 슬픔을 걷어내고 슬픔의 누더기를 벗어 던지고 구름도 하늘도 숲도 새도 곤충도 개도 말도 모두 환희의 물결로 출렁출렁이며

  두둥실
  두리둥실
  두두리둥실
  두두리두둥실
  춤사위가 온 누리에 날아다니며 넘실거린다
  산문을 열고
  하늘 문을 열고
  땅 문을 열고
  바람 문을 열고
  돌문을 열고
  원통한 죽음 문을 열고
  원통한 파문을 열고
  감옥 문을 열고
  막힌 질문을 열고
  무서리처럼 내리는 기쁨을

조선의 기쁨을

아시아로 지구로 우주로 외계로 마구 퍼나르며

눈꽃처럼 흩날리는 수천 혼령들

이 조선의 소원을

소낙비처럼 쏟아내며

찬바람 우우우 날리며 엎어지고 자빠지고 쓰러지며 일어나며

꽃으로 나무로 땅으로

온 우주를 뒤덮으며

맨발로 맨손으로

장엄한 모습으로 찬란한 모습으로 태어나고 있다.

파르릉파르릉 초록으로 초록으로 성성성성

태어나고 있다

별들이 쏟아져 내린다

달빛이 쏟아져 내린다

조국을 구하러 땅으로 하늘로 이주한 혼령들이 춤추며 운다

산이 무너지고 강이 넘어지고

무너진 자리마다 넘어진 자리마다 독립 싹이 튼다

푸릇푸릇 시퍼렇게 푸들푸들 우후죽순처럼 자라나고 있는 독립 싹

이제 이 싹에 물 주고 거름 주고 비료 주고 햇살 주고 바람을

주어

다시는 이제 다시는 독립을 떠나게 하지 말자

백성들은 손에손에 행복 싹을 들고 외치고외치고 또 외친다

일본의 발자국을 쓸어내자

쓸어내고 깨끗이 닦아

다시는 일제 발자국이 이 땅에 발붙이지 못하도록

그렇게 단단히 문을 걸어 잠그자

오늘을 위해 하늘로 간 애국지사들은

그렇게 땅에 있는 백성들에게

간곡하게간곡하게 너무나 간절하게 부탁을 하고 있다.

  악의 대명사 조선총독부는 해체된다. 조선 통치에 마침표를 꺼이꺼이 찍는다. 그 긴 세월 동안 이웃을 못살게 괴롭히며 횡포를 부리고 인권을 말살하고 나라를 뼈째 삼키려던 강자의 최후는 초라하기 그지없다. 강자의 뒷모습이 바람 실린 소나기에 떨어지는 여름 꽃잎처럼 분분하다. 울음과 웃음이 섞여 있는 하루가 뒤숭숭 어수선 시끄러움이 떼로 몰려들어 대한민국 만세를 어깨어깨에 짊어지고 아리랑아리랑 춤을 춘다. *1945년 8월* 태양은 일본이란 나라에 빛의 방사를 봉인한다. 욕심 바람에 짓밟혀 땅바닥에 쓰러졌던 풀들. 뿌리까지 뽑아내진 못해 쓰러졌던 풀들은 따스한 햇볕 줄기와 어둠을 틈타서 내려주는 이슬을 먹으며 다시 일어선다. 조

금씩 조금씩 굽은 몸을 부추기며 작은 바람에도 쉽게 몸을 비틀거린다. 햇살 한 줌 바람 한 포기에도 힘겨워하지만 끝내는 다시 흙을 바람에 털며 일어선다. 욕심 바람을 밀어내고 싱그럽고 푸른 바람을 당겨 마시며 다시 일어서서 꽃을 피우고 열매를 맺는다. 천황의 무릎 꿇는 소리가 벚나무 이파리처럼 휘날리고 있다. 등 구부러진 갈대는 가을을 익히며 서걱된다. 단숨에 꺼져버린 히로시마는 수많은 영혼을 욕심도 춥지도 배고프지도 않은 곳으로 이주시킨다. 하늘을 태우던 불기둥은 길을 잃고 사라진다. 너울은 갈기 휘날리던 지난날을 굼슬겁게 만지며 파문은 영원히 지지 않을 파란 꽃을 파문파문 피워낸다. 불임의 땅은 옛사랑을 도란거린다. 묵정밭은 하늘 창문을 열고 푸른 기지개를 켠다. 백두 한라 한 몸의 뱃속에서 해방둥이 하나 말똥말똥한 눈망울로 피어난다. 붉게 물든 영명 가운데로 울음을 터뜨리며 세상에 첫 발걸음을 내디딘다. 어린 물살이 바다로 가는 현란한 반전을 어깨동무한 시침. 하나보다는 둘 둘보다는 셋이 좋다고 티격태격하다 기어코 돌아올 수 없는 강을 건넌다. 달음박질을 잘하는 풀을 베어 먹고 단숨에 강을 건넌다. 형제의 뱃속에는 괴상한 짐승 괴상한 물고기 괴상한 괴물들이 우글거리며 서로의 등을 맞대게 부추긴다. 입에 거품을 물고 집을 뛰쳐나간 괴물들의 언어는 갈등의 소용돌이를 일으키며 범접할 수 없는 붉은 힘을 뿜어낸다. 하나의 조국 야망을 불태우던 북쪽은 검붉은 욕망을 퍼덕이며 으밀아밀 중국의 기운을 빌려

구월산 줄기를 타고 시간의 화살을 당기며 3.8선을 넘을 길을 닦아놓았다. 형제의 땅을 송두리째 삼키려고 호랑이 무늬를 새기며 붉은 갈퀴를 휘날리더니 송곳이빨을 으르렁으르렁 드러낸다. 기어이 식욕을 참지 못하고 게걸스러운 입으로 먹어서는 안 될 자신의 살점을 베어 먹을 준비를 한다.

1945년 10월 26일

오스트리아 출신의 프란체스카와 함께 고국 땅을 밟는다. 프란체스카는 사랑하는 사람의 조국까지 사랑하면서 구애 끝에 만났다지만 고생이 많아 미안하다. 프란체스카를 만난 후부터 독립자금은 해결되었다. 차비가 없어 시체실을 이용할 정도였지만 하늘이 도와 악착같이 사랑을 구걸하던 프란체스카는 사랑하는 사람의 조국독립을 위해 친정에서 독립자금을 끊임없이 조달해 왔다. 그럴 수 있었던 것은 아버지의 많은 재산이 있었고 또 딸이 사랑하는 사람이 행복해야 딸에게 잘해준다는 계산을 하는 사업가인 아버지가 딸이 행복하게 살 수 있는 건 사위의 나라가 독립되어야만 가능하다는 생각을 하고 지극한 딸 사랑이 있었기에 가능했다. 프란체스카의 어머니는 재산을 다른 딸들과 공평하게 나누어 주길 원했지만, 프란체스카 바보인 아버지는 프란체스카를 너무 귀여워한 나머지 그 많은 재산의 절반을 프란체스카에게 주었다. 딸이 손만 벌리면 두말하지 않고 달라는 금액의 5배 이상을 손에 쥐여주며 딸이 행복하기를 빌었다. 나는 처가 신세를 지는 것이 너무 미안했지만 고마운 마음이 더 컸다. 미국에 사는 한인들이 밥을 굶는 것을 본 프란체스카는 아낌없이 그들을 도와주었다. 프란체스카가 자신의 아버지 원조를 받아 내가 독립을 위해 움직이는 모든 돈과 가난한 사람들에게 수시로 먹을 것을 사다주는 것이 정말 고마웠다. 그러면서도 우리 부부가 쓰는 돈에는 너무나 구두쇠 짓을 했다. 심지어 우리나라 책에 나오는 *자린고비* 이야기까지 들먹이며 아껴야 한다고 훈계할 정도였다. 얼마나 사랑스럽고 고마운 사람인가? 나는 하느님이 이런 사람을 보내주었다는 생각을 하며 더욱 힘차게 독립을 찾아 뛰어다녔다. 사랑에는 국경이 없다는 말에 동그라미가 쳐지는 순간이다. 별빛처럼 아름답게 빛나는 프란체스카에게 휘파람을 불어주고 싶을 만큼 독립이란 옷에 둘둘 말려 황량한 벌판 같은 나를 신나게 했다.

환희에서 파국으로

9

　국경도 나이도 문화도 모든 것들을 다 넘나드는 프란체스카가 봄꽃처럼 환하게 웃으며 분홍꽃 향기처럼 나풀나풀 날아다니는 말이 떠올라 심각한 상황에서 웃음이 흘러나온다. 어머니의 유언 같은 화려한 기적처럼 낭떠러지도 낙상도 없어 헛짚을 일도 없을 말이 천 개의 등불보다 환하게 비추며 프란체스카의 입술을 열고 튀쳐나왔다. 당신은 해낼 거예요. 당신 이름이 이승만, 그러니까 독립에 승리해서 천세 천세 천천세도 아니고 만세 만세 만만세 이어 나갈 나라를 구하라고 승만리라고 부모님이 지어주신 이름이잖아요. 사람은 이름처럼 되기 때문에 이름을 잘 지으려고 노력하잖아요. 그러니 당신은 부모님께 감사해야 해요! 눈썹 한 올도 깜빡하지 않고 한국 이름을 유창하게 해설하는 그녀가 귀엽기도 하고 또 그 말이 맞다는 생각도 한다. 프란체스카는 암담하고 어두운 시간을 다져 넣고 만두를 빚어 나라에 그늘까지 환해지는 느낌이 들게 하는 여자라는 생각이 들었다. 그녀는 언어를 습득하는 데 탁월하다는 생각을 하며 그래 이름을 믿고 또 열심히 해보자. 이 자연도 누군가가 깨워서 봄을 일으키고 여름을 키우고 가을을 익히고 겨울을 잠재우는 것이다. 집요한 폐활량으로 달리고 달려 잠자는 사람들의 의식을 깨워보자. 바람도 바닥에 떨어지면 시드는 법이다. 시간도 지나면 다 화석이 되는 법이다. 새들이 공중을 날 수 있는 것은 나뭇가지에 앉아 소리를 다 비우기 때문이다. 그래도 무거우면 공중에다 내장을 다 비운다. 사람들은 배가 불러도 욕심을 부리며 먹지만 새는 배가 부르면 더는 먹이를 탐하지 않고 내장 속에 들었던 무게를 덜어내고 공중을 난다. 내 나이 74살, 그토록 고대하던 해방의 날이 다가왔다. 미국 워싱턴에서 주미 독립 외교 운영장을 맡으며 임시정부의 승인을 위해 밤낮으로 유명 인사들을 만나면서 건강이 쇠약해지는 줄도 모르고 뛰던 중 해방이 찾아왔다. 해방이 왔을 때 구미 위원 간부들이 모여들었다. *우리 조국의 해방을 위해 축배를 듭시다.*라고 해방을 맞아 축배를 들고 하루속히 귀국하기 위해 분주히 움직였다. 나도 귀국 승인을 요청했으나 당시 *이승만은 극렬한 반미노선을 내세우고 있다*면서 미국 국무부는 나의 입국 허가를 내주지 않았다. 나는 미국이 아직 자기 나라의 이익을 저울로 달고 있다는 것을 안다. 그래서 더더욱 저울추가 기울기 전에 다른 방법을 찾아야 한다는 것도 알기에 나는 맥아더에게 전보를 보내서 귀국을 부탁했다. 조속한 귀국을 해야 하니 내가 한국에 들어갈 수 있도록 도와줄 것을 요청합니다. 간곡히 요청합니다. 어서 귀국해 조국을 안정시킬 수 있게 귀국을 도와주십시오. 미 국무부에 승인을 받지 못한 내게 맥아더는 유일한 희망이었다. 그런 간곡한 부탁에 맥아더는 내게 귀국길을 열어준다. 미국을 떠나 상하이 임시정부로 가기 위해 나는 네덜란드 선박에 올라탔다. 미국에서 끝까지 허락을 해주지 않으면 화물칸에 몸을 숨겨서 가는 수밖에 없다고 생각하고 있었지만, 맥아더의 도움으로 화물칸에 몸을 숨기는 일과 시체실에 타는 일은 없어졌다. 그 절박한 생각을 할 때를 비교하면 특실 같은 곳이었다. 옛 생각에 화물칸을 한 바퀴 둘러보니 화물칸에는 쓸쓸한 외지에서 목숨을 다하여 고국으로 돌아가는 화교들의 관이 실려 있었다. 물관을 가진 것들의 물기가 야위어가는 가을처럼 푸르던 잎도 팽팽했던 가지도 가을이 걷어간 만큼 물기가 말라 갔다. 물기를 덜어낸 만큼 가벼워질 것이고 그만큼 몸의 실체와 냄새를 투명하게 드러낼 것이다. 뒤틀렸던 비문이 교정될 것이다. 나무도 소리 없이 울고 풀들도 머리를 풀어헤치고 울다 방긋방긋 웃는다. 세상 어디에도 모두 없었던 일이 생겨나듯 일본 주둥이 속에서 날름거리며 입맛을 다시는 저 헛바닥을 영차영차 온 국민이 힘을 합해 뽑아버리고 나라를 안전하게 지켜낼 것이다. 살무사의 이빨 자국에 연고를 바르고 상처를 치료해 싱싱하게 자랄 수 있도록 해야 한다. 만세! 만세! 만만세!를 후손들이 외치며 살게 해주어야 한다. 머릿속 가득 생각을 안개처럼 피워 올리는 사이 상하이에 도착했다. 그러나 상하이 임시정부에서는 쌀쌀한 냉기가 돌아 더 머무를 수가 없다. 나는 여기에 더 머물러서는 안 된다는 생각에 일본으로 가서 맥아더와 상의해야겠다고 마음먹고 다시 일본으로 향했다. 원수 땅인 일본에 도착해 조국을 도와줄 맥아더를 찾아간다는 것이 참 아이러니라는 생각이 든다. 맥아더를 찾아가자 맥아더는 자신의 친척이 오기라도 한 것처럼 반겨 주었다. 나는 그런 맥아더가 참으로 고마웠지만 고맙다는 말보다는 내가 일본으로 온 이유와 한국의 독립문제 이야기에 바빠 열변을 토했다. 맥아더는 이렇게 오랜만에 만나서 개인적인 신변 안부는 잘라먹고 조국 이야기만 하는 이승만, 당신이 참으로 기이하다는 생각이 드오. 그러나 기이함과 섭섭함보다는 측은하게 여겨지기까지 하오. 어설퍼서 무지해서 무관심해서 나라를 잃고도 강 건너 불구경을 하는 조선인들을 책망하기보다는 어떻게든 싸안고 나라를 찾으려는 마음은 하늘에서 내린 사람 같다는 생각이 드는구려. 내 힘닿는 데까지 도와주자 결심을 굳혔소. 옛정을 생각해서 내가 전용기를 내어줄 테니 위험하게 다니지 말고 전용기를 타고 가시오. 말씀은 감사하지만 어떻게? 지금 이것저것 따질 형편이 아니잖소. 일본은 지금 당신을 죽이기 위해 혈안이 되어 있는데 그냥 항구로 나갔다가는 목이 열 개라도 당신은 못 당할 것이니 안전하게 내 전용기를 타고 가시오. 살아 있어야 미친 사람처럼 조국을 구할 것 아니오. 우리나라 대통령까지 부하처럼 호령하던 그 당당하던 기세는 어디 가고 이렇게 겸손을 다 내놓습니까? 그 기세로 타고 가서 나라를 평정시키시오. 하고 태평양 지구 미 육군 사령관 맥아더 장군의 전용기 바탄(Bataan)호를 이용하여 김포공항까지 데려다주었다. 고향을 떠난 지 33년 만의 귀국이었다. 고국산천이 이렇게 아수라장이 되어 있음에 놀라며 나는 조선호텔로 갔다. 맥아더는 내게 얼마의 자금까지 주었다. *이다음에 당신의 조국이 안정되면 그때 갚으시오.*라며 내민 성의를 거절할 입장도 아니고 거절하면 맥아더에게 더 미안해 못 볼 것 같아 나는 *장군의 이 은혜는 가슴 깊이 새기고 이 정성을 봐서라도 반드시 나라를 똑바로 세우겠소, 고맙소.* 하고 받아서 주머니에 넣었기에 호텔로 갈 수 있었다. 미국에서 귀국을 허락하게 한 것은 맥아더의 부탁을 받은 미군정청장 존 하지 중장의 힘이었다. 미국은 내가 연합국 측에 알려져 있기에 눈치를 보지 않을 수 없는 입장이지만, 나를 돕는 사람은 보이지 않게 여기저기 많았다. 그렇게 조선호텔에 짐을 풀고 다음 날 경성 중앙방송국 라디오에서 나는 첫 연설을 시작했다. 눈송이를 굴리면 자꾸 불어나 거대한 눈사람을 만들어 세울 수 있듯이 우리는 힘을 뭉쳐야 합니다. 작은 힘이라도 눈 한 송이 송이가 뭉쳐져 눈사람이 되듯 우리 국민도 단 한 방울의 힘이라도 뭉쳐서 굴리면 우리나라를 눈사람처럼 만들고 그 힘으로 독립을 하고 꽃 피고 새 노래하는 평화로운 터전 위에 우리의 목숨을 꽂고 살 수 있을 것입니다. 우리 모두 나라를 위해 목숨을 바칠 각오로 힘을 모읍시다. 그렇게 국민들의 힘을 뭉쳐 나라를 일으켜 세우자는 연설을 했다. 일이 너무 어지러이 쌓여 있어 무엇부터 해야 할지 판단을 할 수 없을 정도였다. 우선 대미 교섭을 해서 임시정부 요원들의 환국을 요청해야 한다. 나는 다시 존 하지에게 임시정부를 세워야 하니 나라가 없다고 또 곤란하다고 핑계 대지 말고 임시정부도 정부이니 정부 자격으로 우리 임시정부 요원들을 귀국하게 해 주시오. 하고 요청하자 존 하지는 청유도 아니고 명령을 내리는 사람이구먼. 했다. 도움을 주려 하지만 미국에서 쉽게 받아들이지 않는다며 존 하지는 미국은 당신의 조국이 독립하는 것도 임시정부를 세우는 것에도 아무 관심 없다. 하고 단칼에 나의 요청을 베어서 강물에 던져 버렸다. 나는 난 당신에게 요청했지 미국 정부 당국에 요청한 것이 아니오. 하고 다시 요청하자 존 하지는 이승만, 당신은 도대체 무얼 믿고 이리 당당한지 모르겠군. 한번 말을 꺼내면 끝까지 밀어붙이니 안 도와줄 수도 없고 참으로 난감하네. 하고 말했다. 조국에 귀국을 해보니 좌우 정당 사회단체 대표들이 분열되어 서로 자신의 의견만 옳고 상대의 의견을 듣고 절충하고 토의하는 것이 아니라 자신들의 욕심만 고집하고 있었다. 그 분열을 하나로 뭉치기 위해 나는 끊임없이 방송과 신문 지상에 하나로 뭉쳐 국가의 기반을 잡아갈 것을 호소했다.

조선에게만 열리는 시간

　푸르름과 넝쿨로 뒤엉켜 몸부림치던 시간에서 벗어나 어떤 미혹이나 유혹도 벗어나 묵묵하게 익어가는 시간이 다가오고 있었다. 동굴처럼 캄캄한 감옥 방에서 태아처럼 웅크리고 앉았던 조국. 이제 조선에게만 온전히 열리는 세월이 성큼성큼 다가오고 있었다. 나는 힘들었던 기억을 되돌려 보며 현실을 이겨내기 위해 화물칸 안에서의 비참함을 남긴 한시를 꺼내 읽어보았다.

　　　민국 이년 동짓달 (민국이년지월천, 民國二年至月天)
　　　하와이에서 남몰래 배를 탔네. (포와원객암등선, 布哇遠客暗登船)
　　　겹겹 판자문 속에 난로가 따뜻하고 (판문중쇄홍로난, 板門重鎖洪爐煖)
　　　사면이 철벽이라 칠흑같이 어두웠지. (철벽사위칠실현, 鐵壁四圍漆室玄)
　　　내일부터는 산천도 아득할 텐데 (산천묘막명조후, 山川渺漠明朝後)
　　　이 밤따라 세월이 지루하구나. (세월지리차야전, 歲月支離此夜前)
　　　태평양 위를 두둥실 떠가니 (태평양상표연거, 太平洋上飄然去)
　　　이 가운데 황천이 있음을 그 누가 알랴. (수식차중유구천, 誰識此中有九泉)

해방이 되던 그때 임시정부는 중국 중경에 있었다. 미일 전쟁이 터지자 일본에 선전포고를 하며 온갖 고통과 맞서 싸우며 독립을 쟁취해온 임시정부는 중경에서 해방을 맞았다. 험난했던 항일 독립투쟁이 이제 끝나자 모두 서로 얼싸안고 울고 웃으며 현실인지 꿈인지를 확인하기에 바빴다. 그들은 조국으로 가기 위해 임시정부 요원들과 거기서 일하던 동료들 전체가 기념사진을 찍었다. 모두 흥분된 얼굴에 진달래꽃보다 붉은 꽃들이 피어 붉은 꽃물이 흘러내렸다. 그들은 사진을 찍고 서울로 돌아왔다. 서울에 도착하자 바로 하지 중장은 중앙청에서 기자회견이 열리도록 했다. 나는 그들보다 먼저 고국 땅에 돌아와 앞으로 헝클어져 어디서부터 풀어야 할지 모를 실타래를 풀 생각을 고심하고 있을 때 나를 소개한 사람은 하지 중장이었다. 당시 미 육군 남한주둔 사령관 최고 책임자인 존 하지 중장은 한국에서는 제일 높은 위치였었다. 그런 당당한 위치에 있는 하지 중장이 내 앞으로 걸어오지 못하고 옆으로 서서 존경의 자세로 걸어가며 천천히 나를 안내했다. 모두 어리둥절해하는 분위기였지만 하지 중장은 존경의 자세를 갖추며 경건함이 절로 묻어나게 하는 말의 색깔로 나를 소개했다. 여러분 제가 이승만 박사님을 소개하겠습니다. 여기에 조선 사람들의 위대한 지도자가 있으니 이분이 바로 이승만 박사이십니다. 이분은 불철주야 조국인 조선의 자유와 독립을 위해 일해왔고 개인의 실체가 존재하는지조차 모를 정도로 조국의 독립운동을 앞장서서 기획하고 연출하고 감독하신 분입니다. 군이나 정당과는 아무런 관련이 없고 단지 개인 자격으로 미국에서 독립운동에 일생을 바치시고 조국인 이 땅에 오신 분입니다. 나에 대한 하지의 예우는 각별했다. 나는 어제 아침에 동경을 떠나서 어제 오후에 서울에 와서 내렸습니다. 제가 소문 없이 온 것은 무슨 비밀 관계가 있거나 무슨 정당 연락으로 온 것이 아닙니다. 하고 담화문을 발표했다. 내가 연설하는 내내 하지 중장은 부동자세로 서서 대통령을 모시듯이 예우를 갖추었다. 담화문을 발표하고 잠시 머뭇거리는 내게 하지 중장은 서 계시지 마시고 박사님 여기 앉으세요.라고 말했다. 나는 감사합니다. 옛설! 하고 옆 의자에 조심스럽게 앉았다. 1시간 정도 담화문이 끝나고 이어 미 군정이 마련한 *이승만 합군 환영식*이 대대적으로 열렸다. 5만여 명의 사람들이 몰리고 군악대까지 동원됐다. 아주 성대한 환영식이었다.

1945년 11월 23일

김구가 이끄는 중경 임시정부가 귀국했다. 그러나 미 군정이 마련한 환영은 물론 기자도 오지 않고 아무도 오지 않았다. 아무도 김구가 도착한 걸 알지 못했다. 미국이 나와 김구를 대하는 태도는 너무나 달랐다. 김구가 서울에 왔을 때는 미군 몇 사람과 미군 지프차 몇 대 외엔 아무도 김구를 맞이하는 사람이 없었다. 김구

일행은 가지고 갔던 태극기를 흔들지만, 사람들은 없었고 미국 헌병이 다가와 *그 태극기를 흔들지 마십시오* 하고 말렸다. 나도 많은 정치인 중 한 명일 뿐이었지만 미국의 태도는 달랐다. 미국은 내가 돈암장에 머무를 때 하지는 내가 외출할 때면 순종이 쓰던 리무진을 내주며 스미스 중위를 임시 전속 부관으로 임명해서 시중을 들게 했다. 나의 경호 또한 미 군정이 담당했다. 미 군정이 나를 극진히 대접한 이유는 하지의 상관이자 극동아시아에서 막강한 권력을 잡고 있던 맥아더가 그와 주고받던 메모장에서 나를 임시 대통령이라고 적어놓고 나를 임시 대통령으로 평가했기 때문이었다. 맥아더가 나를 *임시 대통령이라*고 한 이유는 1919년 대한민국 3·1 운동의 결과로 중국 상해 임시정부가 시작되고 의정원과 행정 등 정부 조직 형태를 갖추고 본격적인 독립운동을 준비하기 시작했고, 손병희 이동녕 안창호 등이 주축이 된 임시정부는 국무총리와 장관 등 정부 각 각료들의 인선 작업을 했을 때 임시정부가 주목한 사람이 나였기 때문이었다. 다른 요원들과 달리 미국에 거주하는 임시정부는 나를 국무총리에 임명한다. 미국 밀라만과 임시정부를 지지하는 미 군정은 나의 지도력을 조용히 관망하고 있었던 것이다. 그러나 내가 귀국하자 국내의 후견인과 미 군정 또한 나의 지도력을 지원했다. 나는 귀국해서 국내의 후견인인 독립협회 동지들을 만났다.

1945년 12월 19일

　오전 11시 서울 운동장에서 열린 임정 개선 환영대회에 참석했다. 생각보다 많이 모인 군중을 보면서 마음이 청량하게 맑아지고 기분이 좋아졌다. 15만이 넘는 군중이 모였기 때문이다. 김구 이하 일동들이 뒤이어 입장을 하고 각 정당 대표 및 내빈 인사들의 입장이 있고 장엄한 입장이 있었고 목관 악기 금관 악기를 주체로 하고 타악기를 곁들여 편성했다. 일본의 압박 속에서도 장하게 살아남아 연주하는 장엄한 취주악(吹奏樂)에 맞추어 모두 총 기립해서 환영대회가 개막되었을 때 나는 기쁨보다는 가슴에 쓰나미가 밀려와 옷 위로 짭짤한 바닷물이 흘러넘쳤다. 얼마나 기다리고 또 기다리던 순간이었는가? 나는 하마터면 소리 내어 엉엉 울 뻔했으나 그놈의 체면이라는 게 무엇인지, 아니 더 정확하게 말하면 다시 또 일본놈에게 약한 모습을 보이고 싶지 않으려는 생각에 입술에 피가 나도록 깨물면서 참았다. 참고 또 참았다. 36년간 잊었던 태극기가 게양되자 36년간 받았던 설움과 울분과 분노와 경멸과 치욕과 36년 세월의 길이만큼 다 늘어놓아도 모자랄 그런 감정이 태풍처럼 밀려왔다. 휘청휘청 하마터면 바람에 쓰러질 뻔했지만 나, 이승만은 또 참았다. 또 일본놈에게 약하게 보이면 안 된다는 생각에 이번엔 튼튼한 밧줄로 심장을 묶어 일본놈이 우리 땅에 박아놓은 쇠말뚝에 붙잡아 매고 참았다. 일본이 우리 조국의 명성황

후를 시해하고 고종황제를 폐위시키고 5 조약과 7 조약을 강제로 맺고 무고한 조선인들을 마구 학살하고 정권을 강제로 빼앗아 멋대로 군림하고 우리 말과 우리 얼과 우리글을 못 쓰게 하고 성씨조차 바꾸라고 하고 철도 광산 산림 등 우리의 경제권을 모두 빼앗고 제일은행권 지폐를 강제로 사용하고 남의 나라 민족을 외국 유학도 금지시키고 심지어 교과서를 불태우고 조선인이 일본인의 보호를 받으려 요청했다고 새빨간 거짓말을 퍼뜨리고 남의 나라 사람을 마구 죽이고 사회가 혼란에 싸여 있는데도 태평 무사한 것처럼 위로 천황을 속이고 조선과 동양의 평화를 모두 깨트린 죄를 하늘에서는 왜 아무 벌도 주지 않는지 나는 답답했지만 언젠가는 꼭 반드시 오늘이 올 줄 알았다. 혼자 세상에 분노를 걸어 태풍에 날려 보내는 사이 일동 *자리에서 일어나 애국가 제창이 있겠습니다.* 하는 말이 귓속으로 타전되어 왔다. 환영가는 이화여전에서 제창을 해주시고 환영사는 홍명희 선생님께서 해주시겠으며 축사는 러취 군정장관이 맡아 주었으며 답사는 이승만 박사와 김구 선생님이 맡아 주시겠습니다. 하는 말이 뒤이어 귓속으로 고속 전철을 타고 달려들었다. 답사할 때도 아마 울음에 말을 말아 국말이 밥 같은 말이 되었을 것 같아 마음이 편치 않았는데 *그럼 만세 삼창으로 오늘의 벅찬 환영회를 폐회하겠습니다. 대한민국 만세! 대한민국 만세! 대한민국 만세!* 그렇게 만세 소리가 나라 전체로 폭풍처럼 강하게 불어왔다. 그렇게 하나하나 정리가 되면서 한국 소년군 총본부 고문에 추대되었고 나라는 또다시 어수선하기 시작했다.

1945년 12월 28일

신탁통치를 반대하는 국민 총동원위원회가 결성된다. 신탁통치 결사반대 시위가 격렬하고 거세게 벌어진다. 그렇지만 38도선 이북을 기반으로 하는 조선공산당이 신탁통치에 찬성하기에 이른다. 이로써 공산주의 신봉자들은 좌익으로 민주주의 신봉자들은 우익으로 갈라져 몸뚱이는 하나인 나라에 머리 두 개를 만들어 팽팽한 대결 구도를 형성한다. 김일성을 내세운 공산정권은 이미 북쪽에 세워졌다. 나는 소련 측의 협조를 완강하게 거부했기에 없애버려야 할 인물이 되었고 소련군은 지속해서 나를 사살하라는 명령을 비밀리에 내린다. 올바른 일이 역적이 되는 시대다. 나라는 시간이 갈수록 혼미에 혼미를 거듭한다. 지도자들 간 타협은 설 자리가 없다. 자신들의 주장이 받아들여지지 않으면 굴복으로 생각하고 분열의 길을 마다하지 않는 풍토가 일어나고 있다. 독불장군의 전성시대가 도래한 것이다. 소련의 지령을 받고 움직이는 민첩한과 오방정은 어떤 방법으로든 공산주의를 만들려고 몸부림치다 자유민주주의를 신봉하는 사람에게 암살당하는 일이 발생한다. 하지는 이대로 두었다가는 이 나라가 통째 공산주의가 될 걸 직감하고 작전을 세운다. 미군정청은 공산주의자들을 색출하기 시작한다. 그냥 두면 끝없는 암살과 죽고 죽이는 사투가 벌어질 것이고 악랄하기 그지없는 공산주의자들에게 자유민주주의는 무너질 수도 있음을 걱정한 것이다. 이렇게 미국 군정청이 공산주의자를 색출하자 지하로 숨어든 공산주의자들은 각지에서 파업과 폭동을 일삼아 해방 정국은 공포 분위기가 도를 넘고 있다. 미·소 공동위원회가 설치되었지만, 유명무실로 무기력하다. 일제저항기에서 광복은 봄으로 찾아왔지만, 꽃이 피고 잎이 돋고 열매 맺기가 요원하다. 척박한 땅에 이랑을 만들고 거름을 주고 좋은 씨앗을 뿌려야 하는데 원만하지를 못하다. 봄빛 이랑을 갈아엎는다. 허공을 갈아엎는다. 해방 조국의 정부 수립 문제는 미·소 공동위원회의 손을 떠나 유엔으로 이첩된다. 유엔 한국위원단은 남한만이라도 단독 총선거를 주장한다. 남한만의 선거에 대하여 우익계를 대표하는 나도 찬성한다. 남한만이라도 독립 정부를 세우자고 적극적으로 찬성 의사를 보낸다. 김구와 김규식은 분할통치는 절대로 안 된다고 반대를 한다. 분할통치로 남과 북이 갈라져서는 안 된다고 강력하게 반대의 뜻을 나타낸다. 남과 북이 하나로 뜻을 같이하여 통일 정부를 세우자고 주장한다. 위급한 상황임을 감지한 김구는 분단 조국을 막아보려고 평양으로 달려간다. 그러나 김일성은 기다리지 않고 야속하게 모든 일을 끝내놓고 있었다. 김구는 속았다. 하나 된 날 건설을 위해 서울에서 왔건만 무위로 돌아가고 만다.

이남과 이북이 분할한 정부 수립을 굳히며 주도권을 쥐고 발 빠르게 움직이고 있다. 김일성을 북쪽의 얼굴로 확정 짓고 그를 추종하는 사람들은 김구가 제시하는 통일 정부 수립안을 진즉 거부하기로 결정해 놓고 남한마저 이승만을 제거하고 공산주의로 만들어야 한다는 계획을 세운 터라 김구의 타협안은 이도 들어가지 않고 돌아서고 만다. 김구는 남쪽에서도 북쪽에서도 환영을 받지 못한 허탈감에 젖어 귀경길에 오른다. 나는 생각했다. 미국에서 내가 공부한 결과로 보면 공산주의는 앞으로 희망이 없다. 아무리 백 보 양보한다고 해도 자유민주주의 나라를 세우고 미국이란 강대국의 도움을 받아 충분히 세계 최고가 될 수 있는 민족의 피가 흐르는데 아무것도 모르고 진영 논리나 눈앞에 보이는 것에 자신의 주관도 없이 따라가며 진정한 조국의 앞날을 내다보지 못함이 갑갑했다. 나는 윌슨 스승에게 편지를 써 놓고 잠들었다. 스승님! 조국의 앞날이 안개처럼 뿌옇습니다. 공산주의에 물들어 이미 공산주의 정부를 세운 김일성의 말에 동조를 한다면 공산주의가 될 것이고 자유민주주의를 세우려면 나라가 반쪽으로 나누어져야 합니다. 그때 스승님의 예언이 딱 맞았습니다. 지혜를 주소서! 이승만 드림. 그날 밤 나의 꿈에 윌슨 스승님은 단호하게 말했다. 나의 제자 승만리에게. 자네의 서신 잘 받았네. 자네가 선진 정치를 공부했으니 백 년 앞을 보는 눈은 만들어졌으리라 보네. 자네가 진정으로 자유민주주의를 원한다면 반쪽 백성이라도 구하는 것이 자네 임무가 아닌가? 공산주의란 붉고 지독한 물이라 절대로 빠지지 않기에 함께하려고 설득하다 보면 자칫 다시 제3국에 나라를 통째로 빼앗길 수 있다는 걸 명심하게. 내부의 균열이 가는 것은 적들에게는 절호의 찬스가 됨을 잊지 말게. 그리고 자네가 반쪽이 싫어 공산주의와 함께 손잡고 싶다면 이제 자네와 나의 인연은 여기서 끝일세. 다행스럽게도 내게 이렇게 자신의 심정을 이야기해주니 내 이 세상에서도 자네 조국에 대한 지원을 아끼지 않고 도와주겠네. 우리 미국은 평화를 사랑하는 자유민주주의의 가치를 소중하게 여기지 한물간 썩고 낡고 헤져서 비가 줄줄 새고 있어 이제 얼마 있으면 폐기 처분될 그런 공산주의를 선호하는 나라, 머지않아 이 지구상에서 영원히 추방될 것이 자명한 공산주의 사상은 혐오한다는 것을 자네도 알고 있지 않은가? 앞이 훤히 보이는 사람이 왜 보지 못하는 사람의 말에 들풀처럼 흔들리는지 이해가 안 가는구먼. 내가 자네에게 해줄 말은 배운 대로 아는 대로 행동하라는 말밖에 해줄 말이 없네. 건투를 비네. 꿈에서 깨니 현실 같다. 스승님의 충고대로 흔들리지 말고 하자. 나와 생각이 다르지만, 나라의 인재임에는 틀림없는 김구를 여러 번 만나 설득했지만 안 통한다. 그러나 그 설득은 미국에서 공부해 앞을 내다보는 나와 현실에만 급급한 사람과의 차이란 상상을 초월하는 일이기에 불발이 되어버리고 김구는 타협의 여지가 없다며 안타깝게도 나의 말을 더 이상 들으려고 하지 않는다.

1946년 1월 8일

　모스크바 3상 회의 신탁 통지 결정서가 발표 난다. 국론분열을 막기 위해 한국민주당 국민당 조선인민당 조선공산당 김구 등 임시 정부계는 반대 깃발을 든다. 1946년 2월 8일 독립촉성중앙협의회 '대한독립촉성국민회'로 확대 개편하기에 이른다.

1946년 2월 14일

　미소 공동위원회의 개최를 앞두고 미 군정이 조직한 남조선 대한국민 대표 민주의원에 참여해 나는 의장에 선출되지만 미 군정이 소련군과 타협해 한반도 문제를 해결할 기미를 알고 의장직을 사퇴하고 지방 순회에 나선다. 나는 미소 공동위원회에 강하게 반대한다. 미소 공동위원회의 예비회담이 개최되자 각 정당과 사회단체는 서둘러 반탁진영과 찬탁진영을 구축하기 시작했다. 엎친 데 겹친 격으로 미소 공동위원회도 계속 난항을 거듭해 아무 진전을 기대하기 어려웠다. 4월 18일 정부 수립에 참여할 정당과 단체는 모스크바 3상 회의 협정에 대한 지지를 약속하는 선언서에 서명해야 한다는 **공동성명 제5호**가 발표되었다. 하지는 공동성명 제5호에 서명하더라도 반탁의견 발표를 보장하겠다는 특별성명을 내며 위기인지 기회인지 모를 말들을 마구 쏟아냈다. 어수선해서 현기증이 날 정도다. 어찌 이 나라를 바로 세울 것인지. 이념은 처음부터 끝까지 다락방 창문을 닫아걸고 있는 느낌이다. 개인의 욕심에 가려 세상을 보려는 속성은 자신의 공간을 깜깜한 어둠으로 채운다. 앞서가는 가상의 세계를 공부한 적 없는 사람은 배우지 않은 토대로 자신의 수위를 높이면서 천천히 죽어가다 나중에 확연하게 죽어감을 볼 때는 이미 지옥이라는 걸 모른다. 귀하고 귀한 이 동토에 비가 내리고 있다, 흙비가 내리고 있다.

환희에서 파국으로

10

    자유민주주의가 울퉁불퉁 바람에 흔들리고 비에 젖어 너덜거린다. 국민의 마음이 하염없이 젖고 남한의 가슴이 내리는 빗줄기에 젖어 축축 늘어지고 있는 모습을 보며 꼼짝없이 서서 온몸을 다 적신다. 조선의 숲에 다시 천둥 치고 번개 번쩍이며 어디선가 강풍이 다시 몰려오려는 듯 먹구름이 하늘을 뒤덮고 있다. 나는 불경한 시간을 짚고 서서 현기증 일어 아찔한 조국의 심장 소리에 내 심장을 벗어 덮고 있다. 하늘도 땅도 시간도 아편에 취한 것처럼 비틀거리고 있다. 나는 막막하고 답답한 조국의 맥을 짚고 조국은 쓸쓸하고 깊은 내 눈치만 살피고 있다. 울명울명한 숨소리들을 무엇으로 회복시킬 것인가! 바람은 창백한 날개를 휘젓고 조국의 아찔한 심장은 무엇으로 진정시켜야 휘장을 걷어내고 정상으로 뛸 수 있을지? 언덕을 넘어가는 상여 같은 죽은 영혼처럼 나라를 잡을 수 없으면 어쩌나 하는 생각에 휘청, 마음이 휜다. 부러지지 말자. 휘기만 하자. 휘었다 다시 일어서자. 시들었다가 빗소리에 정신을 차리고 일어난 꽃모종이 꽃을 피우고 씨앗을 맺는 것처럼.

1946년 5월 2일

비상국민회의 독촉국민회 조선기독교청년연합회 한국독립당 한국민주당 등 25개의 우익 정당과 사회단체가 미소 공동위원회에 참가하되 신탁통치를 전제로 한 일체 문제는 절대 배격한다고 발표하며 공동성명 제5호에 서명하였다. 그러나 소련은 또 다른 반응을 보였다, 소련은 아무리 공동성명 제5호에 서명했다고 하더라도 신탁통치 반대를 포기하지 않는 한 협의할 용의가 없다고 닭 잡아 먹고 오리발을 내밀며 새벽도 아닌 한밤중에 닭 울음같이 *꼬끼오 꼬끼! 꼬끼오 꼬끼!* 울면서 계명주(鷄鳴酒) 마시고 취한 말 같은 말을 푸드덕거렸다. 술 취한 나라와 싸워봐야 맨정신인 나라가 질 것은 밤하늘에 별이 뜨는 일과 같이 뻔한 일이었다. 결국, 5월 6일 미소 공동위원회는 무기 휴회에 들어갔다. 미국은 계명주가 깨기를 기다리는 전략을 쓴 것이다. 약소국의 비애는 이때도 고개를 숙이고 한마디 말도 못 할 때 또 꽃이 피는 것이다. 나는 외적인 일도 일이지만 일단 내적인 단결을 위해 민규식(閔奎植) 등 경제보국회 소속 10명으로부터 독립자금 명목으로 모아온 자금을 보며 또 희망 한 포기를 심는다. 그리고 이미 두 패로 나누어질 기세를 감지하고 남북 협상에 들어가기 위해 평양으로 갔다. 그러나 이미 평양은 소련의 치하에 들어가 붉디붉게 물들어 정신무장이 확고하게 되어 있었다. 평양에서의 협상이 실패하고 협상에 참여했던 모든 남한 대표들은 공산주의 붉은 물이 들었음에 깊은 실망을 하고 평양을 떠나 서울로 왔다. 대표단들은 긴급회의를 열었다. 회의 결과는 이대로 망설이다가는 남한도 북한도 모두 공산화가 되는 건 불 보듯 뻔하다는 판단을 내렸다. 틈을 파고 들어갈 곳이 없다는 것을 평양에 가서 더욱 확고하게 알았다. 나는 공산주의의 단결은 자유민주주의에 비교할 수 없을 만큼 탄탄함이 부러웠다. 자신 개인에 조금만 해가 가면 망설이고 눈치 보고 자기 것만 챙기는 자유민주주의에 비해 공산주의는 자신은 굶어 죽더라도 공산주의 전체를 위해서는 목숨도 아끼지 않고 내놓는 그 정신을 보며 공산주의의 투철한 복종이 너무 부러웠다. 평양에서 돌아오는데 자꾸만 눈물이 나와 몸속에 있는 모든 물기를 다 쏟아버린 것 같아 서울로 돌아와서는 탈진 상태가 되었다. *어쩌나 어쩌나 어찌해야 하나!* 어떻게 찾은 나라인데 반쪽이라나 이처럼 가혹한 형벌을 주는 이유가 무엇인지 하나님께 아니면 신에게 따지고 묻고 싶다. 그러나 그놈의 신은 손 없는 날도 아닌데 어디를 그리 돌아치고 나라를 이 모양으로 만드는지 하나님은 왜 묵묵 언제나 묵묵하기만 한지. 나는 아무것도 넘어가지 않았다. 1주일을 아무것도 먹지 못하고 누위서 앓았다. 잠시 다시는 일어나지 못할 것 같다는 생각이 들었다. 그러나 내가 정신을 놓으면 이 나라는 공산주의가 되고 말 것인데 생각하자 어디선가 힘 한 가마니가 떨어졌다. 힘을 짚고 털고 일어났다. 그리고 윌슨 스승 말을 기억하며 단독선거라도 치러서 반쪽만이라도 공산주의로 넘겨주지 않는 게 후손들에게 죄짓지 않는 최고의 방법이라고 결정을 짓는다. 윌슨 스승이 몹시 그립고 보고 싶어 가슴이 아리다 쓰리다 붉게 운다.

천추의 한(恨)

광풍 몰아치던 그날 밤,
적의 붉은 그림자 드리운 땅
나라를 구하려 몸 바쳤건만
공산주의란 칼날이 등을 겨누는구나!

자유의 깃발 높이 들었건만
거짓 함성에 묻히고,
자유를 외친 그 목소리는
역사의 뒤안길로 밀려가누나

허나, 어둠이 깊을수록

새벽은 더욱 찬란하리라

짓밟힌 뜻, 멸하지 아니하고
자유민주의 불꽃, 끝내 살아 있으리

　대한민국 정부 수립을 *자유민주주의 국가 건설*을 위해 헌신하기로 마음먹지만, 그러나 대한민국의 탄생을 막으려는 지독한 *공산주의 세력*이 암약하며 소련과 북한은 남한 내부에서 나를 몰아내기 위한 계획을 세웠다. 그들의 목표는 단 하나. *이승만을 제거하고 대한민국을 무너뜨려라!*며 가짜 혁명가들의 음모는 갈수록 심해졌다. 겉으로는 언론인, 정치인, 학자로 활동하는 공산주의 프락치(공작원)들이 비밀리에 모였다. 그들의 리더는 박공산 남로당 핵심 조직원이었다. 그는 선동했다. *우리는 평등한 나라를 만들어야 한다! 이승만은 독재자다! 미군의 앞잡이다!* 그러나 그의 진짜 목적은 *대한민국 체제 전복*이었다. 그들은 가짜 뉴스를 유포하고, 정부 관료를 매수하고, 폭동을 선동하기 시작했다 이 시끄러운 속에서도 나는 삼남 지방을 순회했다. 이 순행은 나의 정치적 기반을 지방까지 확대하려는 것이 아니라 북쪽에서는 이미 북조선 인민위원회라는 정부가 수립된 상태여서 무상몰수 무상분배 토지개혁을 하고 기간 산업을 국유화하는 등 공산 체제를 굳건하게 다진 뒤였고 이북지역엔 이미 사실상의 정부가 수립되어 단독 국가가 만들어지고 있었기 때문에 소련이 한반도 전체를 집어삼키는 것만은 막아야 한다는 신념으로 뛰어다니며 이 상황을 알리기 시작했다. 미 군정은 이승만과 김구 때문에 소련과의 정책협조가 방해받는다며 둘을 퇴출하고 김규식과 여운형을 신중하게 검토하고 있었다. 존 하지는 당시 수도 경찰청장을 찾아가 이승만을 축출하고 김규식을 대통령으로 세우고 이승만을 정계에서 퇴출합시다.라고 말하자 청장은 그럼 제가 사표를 내겠습니다. 하고는 쾅! 문을 닫고 나가버렸다고 한다. 나는 존 하지의 좌우 합작 조치와 편파적 조치에 분노하면서 공개적으로 하지 아니, 정확하게 말하면 미국이 어정쩡하게 경계에 서서 이득이 되는 쪽으로 기울어지려는 야망에 대해 공개적으로 반대하기 시작한다. 나는 내가 유엔총회에 한국 문제의 해결을 직접 맞부딪쳐 싸우겠다면서 1946년 12월 4일 미국 워싱턴 D.C.를 방문해 굿펠로우 대령, 스태거스 변호사, 로버트 올리버 등으로 구성된 전략협의회를 구성하고 한국 문제의 해결책이라는 문건을 작성해 미 국무부 동아시아 국장 존 빈센트와 국무장관 조지 마셜에게 제출했다. 내용은 남쪽에서 과도정부(過渡政府)가 선거로 수립되어야 한다. 그러기 위해선 정부가 유엔에 가입되어야 하며 미국, 소련과 직접 협상할 수 있어야 하고 미소 양군이 동시 철수할 때까지 미군이 반드시 남쪽에 주둔해 정부 수립을 도와야 한다.라는 내용을 담고 있었다. 그리고 현지 언론에 인터뷰했다. 미 국무부 내 일부 인사들은 공산주의에 기울어져 있고, 존 하지는 남조선과도 입법위원 가운데 관선 의원 상당수를 공산주의자들로 채웠다. 이게 말이 된다고 생각하는가! 자유민주주의 국가에 공산주의자들을 채워 공산화를 만들려 작당을 하다니 하지는 책임지고 공산주의자들을 자유민주주의로 전향하도록 설득하길 바란다. 맹비난을 하고 다녔다. 때마침 미국에서 일어나고 있던 반소반공 여론과 맞물려 미 의회, 언론계, 종교계에서도 나의 이런 연설에 호의적인 반향을 일으켰다. 나는 이 기세를 몰아 미국 내 나의 로비스트들을 총동원해 의견을 내세웠다. *하지와 미 군정, 미 국무부의 일부 인사들도 공산주의자들임을 미 군정과 미국 정부는 알아야 할 것이다.* 그러나 미국 정계는 강대국의 눈치를 보느라 나의 활동을 철저히 무시하며 나의 말에 귀를 기울이지 않으려 했지만, 미국 내 반공 언론들은 앞다투어 나의 말에 귀를 기울였다. 또 한반도 이남에서도 커다란 효과를 발휘했다. 나의 방미 활동은 끊임없이 뉴스를 생산해 냈고, 국내 우익 신문들을 통해 나의 외교적 성과를 보도했다. 지치도록 외치고 뛰어다닌 결과의 보상을 인간은 욕심 때문에 폄하하기도 하지만 하늘은 도와주는 것 같았다. 내가 미국에서 외치고 다니던 때마침 그리스 내전이 일어나고 트루먼독트린이 1947년 3월 12일 발표되면서 내가 뛰어다니던 힘과 미국의 대외 정책이 협력관계가 되었다. 이로써 나의 자유민주주의 단독정부 수립론은 힘을 얻게 되며, 반소반공의 지도자로 부상할 수 있게 되는 날이 다가오고 있었다. 나는 워싱턴 방문을 마치고 1947년 4월 21일 귀국했고 1947년 5월 21일 제2차 미소 공동위원회가 열렸으나 아무 진전은 없었다. 내가 미소 공동위원회에 반대할까 두려운 나머지 미 군정은 *이화장에 전화기를 철거하고 주간 라디오 연설을 비롯한 외부와 연락이 되지 못하게 모두 차단하라!* 명령했다. 나는 미소 공동위원회에 보이콧을 선언했지만 한민당과 한국 독립당에서는 미소 공동위원회 참여를 주장하는 목소리가 커졌다. 나는 현재의 깜깜함에 빛이 보이지 않았다. 그렇게 강대국과 짬짜미하려던 미 군정은 뒤늦게야 남한 지역과 달리 이미 38선 북쪽은 좌익과 소련이 완전히 장악하고 있음을 깨닫고 미소 공동위원회를 통해 임시정부가 세워져 머지않아 한반도 전체가 공산화될 가능성이 크다는 걸 간파했다. 결국, 미소 간 견해차를 좁히지 못한 제2차 미소 공동위원회는 결렬됐고 소련은 대표단을 그냥 철수했고 한국 문제는 유엔(UN)으로 이관되었다. 1948년 1월 8일 유엔(UN) 한국 임시위원단이 서울에 입국했다. 그러나 이북지역은 유엔 한국 임시위원단의 이북방문을 거부했다. 이에 나는 *이북이 유엔 한국 임시위원단의 방문 자체를 막고 있으니 이남만이라도 단독선거를 시행해야지 절대로 공산주의 치하인 소련 밑으로는 들어갈 수 없다* 주장했다. 나의 강력한 주장에 미국도 남한조차 소련에 빼앗길 수 없다는 절박함에 유엔에 힘을 가했고 유엔도 결국 이남 지역의 단독선거를 통해 자주적인 민간 정부를 수립할 것을 결의했다. 김구와 김규식이 남북 협상을 위해 북으로 간다고 했지만 나는 공산주의 사상을 이미 간파하고 있었기에 오히려 두 사람이 공산주의자들에게 설득을 당할까 봐 우려되었지만, 이북으로 가는 것을 묵인하고 지켜보기로 마음먹는다. 김일성은 이미 돌이킬 수 없었다. 김구와의 만남에서 김일성은 *미국 군대의 즉시 철수와 통일 임시정부를 수립하자*는 내용의 공동성명을 발표했지만 결국은 공산주의로 임시정부를 세우자는 내용이었다. 이제 30살 피 끓는 야욕에 붉은 사상이 물들었으니 그 얼룩을 빼기는 어렵다는 걸 나는 이미 알고 있었다. 머저리 병신 쪼다 같은 김일성의 목적은 한반도 전체의 공산화였기 때문에 5.10 총선거를 막고, 남한 건국을 반대하는 세력과 힘을 모아 한반도 전체의 공산 통일 정부를 세우고자 모든 정보와 강대국들의 힘을 모으려 뛰었다. 그렇지만 결국 유엔(UN) 한국 임시위원단의 감독에 의해 1948년 5월 10일 남한 지역에서 5.10 총선거가 실시되었다. 이 5.10 총선거를 저지하고자 남한 지역에 있던 공산세력들이 반란과 소요사태를 일으켰고 그것을 진압하는 과정에서 발생한 안타까운 사건이 제주 4.3 사건이다. 나는 5.10 총선거에서 동대문 갑구에 출마했는데, 상대 후보는 최능진 경찰관 출신이었다. 나는 1948년 5월 10일 제헌국회에서 국회의장이 정해지기 전 최고령자로서 임시 국회의장을 맡으며 국회의장 선거를 주도했고, 개표결과 재적 198명 중 188표라는 압도적인 표를 받아 초대 국회의장이 되었다. 초대 국회의장 자격으로 대통령 중심제 헌법 제정에 중요한 역할을 담당했다. 원래 헌법 초안은 내각책임제였으나 나는 *이 헌법으로는 강력한 정치를 할 수 없다. 이 헌법 밑에서는 어떠한 자리에도 취임하지 않겠다고* 했다. 그러나 대부분의 제헌 국회의원이 반발함에 나는 또 한 번 나라의 무지함에 한계를 느꼈으나 다행히 인촌 김성수의 중재로 대통령 중심제 헌법으로 바뀌게 되었고 그해 7월 20일에는 제헌국회의 간접선거로 진행된 제1대 대통령 선거에서도 출석의원 196명 중 180명의 표를 얻어 승리했다. 그리고 대한민국 정부가 1948년 8월 15일에 수립됨과 함께 공식적으로 나는 **대한민국의 초대 대통령**에 취임했다. 나는 여운형, 김구조차 선진 정치를 모름에 답답했다. 미국의 루스벨트가 *이승만은 국내외, 좌우를 막론하고 최고의 정치적 명망가*라고 했으나 문제는 나의 지도력에 부과할 만한 조직적 기반이 없어 답답했고 정파들 사이의 이해관계는 너무나 치열하게 대립하였다. 나의 눈에는 자신의 명망을 업고 자신의 이익을 도모하려는 사람이 많이 보였고 나를 도와 나라를 반듯하게 세울 생각은 뒤로 하고 자신들의 이해관계를 따지는 것이 눈에 환하게 보였다. 나라는 혼란에 휩싸인다. 일본인이 두고 간 재산을 잡아채기 위해 여기저기서 기회주의자들이 몰려다닌다. 나는 왜 나라가 이 지경까지 혼란스러워졌는지 알기 위해 지난 시간을 다시 회상해 본다. 민첩한은 '**조선인민공화국**'을 만들었다. 조선인민위원회의 위원장 나기만은 소련이 조선을 공산주의로 만들어 자기들 품으로 끌어들일 속셈을 숨기지 않음을 간파하고도 부귀영화를 누리기 위해 그쪽에 앞장서고 있었다. 그러나 나의 설득으로 나기만이 손사래를 치며 공산주의를 만들 수 없다고 고개를 살래살래 흔들자 붉은 물이 들어 빠지지 않을 사람으로 소련은 교체했다. 꿩 대신 닭을 택한 것이었다. 나기만 자리에 김일성을 앉혔다. 미군 사령관 하지 중장은 일본인 조선 총독의 항복을 받고 나서 곧바로 38도선 이남을 통치하기 시작했다. 10월에 행정업무를 총괄하는 군정청을 설치했다. 해방정국에서 하지가 조선 총독이 하던 일을 맡아 막강한 영향력을 발휘했었다. 미국은 대한민국의 내정을 간섭하기 시작하고 미국과 소련은 미소 공동위원회라는 기구를 설치했다. 업무 내용은 임시 민주 정부의 수립을 돕는다는 것이었다. 미국·영국·소련·중국의 네 나라가 한국을 신탁 통치하여 독립의 힘을 길러준다는 협정도 맺었다. 힘없고 가난하고 인구도 적고 열악하지만, 땅만은 기름진 나라 한반도를 네 나라가 좌지우지하겠다는 발상이 또 지구 저편에서 꿈틀거리고 있었다. 미국을 방문해 워싱턴에서 소련과의 타협에 반대하는 활동을 했었다. 모스크바 회의에서 나와 김구는 우리나라를 두고 강대국들끼리 좌지우지하는 타협에 강력하게 저항하는 반대성명을 발표했다. 애초에는 공산당도 신탁통치에 대하여 반대 운동에 가담했으나 소련의 입김으로 돌아서서 모스크바 회의 결전을 지지한 것이었다. 나는 김구와 조국을 위해 손과 발과 입을 한 곳으로 모았다. 한뜻으로 신탁통치반대운동을 했지만, 장차 실시할 남북한

총선거 문제를 놓고 우리는 의견이 달라지기 시작했다. 자유민주주의를 위해서는 남한 단독정부를 주장하는 나와 남북한 공산주의든 자유민주주의든 하나의 정부를 주장하는 김구는 서로의 의견을 달리하면서 우리는 화합할 수 없는 정적관계로 갈라섰다. 끝과 끝은 다시 만나지 못하는 길로 갈라서고 말았다. 무지개에 경련이 일어날 만큼 중차대한 조국의 운명 앞에 나와 그의 생각은 서로 극과 극으로 치닫고 있어 철도의 평행선이 되고 말았다. 기차의 바퀴를 굴리는 데는 합의를 하지만 결국은 함께 합하지는 못하는 나라 운명을 두고 등을 맞대고 길을 가기에 이르렀다. 김구는 멀쩡한 땅의 허리를 반으로 자르려고 온갖 연장을 들고 덤벼들고 있다고 했다. 나는 반쪽이라도 자유민주주의를 해야지 공산주의로 하나가 된다면 이 금수강산은 공산주의에 의해 사라지고 말 것이 불보듯 보인다고 했다. 공산주의가 되더라도 허리를 잘라서는 안 된다며 연장을 내려놓기를 권유하지만, 나의 머리엔 공산주의는 절대로 안 된다는 생각이 너무도 달라 우리는 각자 다른 길을 향해 가고 있다. 얼마나 중차대한 일인지를 간파하지 못하고 타협을 하려고 하지 않아 정말 괴로운 일이었다. 나라의 운명을 두고 구석구석 서로의 다른 말이 떠돌아다니게 해야 하다니. 논쟁거리 논쟁거리가 되다니. 허·리·를·자·른·다! 빌어먹을 젠장! 왜 하늘과 신들은 웃기게도 악마의 손을 들어주며 벙글거리고 있느냐 말이다. 이 좁은 땅이 반으로 갈라지는 몰락의 고통까지 우리에게 부여

한단 말인가. 한쪽으로 치우친 몰락의 고통은 결국은 무시무시한 국민의 고통으로 다가올 것이 불 보듯 환한데 개인의 욕심은 한 치 앞도 보지 않고 오로지 자신의 욕망 채우기에 연연하고 있다. 나는 공산주의는 후손들에게 죄가 되므로 그들의 말이 절망으로 점점 목을 조여와 남한이라도 건지기 위해 단독정부를 세운 것이다. 그러나 저들은 절대로 있을 수 없음을 3.8선을 영구화시키는 행위라고 맹렬한 비난을 용암처럼 퍼부었다. 그들의 말은 환영처럼 몸에서 빠져나와 비통함으로 날아다녔지만, 여물지 못한 채로 달린 열매의 껍데기는 쏟아지는 소나기에 젖거나 바람에 모두 날아가 버리고 말 것으로 생각했다. 멍청이 같은 신은 공산주의에 풀기를 모두 물로 씻어버리고 내 생각에 빳빳이 풀을 먹여 반들반들 다듬이질을 해주지 못하고 어지럽히고 있다. 친일파로 일본에서 독립운동을 하던 공산주의 찬양자들이 방아쇠를 나의 제거 작전에 투입했었다. 동무가 이번 일만 성공하면 한 자리를 보장해주지. 그러나 만일 실패한다면 우리 김구 선생한테 죄를 짓는 일이 되니 반드시 김구 선생도 눈치채서는 안 되고 이승만은 말할 필요도 없고 알겠나! 옛 명령 복종하겠습니다. 이승만에 대한 불편한 마음을 잘 알고 있습니다. 제가 알아서 처리하겠습니다. 염려는 푹 끓여서 밥 말아 드시지요. 하자 방아쇠의 정확하고 치밀한 성격과 충성심을 누구보다 잘 아는 박공산은 말없이 고개를 끄덕이며 **뒤탈이 없어야 할 텐데**… 하고 중얼거린다. 공산주의자 박공산의 사주를 받은 육군소위 방아쇠는 나와 장단명이 만나는 장소를 파악하고 나의 머리와 가슴에 권총 방아쇠를 당길 생각을 하고 식당으로 왔었다. 식당 주인에게 미리 돈을 주고 매수해 둔 대로 밖에서 품 안에 권총을 숨긴 채 방아쇠는 나를 안내하는 척하며 방으로 들어갔었고 장단명과 내가 나란히 걸어가는 틈을 타 방아쇠는 품에서 권총을 꺼내 쐈다. 번개처럼 날아들며 *탕! 탕!* 두 발의 총알. 그러나 어처구니없게도 총알은 벼락같이 날아와 장단명의 가슴과 머리로 처들어갔다. 나에게 쏜 총알이 장단명에게로 박힌 것이었다. 나란히 걷던 나는 갑자기 발에 쥐가 나 구부렸고 장단명이 넘어지려는 나를 부축하기 위해 내 쪽으로 기우는 순간 총알이 날아온 것이었다. 하나 된 조국을 부르짖던 민족의 별 하나가 스러지는 순간이었다. 일본이 애국지사를 마구 살상하지 않으니 또 동족끼리 살상을 저지르는 일이 생긴 것이다. 공산주의란 원래 타협이란 없는 사람들이었다. 조금 멀더라도 함께 가는 길을 두고 직선이나 지름길만 선택하는 조급함이 또 하나의 별을 떨어뜨리고 말았다. 하나 된 조국을 부르짖던 민족의 별 하나가 스러진다. 동족끼리의 암살! 이건 또 무엇을 의미하는가? 밤새도록 하늘은 남한을 얼리고 온 세상을 꽁꽁 얼리고 있다. 공산주의란 이렇게 사람 목숨을 풀 한 포기 뽑듯 아무렇지도 않게 뽑아버리는 것이었다. 외교정책의 하나인 공산주의 확대를 저지하기 위한 트루먼독트린이 발표되면서 미국에서의 내 활동이 국내까지 바람을 타고 휘리릭 휘리릭 날아들었다. 나는 중국으로 날갯짓을 위해 날아갔었다. 1947년 4월 21일 장제스(蔣介石)는 내게 귀국할 비행기를 제공하면서 선심을 썼었다. 1947년 9월 미소 공동위원회가 완전히 결렬되었다. 한반도 문제는 유엔으로 이관되고 말았다. 대한민국의 선거에 유엔이 감시하게 되었다. 약소국의 비애는 늘 객지를 떠돌면서 몸과 마음을 안정시킬 수 없도록 강대국이 던진 암호를 풀기에 시간을 허비하는 것이었다. 하느님 우리 한민족 한 핏줄을 왜 또 갈라치기를 하려고 하십니까? 부디 자유를 누리며 살기 좋은 나라 문화 예술 종교 모든 자유를 누리며 살 수 있는 자유민주주의로 나라가 설 수 있도록 힘을 주십시오. 이미 평양은 소련의 손아귀에 넘어갔습니다. 어찌 이리 잔인하단 말입니까? 겨우 일본의 아가리에서 빠져나와 아직도 비틀비틀 현기증이 나는 상황인데 그 비틀거리는 개구리를 또 다른 공산주의 아가리로 밀어 넣으려는 이유가 무엇입니까? 저는 인정하지 못합니다, 제발 36년을 얼어붙었다 녹은 이 땅에 자유라는 봄을 주십시오. 나는 또 눈물이 흘러나왔다. 간절함과 소금기와 물이 섞인 눈물이 땅바닥에 비처럼 줄줄 내린다. 어디서 비둘기 한 마리가 날아와 발갛게 언 발가락으로 종종 걷는데 아뿔싸! 다리 하나가 보이지 않았다. 나는 그 순간 머릿속에 번개처럼 스치는 무엇이 있었다. 아! 저렇게 나라의 다리 하나가 잘려나가고 외발로 또 살아가야 하는구나! 제발 예감이 틀리기를 바라며 나는 일어나 비둘기를 물끄러미 바라다보았다. 평화의 상징인 비둘기가 한 발을 잃었으니 평화도 한 발을 잃어버릴 것은 뻔한 사실임이 자꾸 머릿속에서 빙글빙글 물맴을 돌며 떠나지 않아 혼란스러웠다. 나는 뒷짐을 지고 천천히 걸었다. 하늘을 처다보니 하늘도 사자가 뜯어먹다 버린 고깃덩어리같이 붉은 구름이 유유히 떠서 아무 말이 없었다. 어디선가 고양이 울음이 야옹 야야옹 달려왔다. 나는 제헌 국회의원 동대문 갑에 단독으로 등록하여 무투표로 당선되었다. 1948년 5월 10일이었다. 제헌국회 초기 원내 정파 세력은 한국민주당이 70~80여 석 독촉 국민회가 60여 석 무소속이 50여 석 정도로 추산되었다. 그해 5월 31일 구성된 제헌국회에서는 내가 최고령자였다. 제1대 제헌 국회의장으로 선출된 나는 임시정부 계승을 확실하게 해 두어야겠다는 생각을 했다. *이 민국(民國)은 기미 3월 1일에 우리 13도 대표들이 서울에 모여서 국민대회를 열고 대한 독립 민주국가임을 세계에 공포하고 임시정부를 건설하여 민주주의의 기초를 세운 것입니다.*라고 선포했다. 국회의장이 된 나는 윤보선을 비서로 채용했다. 나라의 운영을 두고 한민당은 내각책임제를 주장했지만, 미국 정치를 지켜보았던 나는 대통령 책임제를 밀고 나갔다. 아직도 총선거에 대해 이해를 잘 못 하는 국민이 있고 그 기틀을 잡기 위해서는 대통령이 모든 국사를 책임지고 이끌어나가야 국민이 정신적으로나 법리적으로 빨리 기틀이 잡힐 것이고 다시 한번 내각제로 국가의 기초가 흔들리면 국운은 어느 낭떠러지로 떨어질지 모르기 때문에 대통령 책임제가 필요하다는 생각을 했다. 6월 22일 미소 공동위원회의 참가 여부를 두고 한국독립당 내에서는 봄 꽃잎이 날아내리듯 의견이 분분하였다. 이리저리 어지러이 날아내리던 꽃잎들은 기어이 바람이 부는 쪽으로 서로 끌어당기려다가 3당으로 분열되고 말았다. 한국독립당이 미소 공동위원회에 불참한다고 하자 이에 반발한 혁신파는 신한국당을 민주파는 민주한독당이라는 각자가 다른 가지로 뻗어 나가서 싱그럽게 싹을 틔우며 임정 수립대책협의회에 합류했다. 이렇게 비가 부슬부슬 내리더니 기어이 반탁 독립투쟁위원회의 주관하에 전국 각지에서 반탁시위가 비 온 후에 싹이 돋아나듯 우후죽순 돋아났다. 전국 학생들의 반탁시위에도 수만 명이 몰렸다. 그래도 불행 중 다행인 것은 비폭력 무저항으로 하는 시위라 비교적 평온하게 이루어졌다. 밖에서는 제2차 미소 공동위원회가 파탄 나자 미 군정은 한국 문제를 미 영 중 소 4개국 외상 회의에 넘겨 해결하려고 했다. 그러나 소련은 이미 38선 이북에서 확고한 정권기초를 다지고 있었던 터라 당연히 4개국 외상 회의를 거부하고 북한을 자신들의 나라 손아귀에 넣고 통치하려는 파렴치함을 보이는데 북은 그것도 모르고 소련의 수하가 되어 움직이고 있었다. 나는 분통이 터졌다. 세상 물정을 아무리 모른다고 하더라도 어떻게 나라를 분열시키는 일을 자행하고 어떻게 공산주의 사상에 저렇게 쉽게 수하로 들어가 같은 동족에게 등을 돌리려고 하는지 이해를 할 수가 없었다. 북한의 저 무지한 행동은 이 나라 전체를 공산주의로 만들고 말겠다는 의지로 보였다. 안 된다. 아니 된다. 우리나라는 자유민주주의가 꽃피는 나라로 만들어야 한다. 앞이나 옆이나 뒤나 어디든 희망이 없는 공산주의는 절대로 안 된다. 그러나 소련이 저렇게 나오는 걸 보면 북은 이미 자유민주주의를 포기하고 공산주의를 택하고 남한마저 공산주의로 만들기 위해 저렇게 날뛰고 있음이 분명했다. 나는 남한만이라도 총선거를 해 남한만이라도 자유민주주의 정부를 세워야 한다고 주장했다. 이제 막 결빙의 시간을 깨고 나왔는데 다시 붉은 감옥인 소련의 결빙에 갇힌다면 어쩌면 영영 나라를 잃어버릴지도 모른다는 급박함이 내 머리를 타전했기 때문이었다. 꿈과 현실이 바뀌어서는 안 된다는 생각이 들었다. 흙탕물을 뚫고 겨우 나온 가물치처럼 의식이 몽롱해지도록 뛰고 뛰어 찾은 나라를 천의 얼굴을 가진 강대국들의 치하에 다시 넣는다는 것은 도돌이표가 붙어있는 노래를 부르는 것과 같은 일이라는 생각이 들었다. 시원하고 맑은 물소리가 흐르는 노래를 부르고 싶다. 억지와 억제를 구분하지 못하는 공산주의에 물든 북한을 가르마 타듯 타야 함에 심장이 찢어진다.

환희에서 파국으로

11

포기하지 않는 삶

성경 말씀에 의로운 자는 일곱 번 쓰러져도 다시 일어나지만(잠언 24:16)이란 말을 빌려다 쓰며 용기를 내고 다시 일어서야 한다. 국제상에 발언권도 얻어 우리 힘으로 자유민주주의 통일을 이룰 기반을 만들어야 한다는 생각이 들었다. 지금 생각으론 곧 서리가 내릴지도 모르기 때문에 서리가 내리기 전에 어서어서 알곡을 거둬들이는 것이 상책인 것이다. 누가 추수를 해주겠지 하고 손 놓고 있다가 서리가 내리면 폭삭 주저앉는 것이 자연의 이치거늘 지금 우리는 어서 스스로 벼를 베고 타작을 하고 바삐 움직여 추수해야만 한다. 다른 방법은 없다. 국제 정세가 돌아가는 걸 보면 어떻게 하면 자신들이 우리나라를 속국으로 만들어 이익을 챙길까 하는 생각뿐이니 진정으로 우리나라를 독립시켜 잘살게 해줄 거란 생각을 하는 것조차 어리석은 일이다. 누가? 왜? 우리나라가 뭐라고? 우리나라를 걱정하고 독립시켜 주고 자유민주주의가 되어야 미래가 있다고 이야기해 주며 바른길로 가도록 할 리가 없지 않은가? 우리 스스로 무지해서 나라를 빼앗긴 것이지 누가 나라를 빼앗기라고 종용한 적도 없고 소련의 조종을 받는 공산주의가 되라고 종용한 적도 없다. 모든 건 다 우리 스스로가 피운 꽃이다. 그것이 개꽃이든 참꽃이든 우리 스스로 심어서 키운 꽃이다. 어쩌나! 어쩌나! 생각하면 눈물만 흘러 저쩌나 저쩌나 생각해도 가슴만 서늘해 나는 또 기도했다. 모두 우리의 무지한 탓에 나라를 빼앗기고 *36년간* 죽을 각오로 뛰어 나라를 겨우 찾았는데 반쪽을 소련이 뚝 잘라다 공산주의 수하를 만들고 말았습니다. 하느님 어쩔까요? 어찌해야 하나요? 이 잃어버린 반쪽을 어찌하란 말입니까? 공산주의는 앞으로 희망이 없음을 하나님도 알고 계시면서 왜 아무 말이 없습니까? 도대체 우리 민족이 무엇을 얼마나 잘못을 했길래 이리도 혹독한 시련을 준단 말입니까? 또 나의 눈에서는 눈물이 흘러 넘쳤다. 왜 조국만 생각하면 이렇게 눈물부터 흐르는지. 나는 밤새 서성이며 달빛을 올려다보았다. 깜깜한 밤하늘에 달마저 이미 반쪽을 먹구름에 먹히고 반쪽의 몸으로 빛을 잃고 멍청하게 땅만 내려다보고 있었다. 지금 우리의 상황과 너무도 닮아 달에게 욕이라도 한바탕 해주고 싶다. 국민이 합심해도 모자랄 판에 반쪽은 이미 소련의 아가리로 들어가 버리고 반쪽도 봄바람에 꽃잎처럼 이리저리 흔들리고 있으니 어서 빨리 나라의 기틀을 잡아야겠는데 환인(桓因) 환웅(桓雄) 단군(檀君) 할아버지들께 나라를 좀 바로 잡아달라고 다리를 붙잡고 매달리고 싶다.

봉황들의 비망록
대한민국의 출생(1948년, 서울 경복궁 앞)

바람은 태극기를 마구마구 높이 들어 흔들고 있었다. 수많은 군중이 광장에 모였다.
나는 연단에 올라서자 울컥, 해서 목이 잠겨버렸다. 그래도 목청을 가다듬고 말한다. 국민 여러분 기뻐하십시오. 대한민국은 오늘 자유민주주의 국가로 다시 태어났습니다. 우리 이 자유민주주의 영토를 잘 가꾸고 기름진 옥토를 만들어 세계 최강국이 되는 날까지 힘을 내고 뜁시다. 그렇게 하려면 여러분 우리가 생각을 바꾸어야 합니다. 딸, 아들 할 것 없이 밥을 굶더라도 모두 교육을 시켜야만 이 나라가 부강해질 수 있습니다. 그래야 다시는 이 나라를 이웃에 짓밟히는 일이 일어나지 않을 겁니다. 우리는 가슴 아픈 일을 이제 우리 대에서 종료합시다. 그리고 후손들에게는 좋은 일만 있어서 향기로운 꽃길만 걸어다니게 해줍시다. 나의 푸르고 싱그러운 말에 환호성이 터졌다. 나 자신도 감회에 젖어 주먹을 쥐었다.

그토록 원하던 조국이 일본이란 감옥에서 자유를 꿈꾸던 순간, 미국에서 외롭게 독립을 외치던 순간이 떠올랐다. 그 결과 마침내 우리나라를 품에 안았다. 그러나 나는 알고 있었다. 진정한 싸움은 이제부터라는 것을. 나는 권력을 쥐기를 원하지는 않았지만, 조국의 미래를 위해서는 무엇이든 한다는 각오는 심장을 붉게 물들였다. 공산주의가 이렇게 깊숙하게 침투한 상황에 진정한 자유민주주의를 세워 낼 수 있을까에 대한 질문은 나를 괴롭혔다. 또다시 지난 시간이 필름처럼 돌아간다. 1948년 5월 10일 남한 단독 선거를 치르기로 했으나 북측은 유엔 감시하에 **남한 단독 선거에 반대한다. 선거를 보이콧(boycott) 하라. 5월 10일에 실시할 예정인 총선거를 무효화하라. 남로당은 이 선거를 보이콧 할 것이다. 나라를 공산주의가 꽃피는 나라로 만들어야 한다. 반공주의 미국놈을 내쫓고 우리는 남북이 하나로 통일해야만 한다.**고 북을 둥둥 두드리고 있었다. 공산주의로 통일하자는 제안에 흔들리는 남한 관료들이 한심했다. 미국에서 자유민주주의를 공부하고 경험하고 자유민주주의 나라가 강대국으로 살아가는 모습을 본 나로서는 너무 미개하고 문명을 모르는 북한도 흔들리는 남한도 안타깝고 불쌍해 보이기까지 했다. 나는 또 기도에 매달리며 노력했다. 1948년 5월 10일 기어이 누렁우물 같은 일은 벌어졌다. 기어이 땅은 허리를 반으로 접히고 서로 머리는 하반신을 하반신은 머리를 그리워하며 서로의 몸이 분리되어 기형이 되는 국회의원 총선거가 시행되었다.

나는 동대문구 갑 지역구에 단독으로 출마를 해서 제헌 국회의원 선거에서 무투표로 당선되기에 이른다. 곧이어 국회의장에 뽑히고 같은 해 7월 17일 민주주의 헌법을 제정 공포했다. 1948년 5월 31일 국회가 소집되고 선출된 국회의원 중 가장 나이가 많은 내가 의장에 선출되기에 이른다. 1948년 7월 20일 새 헌법에 따라 국회의원들에 의한 간접 대통령선거가 시행되었지만 나는 제주도 4.3사건으로 인해 국회의원 2명을 뽑지 못한 채 재적의원 198명 중 180표를 얻어 대한민국 초대 대통령 자리에 오른다. 마음 가득 솟아난 화려한 깃털을 펄럭이며 반쪽 잘린 허리라도 잘 일으켜 보겠다는 야심 찬 첫 단추를 끼우는 순간이었다. 선풍기 날개를 돌리듯 마구 정신없이 돌리는 국제 정세에서 우리의 힘을 키우지 않으면 안 된다는 걸 미국이란 거대한 나라를 비롯해 보고 듣고 배운 것들을 몸속에서 꺼내 반드시 강대국을 만들어야겠다는 결심을 키운다. 아무것도 모르는 힘없는 백성들은 거기서 나오는 바람에 의지할 수밖에 없다. 국민들은 조금 더 진화되면 소리 없이 돌아가 찬바람을 몰아다 주는 에어컨이 나올 수 있음을 상상도 못 한다. 선풍기 날개 같은 시원함으로 젖은 곳을 말리며 그것 이상 좋은 것이 있다는 걸 모르는 국민에게 에어컨이 있음을 알리고자 노력했다. 대통령의 자리에서 깃을 펴기 시작한 건 내 나이 74세다. 새파랑기파랑 새파랑기파랑 춤을 추고 합창은 우렁우렁 지구로지구로 날고 있었다. 합창은 푹푹 찌는 더위를 식혀주었고 태극기는 덩실

덩실 춤을 추고 있었다. 대한민국이란 이름이 먹구름 한 조각 없는 창공에 푸르른 날개 달고 우주로우주로 날아날아 오르고 있었다. *대한민국 제1대 대통령, 이승만!* 마이크에서 이름이 호명되었을 때 나는 또다시 가슴이 마구 뛰기 시작했다. 단상에는 태극기가 펄럭펄럭 바람을 흔들며 나를 바라보고 있었다. 자유민주주의 대한민국이라는 이름이 하늘 높이 펄럭이고 있었다. 그 혹독하게 추위 바람이 살갗을 베듯 매서운 어두운 시절에 차가운 돌바닥에서 새우잠을 자고 기도로 밤을 새우다 쓰러지고 빛 한 모금이 아쉬워 피로 물든 시간을 낡은 가죽 채찍으로 등을 맞아 불덩이 같은 통증이 휘몰아쳤었다. 손발이 묶인 국민들은 힘이 없어 저항도 못 했었다. 독립운동가들은 채찍에 살이 찢어지게 맞아도 이가 갈릴 듯 입술을 깨물며 죽지 않고 나라를 건지려고 노력했다. 여기서 쓰러지면 국민들은 어찌 되는지 절박함이 공포로 휘몰아쳤었다. 채찍이 끊임없이 휘갈겨져도 눈빛은 더욱 형형해졌었다. 반드시 독립을 이루리라는 생각 하나로 버텼다. 나는 독립을 향한 여정이 이렇게 길고 험난한 여정이 될 줄 정말이지 몰랐다. 한성 감옥에서 나와 미국으로 가는 배에 오를 때까지, 조선의 황폐한 땅은 마음속에서 쉽게 사라지지 않아 슬프고 아픈 마음을 꼭꼭 씹으면서 조국의 독립을 위해 싸울 생각을 다졌다. 여러 번 실패했다. 상하이에서, 미국에서 여러 번 저격 당하고 좌절했지만 버틸 수 있었던 건, 단 하나 조국의 독립밖에 없었다. 일본이란 감옥에서 느끼는 고통과 절망을 기필코 견디리라 다짐했고 배우지 않으면 미래가 없다는 생각과 이 선진국인 미국 사람들과 인맥을 엮어야 조국의 독립이 쉬워진다는 생각에서 미국에서 공부를 시작했고 한 걸음씩 독립운동의 발판을 다져갔지만, 현실은 냉혹했다. 많은 이들이 나의 외침을 듣지 않았고, 나는 점점 더 고립되어갔다. 그런데도 나는 한 가지 신념을 놓지 않았다. 독립을 이룰 때까지 절대 멈추지 않을 것이라고 다짐했고 그 다짐에 대한 대답은 기적의 순간을 가지고 온 것이다. 미 군정의 도움이 고마웠고 대한민국 정부 수립을 이끌 수 있도록 도와준 스승 윌슨 대통령이 너무 그립고 보고 싶어 가슴이 쓰리고 마음속에 깃든 감정은 복잡했다. 나 이승만은 더 이상 고립된 독립운동가가 아니었지만, 여전히 내 몸 안에는 불안감이 살아있었다. 내가 자주 느끼는 것은, 내가 바라던 자유로운 대한민국이 아니었기 때문이다. 국민의 불만과 혼란 속에서, 나의 지도력은 점점 더 강경해져 가야 한다. 나는 대통령이란 지상 최고의 금빛 화려한 날개를 달았지만 할 일이 너무 많다. 나는 **일민주의**를 새로운 통치이념으로 내세울 것이다. 국민은 국가 앞에서 평등해야 하며, 그 평등 위에서 국가의 이익을 위해 기꺼이 자신을 희생해야 한다는 것이다. 갓 태어난 새싹이 깰까 봐 입에 손가락을 세우며 *쉬! 쉬!* 조심조심하는 봄 햇살도 봄바람도 봄 물소리까지 살랑살랑 싹들의 숨소리를 쓰다듬는 어린 나라. 그 나라에 파릇파릇 나의 힘을 조금씩 불어넣어 싹을 키워 나뭇가지마다 푸른 신록 우후죽순으로 돋아나 싱싱함을 더하며 호르르호르르 웃을 수 있는 나라를 만들어야 하는데 가뭄에 말라비틀어질 때면 봄비가 내려 가뭄을 해소해 주면 좋으련만 아무것도 안정되지 않은 반쪽 나라에서 욕심대로 나라를 발전시킬 수 있는 대통령이 되기란 쉬운 일이 아니다. 가르친사위 같은 짓을 하는 대한민국을 혀만 껄껄 차고 있는 하늘. 1948년 8월 15일 초대 대통령이 된 나는 반쪽짜리 대한민국 정부 수립을 선포한다. 덧물 같은 시작이다. 부산하게 나의 둥지를 정리하고 경무대로 이사를 한다. 경무대의 구조는 내가 앉아서 일할 수 있는 응접실이 1층에 있고 2층은 침실과 식당의 구조로 되어 있어 대통령이 살기란 초라하기 그지없는 곳이다. 그렇지만 36년간 일본의 간섭하에 기 한 번 펴고 살지 못한 국민들을 생각하면 이만해도 호화궁전이란 생각이 들어 또 눈물이 나왔다. 살림은 두 명의 가정부가 도맡아 한다. 나는 경무대 안에 있는 정원이 마음에 든다. 내 나라에 내 땅 정원을 거닐면서 나의 날개를 마음껏 펼칠 수 있는 상상들을 캐내서 우리 국민이 잘살 수 있는 질료를 만들기에 안성맞춤이다. 정원 가득 푸른 상상이 심겨 있다. 그런 연유로 틈만 나면 정원으로 발걸음을 옮겨 산책을 즐겨서 하루빨리 공산주의를 뿌리 뽑고 자유롭고 살기 좋은 나라를 만들어 놓고 죽어야겠다고 다짐을 한다. 한편으로는 마음 가득 불안이 안개처럼 스멀거린다. 나의 떳떳하지 못한 아니 어쩌면 국토를 반으로 잘라버린 자책감이 극도의 불안감으로 밀려오는지도 모를 일이다. 밥을 먹어도 잠을 자도 온전한 휴식과 배부름을 기대하기는 시작부터 잘못된 선택이었는지도 모를 일이다. 공산주의자들의 암살 기도가 머리 주변을 맴돌아 다니며 괴롭힌다. 호박씨를 까먹듯 까먹고 또 까먹으려 아무리 애를 써도 자꾸만 고개를 드는 불안씨 때문에 밤이 두렵기까지 하다. 공산주의냐 반쪽이냐를 놓고 김구와 김규식의 뜻을 견주며 밤을 지새운 일과 어떻게 하면 이 나라의 운명이 더 좋은 쪽으로 흐를까를 고민하던 날들이 눈앞으로 자꾸만 곤두박질치면서 달려온다. 늘 경계심을 늦추지 못하고 두려움에 떨어야 하는 이 비극 앞에 나의 날개는 비에 젖어 축 늘어져 나들이 또한 최대한 자제한다.

1948년 9월

온전하지 못한 영혼으로 남한에서는 대한민국 정부 반쪽이 수립되었고 국회는 칠흑 같은 어둠을 환하게 밝히며 국가를 이끌어 갈 이승만을 모실 각오를 다지고 있다. 산해경에는 *머리의 무늬는 德 날개의 무늬는 義 등의 무늬는 禮 가슴의 무늬는 仁 배의 무늬는 信을 나타내는 이 새가 나타나면 천하가 태평해진다.*는 봉황이 있다. 이런 봉황이 되기를 기대해본다. 그렇지만 성큼성큼 대한민국이라는 나라를 향해 착지한 봉황이 되기엔 시작부터 무리였는지 모른다. 깃발을 펄럭이면서 봉황의 크고 화려한 날개가 조금씩 날개를 펼치기 시작한다. 오랜 빙하에서 연꽃을 피우기 위해 고개를 드는 한나절. 크고 작은 일들이 열병을 앓는 환자의 숨결처럼 가쁘게 호흡을 하는 날들이다. 봉황의 날갯짓은 바람이 너무도 강하다. 너무 강한 나머지 날갯짓이 자기 뜻대로 되질 않는다. 머리의 무늬는 德 날개의 무늬는 義 등의 무늬는 禮 가슴의 무늬는 仁 배의 무늬는 信을 나타내는 이 새가 나타나면 천하가 태평해진다.라는 말을 믿고 선출한 봉황이 속임수였다면서 봉황의 새끼들은 바람 잘 날 없이 봉황의 날개를 꺾기 위해 일어난다. 그중에서도 국가 폭력을 앞세운 제주 4.3사건은 최고의 화약고가 된다. 여수와 순천에서 남로당과 연계된 좌익계 군인들이 반란을 일으켜 테러를 자행하여서 살상자가 속출한다. 지금은 막새바람이 선선하게 불어오는 가을이다. 추수를 해야 한다. 날개가 찢기고 다리가 부러져도 햇살이 허덕이며 나무 위까지 뛰어오르기 전에 걸음 줄을 잘라야 한다. 이제 또 다른 이유가 생겨나 세상은 희망도 사라지고 생기도 잃고 땅들은 전율하며 떨고 있다. 나무들은 일제히 잎을 땅으로 늘어뜨리고 매달려 달랑거리며 아득히 먼 낭떠러지를 내려다보고 있다. 이제 막 대통령이 되어 미숙한 나라를 다시 공산당들에게 짓밟히고 있다. 그러나 대통령은 이 나라를 자유민주주의로 지키기 위한 뚝심을 키워나가고 있다. 백호가 육군 소령으로 여순반란 사건에 가담한다. 자신의 목표를 채워나가기 위해 이성은 하늘을 날며 마음껏 홰를 친다. 여순반란 사건으로 한때 생명이 위태로워지기도 한다. 우익진영의 반격으로 반란이 진압됐다 싶으면 숨 고르기 하던 좌익진영이 또다시 보복전에 나서서 몸서리나게 젊고 싱싱한 서로의 살을 자신의 살점인 줄 모르고 물어뜯는다. 동족상잔의 비극을 적나라하게 보여주는 무고한 양민들의 희생자 수는 눈덩이처럼 불어난다. 시체들의 더미 위에서 햇살은 쉬고 있고 바람은 시원하게 그늘을 흔들어 대고 있다. 파리 떼들은 벌떼처럼 덤벼들어 나뒹구는 시체들에 모여들어 두 손 싹싹 빌어대지만 그렇다고 파리가 빌 일이 무엇이며 손이 발이 되도록 빈다고 죽은 사람이 살아날 리는 없는 것이다. 소련의 지원을 업은 북쪽 김일성은 공산주의 정권을 수립해서 공산주의를 공공공공 키워나가고 있다. 조선민주주의인민공화국은 함박꽃 같은 웃음을 웃지만 웃음이란 말에는 울음이 섞인 줄 모르고 웃는 짓이다. 빛 좋은 개살구 같은 일을 하면서 참살구 맛을 떠들어대고 있는 것이다. 암메추리 울음 같은 일을 벌이고 있다. 샴쌍둥이 울음소리가 세계로 메아리쳐 나가고 있다. 북한의 공산정권은 제주 4.3사건과 여수·순천 반란 사건을 배후에서 조정 지원하면서 장차 형제 나라를 손아귀에 넣고 쥐락펴락하고 싶은 야욕을 감추지 않는다. 확실한 방법은 무력으로 흡수하는 전쟁의 길밖에 없다고 판단한 북쪽 김일성은 전력을 총동원하여 전쟁 준비에 광분한다. 백성이야 헐벗고 굶주리거나 말거나 그것은 차후의 문제다. 얼마나 많은 피와 살을 전쟁 준비에 소나기처럼 쏟아부었는지 모를 일이다. 시간들이 준비를 마친다. 형제는 아직도 잠 속에 취해 있고 어둠은 형제들의 잠을 재우기에, 충분한 시간. 새들도 잠 속에 취해 아직 아침 인사를 건네기 전에 요란한 물소리에 발걸음 소리를 섞으며 급류와 흙탕물의 시간을 빚어서 어깨에 메고 숱한 우여곡절의 시간도 이 싸움이 끝나면 희망과 보람의 시간이 될 것이라 큰소리친다. 이 소리는 날개도 없이 날아가 인민들을 선동한다. 단단한 각오 한 가마니씩을 등에 짊어지고 지하수처럼 몸을 낮추고 야음을 틈타 같은 종족을 죽음으로 몰 거대한 작전을 지시한다. 빈틈없는 마무리를 지어 녹색 이파리 속에 숨겨 둔다. 공산정권은 싸워서 반드시 이기라고 단단히 정신무장을 시킨다.

1948년 12월

대한민국 정부가 유엔으로부터 승인을 받는다. 주미한국대사에 장면(張勉)이 임명된다. 조선민주주의인민공화국 주둔 소련군은 시베리아로 철수한다. 소련 정부는 모스크바에서 비밀리에 군 수뇌 회담을 개최하여 철군 이후의 구체적인 계획을 수립하고 **특별군사사절단**을 통해서 집행하기로 한다. 이 회의에는 조선민주주의인민공화국 중화인민공화국의 고위 군부 대표도 참석한다. 전쟁 준비 계획은 만주에 있던 조선인 의용군 부대를 조선민주주의인민공화국으로 귀국시켜 5개 사단을 갖게 하고 이 외에 8개의 전방사단과 우수한 장비를 보유한 8개의 예비사단 5백 대의 탱크를 보유하는 5개의 기갑사단을 갖게 하는 모스크바 계획을 세운다.

화엄꽃

아물지 않은 자리마다 달비린내가 물컹물컹 솟는다.

한 나무에 서로 다른 꽃이 핀다.

한 가지에는 무궁화

한 가지에는 함박꽃이 핀다.

한 송이 비루꽃이 남루한 차림으로 어정쩡 서 있다.

웬 주변은 이리 시끄러운가.

벌절이라 해서 꿀을 끓이면 벌들이 앵앵거리고

다시, 나비절이라 화려한 꽃술을 보탠다.

나풀거리는 춤사위가 꽃들을 에워싸면

꿀벌들의 날갯짓이 윙윙 이명을 피운다.

그 이명으로 들은 말들은

서로 다른 말 들었다며 싸운다.

서로 환하게 보이는 속셈은 숨기고
함께와 공동이란 말을 짓밟아 버리고

꽃들을 놓고 서로가 독차지 독차지 독을 차며

모르는 말만 늘어놓는다.

 한 달 후 이승만의 아내 프란체스카도 남편의 나라로 날아왔다. 해방 후 미국과 소련의 냉전은 우리나라에도 좌익과 우익의 대립으로 정부 수립은 어려웠다. 좌우 합작이 서로의 의견에 합의하지 못하고 결국 남한 단독정부를 수립했고 이승만 박사는 대한민국 초대 대통령에 취임하게 되면서 물심양면으로 대한민국의 독립을 돕던 프란체스카는 대한민국의 첫 번째 영부인이 되면서 험난한 시작의 발을 내딛게 된다. 이승만 대통령은 이화장에서 경무대로 이사를 했고 미국 망명 시절 그토록 내 집을 가지고 정착하고 싶어 했던 프란체스카는 자신의 의지와 상관없이 경무대라는 큰집에 안주인이 된 것이다. 독립운동을 하던 때처럼 늘 이승만의 그림자가 되어 바쁜 나날을 보냈다. 국민들은 따가운 눈총도 보냈지만, 외교사절단 측에서는 그녀의 국제적 감각으로 국익에 많은 도움을 받는다는 것을 인정하지 않을 수 없었다. 평소 한복을 즐겨 입던 그녀는 *나는 다시 태어나면 한국 사람으로 태어나고 싶다고* 늘 말해왔다. 그러나 천재적인 감각을 가진 그녀가 끝내 극복하지 못한 것은 언어문제였다. *오늘 이 사람 눈깔과 주둥이가 아프지 않지만, 대가리와 배때기가 아픕니다. 사람들이 웃으면 내 발음이 그렇게 쪼다 같나요.* 하고 말했다. *그거는 천한 말인데요.*라고 사람들이 말하면 이승만 대통령도 국무위원들도 허리를 잡고 웃었다. 우리 문화를 익히게 하고 이름도 이부란 또는 이금순이라고 지어줄 정도로 아내에 대한 애정도 깊었다. 국회의사당으로 사용되고 있던 중앙청 광장 앞에서 대통령 취임식이 거행되었고 이시영 부통령도 함께 취임식을 했고 1948년 8월 15일 대한민국 정부 수립을 선언하였다. 이승만은 나라 이름을 무엇으로 지어야 하나 고민하고 고민하던 끝에 그래 세상에서 제일 큰 나라 사람이 팔다리를 쫙 펴면 큰대(大)자가 되니 대자를 넣어야지. 조선(朝鮮)이라는 이름에는 사대주의(事大主義) 냄새가 너무 난다. 애초에 조선이란 이름은 우리 선조가 지은 것이 아니라 명나라에 이름을 지어 달라고 했기에 명나라는 조선이라고 부르라고 했고 이것이 이름이 되어버렸다. 그렇게 조선이란 이름으로 나라가 운영되다가 고종은 이 사대주의 냄새를 깨끗이 씻어내고 싶어 했다. 고종은 중국으로부터 독립을 선언하고 새로운 황제국을 만들기 위해 큰 노력을 하면서 국가 이름을 대한제국이라고 고쳤다. 대자는 제일 크다는 의미를 지니고 한(韓)이란 글자에 실질적인 뜻이 들어있다. 1897년에 유행했던 제국의 이름은 한자가 유행이었다. 이것 역시 중국이 국호를 붙이는 방식이 한자였다. 중국은 대표적으로 황제국이었고 나라 이름도 명나라 원나라 송나라 청나라 등 황제국은 외자를 쓰는 반면, 주변부에서는 조선 일본 돌궐 흉노 등 모두 두 글자를 쓰고 있어서 당시 우리나라 사람들은 제국의 이름은 한 글자이기를 바랐다. 그리고 한이라는 글자를 넣고 싶었다. 한(韓)은 원래 삼한(三韓)에서 유래한 것이다. 조선은 고조선의 정통을 이어 조선이란 국호를 중국이 주었지만, 그들은 좋은 마음이 아니었다. 왜냐하면, 고조선의 마지막 왕인 준왕(準王)은 이후 한반도 남쪽으로 도망쳐서 그곳에 한(韓) 나라를 건국하게 되었다. 이는 마한(馬韓), 변한(弁韓), 진한(辰韓)이라는 나라로 불렸고 합해서 삼한(三韓)이라는 이름으로 불렸다. 그러니 중국은 조선을 넘보려는 속셈에서 이름조차 자신의 나라는 황제국이어서 한 자로 쓰고 우리나라에는 조선이라는 두 글자를 쓰게 한 것이다. 그렇지만 고조선(古朝鮮) 본래의 전통을 이은 국가가 바로 삼한(三韓)이다. 본래 고조선의 전통을 이은 국가가 삼한(三韓)이고, 당시 삼한은 비록 세계의 변방에 자리 잡고 있던 국가였지만, 문화적으로는 당대 최고 수준이었던 중국과 동등한 수준이었다. 중국은 호시탐탐 이름 하나에서도 우리나라를 압박하는 못된 심보를 몸속에 달고 사는 사람들이었다. 그렇다면 그래 이 삼한(三韓)을 계승(繼承)해 찬란한 나라를 만들 이름으로 대한민국으로 지어야겠다. 대는 세상에서 제일 큰 나라 한은 우리의 삼한에서 선조들의 뜻을 계승한 한(韓)과 민주주의 국가를 상징하는 민국(民國), 이승만은 무릎을 치고 일어서 앉지를 못하고 서성거렸다. 그래 대한민국이다. 세계 최고 수준의 문화를 만들고 경제 대국을 만들고 무력이 아닌 자연 친화적인 교화로 세상을 다스릴 큰 나라로 국호를 정해야겠다. 대한민국(大韓民國)은 세계 최고 수준의 문화와 경제를 갖춘 지성을 지향하는 나라가 되어야 하고 국민이 국가의 주인인 국가라는 뜻도 있는 이름 이보다 더 좋은 이름은 없다. 대한민국! 대한민국! 대한민국! 입에 짝짝 달라붙는구먼. 그렇게 고민하고 상상하고 기도한 끝에 얻어낸 이름이 대한민국이다. *대한민국이여 영원하라!* 이승만은 정부는 기미년에 서울에서 수립된 민국 임시정부의 계승이 부활되었기에 민국 연호를 기미년에서 기산(起算)하여 대한민국 30년에 정부 수립이 이루어졌으니 대한민국 민주주의로 새로 탈바꿈하며 제헌헌법의 근거는 기미 독립운동으로 대한민국 건립으로 정하고 공식 문서에서 쓰는 것은 단군기원(4281)을 사용하도록 했다. 그 이유는 우리나라의 민주정치 제도는 남한의 조력으로 된 것이 아니고 30년 전에 민국 정부를 수립 선포한 데서 이뤄졌다는 것을 말하고자 함이다. 우리 독립투사는 우리 국민 영토 주권을 찾기 위해 끊임없이 일본에 저항한 끝에 1948년 8월 15일 단기 4285년 8월 15일 그 이름도 찬란한 *대한민국*을 하늘과 땅이 산파가 되어 출산을 돕고 색동다리가 온 세상에 떠서 줄넘기하며 축하해 주고 있었다.

환희에서 파국으로

12

　나는 이름을 지으면서도 간절하게 기도했다. 제발, 하느님 이 나라가 세계 최고의 강대국이 되도록 도와주십시오. 우리 민족은 단군의 자손입니다. 하느님이 내려보낸 민족입니다. 길이길이 나라를 보존하고 자유와 평화가 물결처럼 넘실거리는 살기 좋은 나라가 될 수 있도록 도와주십시오. 한과 설움이 뒤섞인 울음이 복받치는 걸 목구멍으로 집어넣느라 안간힘을 썼다. 그래 이제 이 나라 자유민주주의를 세계에서 제일가는 나라로 만들 초석을 내가 반드시 다질 것이다. 어떻게 찾은 나라인데 우리 민족이 당한 수모와 설움을 단단하게 뭉쳐서 그 위에 나라를 세울 것이다. 그러나 실타래처럼 엉킨 문제를 한 가닥 한 가닥 풀어야 했다. 사대부 의식이 남아 있고 노비 근성이 남아 있고 문맹률이 너무 높아 어찌 교육해야 할지 암담했다. 그래 이제부터 차근차근 하나씩 그러나 빨리 문맹률을 없애고 습관처럼 붙어있는 노비 근성과 사대부 근성을 불식시키고 자유와 평등과 정의가 싱싱하게 넝쿨 벋는 나라로 만들어야지 한탄만 하고 있을 때가 아니다. 어리버리하다가는 다시 이 나라가 어느 나라의 속국으로 잡아먹힐지 동쪽 서쪽 사방 어디를 봐도 모두 아가리를 벌리고 호시탐탐 노리고 있음을 인식하지 않으면 또 일제의 치욕보다 더한 치욕을 당할 수도 있다. 어지럽고 어수선한 생각을 결기로 삼아 희망 꽃을 삼천리 방방곡곡에 모종해서 자유민주주의 꽃을 반드시 피워야 한다. 우리 민족이 다시는 남의 나라에 당하지 않게 내실을 튼튼하게 하는 것이 급선무다. 국회 본회의를 열어 대통령 시정방침을 연설한다. 일단 미 군정하의 국방경비대를 국군으로 전환하고 대통령령으로 호국 병역에 관한 임시조치령에 따라 의용병제 형태를 채택한다. 무엇이든 임시로라도 우리나라 대한민국의 기틀을 잡아가야 한다고 생각하고 임시조치령을 선포하고 8개월 후에 대한민국 최초의 병역법을 공포한다. 징병제를 원칙으로 하고 보충하는 개념에서 지원제를 함께 하는 병역제도를 시행해야만 조선 시대를 살아왔던 습관과 일제 저항기의 틀에서 벗어나 우리만의 징병제에 힘입어 우리나라를 튼튼하게 방위하고 지켜야만 한다. 아직 곳곳에 덫을 놓고 기다리는 사냥꾼의 덫에 걸리지 않으려면 우리의 힘과 지혜를 하나로 뭉쳐 놓아야 하기 때문이다. 대한민국, 그러니까 초대 나라가 대한민국 초대의 징병제를 시행해서 대한민국을 크게 키울 힘을 기르는 축하대회를 서울 운동장에서 거행했다. 벅찬 감정과 어둠 속에 갇혔던 압박감이 한꺼번에 불꽃처럼 터졌다. 아~ 이제부터 절대로 다시는 영원히 다른 나라에 내 나라 주권을 빼앗기지 말아야 한다. 저 소련의 지령을 받는 북도 어서 자유민주주의가 되어 함께 한민족으로 뭉쳐 강철처럼 튼튼한 힘을 키워야 한다. 그렇게 탄탄한 지지대를 구축하는 사이 유엔이 북한과 협상할 것이라는 소식이 들렸다. 유엔이 북한과 협상한다는 건 무엇을 뜻하는가? 우리 민족끼리 협상을 해서 해결을 해야 할 일을 왜 유엔은 무엇을 목적으로 남의 나랏일에 관심이 많은 건지, 강대국들의 야심이 들어있는 것 같은 생각이 들었다. 민주주의를 전적으로 민주주의를 믿고 민주주의를 이 땅에 뿌리내려야만 한다. 북한을 점령한 소련의 공산주의는 독재제도가 아니면 이 어려운 시기를 해결하지 못할 거라는 공산 분자들의 말을 너무나 순진한 우리 민족은 그 파괴적이고 선동적인 말에 넘어가 공산주의를 선호하는 사람이 대부분이다. 당장은 모이를 던져주고 모이를 쪼아먹으러 달려들면 잡아먹으려는 저 속셈을 모르고 유감스럽게도 너무나 깜깜한 우리 민족은 눈앞에 배 채우는 일에만 관심이 있고 조국의 미래 따위엔 일도 관심이 없음을 어찌해야 하나? 미국에서 살아보니 우리 민족의 사고를 완전히 바꾸지 않으면 영원히 자유민주주의에서 자유롭게 살기란 어렵다는 걸 몸으로 체험했다. 그러나 그런 내 말을 사람들은 80%가 믿지 않고 우선 던져주는 빵조각에 오글오글 모여들고 있으니 답답하고 딱하고 무어라고 형언하기 어렵구나. 나의 국민 나의 동포 나의 형제들이 하루빨리 그 어두운 터널을 빠져나오도록 하는 정책을 세워야 한다. 어찌할까? 무슨 방법을 써야 효과가 가장 빨리 날까? 나는 미국에서 공부할 때부터 우리나라가 독립되면 하루빨리 민주주의를 채택해서 강대국이 되어야 한다는 생각을 뼛속까지 뉘우치며 결심했다. 그렇게 결심하고 공부하고 방법을 연구하면서 실행해본 그 정치적 생각을 이제 대통령이 되었으니 끊임없이 사탕수수밭의 노동자를 기숙사로 데려와 공부를 시키던 그 심정으로 우리 국민도 끊임없이 교육을 시켜야 한다. 그래서 무엇보다 중요한 개인의 자유를 보호하고 민권을 보장해야 한다. 국민을 정부에서 지켜줘야 하며 국민은 정부를 위해 목숨을 바칠 수 있는 교육을 하고 언론과 집회와 종교와 사상의 자유를 보호해 사람다운 사람으로 살아가도록 모두가 평등한 세상을 평등하게 살 수 있도록 국가가 계몽운동을 벌이고 남자나 여자나 똑같이 교육을 받아 인권을 존중받는 사회가 되어야 하며 진정한 자유가 무엇이며 자유를 존중하고 또한 자유를 지키기 위해 각자가 무엇을 해야 하는지를 깨닫게 해야 한다. 자유를 사랑하는 나라 지식과 계급에 진보적 사상을 가지도록 교육해 청년들이 이 단계의 교육을 충실하게 받아 미래를 밝혀야 한다. 몰라서 무시당하고 멸시당하며 또 멸시와 천대를 당했다고 불평하는 폐단이 일어나서는 안 될 것이다. 사회 질서를 파괴하고 사상을 내세워 자유민주주의의 기본적

요소로 자유의 권리를 잘 지키는 사람들에게 무서운 사상인 공산주의 사상이 뿌리내리는 일이 없도록 노력해야 한다. 두 주먹을 불끈 쥐었다. 내 남은 생 나라의 기초를 다지는 초석으로 쓰리라.

무궁화동산

여자에게도 투표할 권리와 참정할 권리를 주어야 한다. 대한민국 국민으로 모든 주권을 행사하며 나라에 대한 자부심을 느끼게 해야 한다. 나라에서 선포되는 법령을 모두가 지키며 순종하고 나라에 충성심을 가지고 받들고 싶은 마음이 생기도록 자유민주주의란 이렇게 국민의 자유와 권리와 참정권을 다 허락하는 대단한 나라로 만들어 공산주의 사상이나 불량스런 마음을 먹고 국가 질서를 어지럽히거나 사회를 혼란에 빠트리려는 사람을 미리 색출해서 안심하고 살 수 있는 나라를 만들어야 할 것이다. 충성스럽게 받들어야만 할 것이다. 일제의 압박에서 벗어난 즐거움을 맘껏 즐기도록 어서 가난에서 벗어나게 하려면 도시나 농촌에서 일하며 고생하는 사람들의 고충을 읽어 생활고를 빨리 파악해서 정부가 힘써야 할 것이다. 그래서 모든 사람이 균일한 기회와 권리를 주장하고 개인의 신분을 존중하며 노동자들을 우대하여 법률 앞에서는 모든 사람이 동등하게 보호되어야 한다. 또 국제통상과 공업을 우리나라의 필요에 따라 발전시켜 우리 국민의 생활 수준을 하루빨리 향상하기 위해 모든 공업발전을 시행해 우리 땅에서 나오는 곡식과 우리 공장에서 나오는 물건들을 외국에 수출하며 우리나라에 없는 것들은 싼값에 수입해야 할 것이다. 그렇게 되려면 공장과 상업과 노동력이 각자 맡은 바에 최선을 다해 서로의 힘을 교환하고 응원해야 할 것이다. 지나간 역사를 거울삼아 앞으로 올 역사를 다시 창조하는 것이다. 세상에 아무리 나라가 많아도 우리나라가 없으면 그 나라들은 우리에게 아무런 필요가 없다. 그러니 우리나라가 얼마나 소중한지를 알면 애국심이 저절로 생겨날 것이다. 나는 수십 년을 외국에 살면서 나라 없는 설움을 누구보다 뼈저리게 느낀 사람이다. 그리고 잘 사는 나라들이 왜 잘사는지를 연구하고 검토하고 배웠으며 도움을 받을 수 있으면 받아야만 자체적으로 해결 못 하고 작은 나라를 지켜내려면 우방국을 튼튼하게 세워 두어야만 가능함을 뼈저리게 느꼈다. 우리나라는 모든 조건에서 그리 유리한 조건이 아니다. 자본도 없고 지하자원도 없고 땅이 넓지도 않고 인구로 장악할 만큼 인구가 많지도 않다. 무엇하나 남보다 뛰어난 것이 없다면 불평만 하고 있을 것이 아니라, 각 나라의 장점을 두루 배우고 익혀 내 나라를 그렇게 강하게 하는 계책을 세워야 한다. 어려운 문제가 생기면 도움을 청할 수 있는 기둥이 되는 우방국도 있어야만 한다. 그렇게 부강한 경제 대국을 만들 때까지는 이 대한민국이란 나라는 부단히 노력해야만 할 것이다. 그래서 이제 대한민국이 모범이 되는 교육을 해서 세계에 표명되도록 매진할 것을 우리 국민에게 가르칠 것이다. 해방된 지 겨우 1년 아직도 중앙청에 성조기가 나부끼며 우리나라를 지켜주기 위해 미군이 38도 이남의 조선 땅을 굳건하게 방패막이가 되어주고 있을 때 나는 가장 시급한 것이 교육이란 생각을 했다. 언제까지 미국에 기댈 수 없다. 미국이 도와주고 있을 때 우리의 힘을 키우지 않으면 다시 또 어떤 불행이 닥칠지 모른다는 조바심이 일자 마음이 급해졌다. 그리고 우리나라에 가장 시급한 것이 무엇인지를 생각했다. 조선 시대에 문맹률이 90%였고 일제 저항기에 한글마저 배우지 못하게 했고 이리저리 나라 국민이 너무 무지했던 그 절박함에 가슴이 아팠다. 오늘 같은 날을 위해 나는 미리 준비했었다. 언젠가 마음껏 우리글을 배울 수 있고 또 배우고 나서 그 감사함을 전할 졸업식 노래가 있어야 한다고 생각했다. 나는 졸업식 노래를 하나 만들어야 하겠다고 생각하고 졸업식 노래를 하나 만들자고 한글빛에게 말했다. 내 뜻을 받든 한글빛이 군정청 편수국장에 있던 외솔 최현배에게 **이승만 박사가 졸업식 노래를 지었으면 좋겠다고 하니 멋진 졸업식 노래를 하나 지어 보시오.** 하자 최현배는 생각 끝에 석동 윤석중을 만났다. 석동이란 아호는 어느 신문에서 윤석중(尹石重)을 소개하면서 윤석동(尹石童)이라고 잘못 쓴 걸 본 춘원 이광수가 석동이라는 호가 참으로 좋은데 그 호를 누가 지었소. 하고 칭찬을 했고 윤석중은 그때부터 호를 석동으로 쓰게 되었다. 그렇게 최현배가 석동을 찾아가서 **졸업식 노래를 하**

나 지어 줄 수 있겠소? 하고 부탁을 했다. 그는 그 당시 막 새 나라의 어린이를 작사하여 해방된 조선의 희망을 푸르게 목청을 돋우며 부르게 해준 사람이었다. 그뿐 아니라 엄마 앞에서 짝짜꿍, 기찻길 옆 오막살이, 날아라 새들아, 등등 수많은 노래로 새 나라에 희망 싹을 싱싱하게 키우고 있던 애국자였다. 그는 나라를 위해서라면 목숨이라도 버릴 만큼 일제 저항기에도 나라를 위해 애썼던 터라 이런 일은 자신의 소명처럼 생각하며 곧바로 가사를 지었다. 1절 빛나는 졸업장을 타신 언니께 꽃다발을 한 아름 선사합니다. 물려받은 책으로 공부를 하며 우리는 언니 뒤를 따르렵니다. 2절 잘 있거라 아우들아 정든 교실아 선생님 저희들은 물러갑니다. 부지런히 더 배우고 얼른 자라서 새 나라의 새 일꾼이 되겠습니다. 3절 앞에서 끌어주고 뒤에서 밀면 우리나라 짊어지고 나갈 우리들 냇물이 바다에서 다시 만나듯 우리들도 이다음에 다시 만나세. 이렇게 3절까지 며칠 밤을 새워 작사한 윤석중은 곡을 붙일 사람은 당연히 정순철로 생각했다. 그가 만든 새 나라의 어린이 엄마 앞에서 짝짜꿍 모두 그가 작곡했기 때문이었다. 그렇게 윤석중은 급한 성질답게 곧바로 정순철을 찾았고 성질 급한 정순철 역시 가사를 받은 즉시 피아노를 두들기며 콩나물을 기르기 시작했다. 그렇게 속전속결로 작사와 작곡을 끝낸 둘은 식당으로 가서 합창을 했다. 식당에서 밥을 먹던 주위 사람들도 조용히 귀를 기울이더니 엄지 척을 하면서 이제 나라의 희망이 생기고 잘 될 거라며 환호성을 쳤고 식당에서는 밥값도 받지 않았다. 그렇게 호응이 좋은 것을 본 두 사람은 편수국 직원들 앞에서 다시 노래를 불렀고 그 열기는 한겨울에 꽃을 피울 듯이 활활 타올랐다. 그렇게 이 졸업식 노래가 1946년 6월 6일 공표되었다. 나는 이 노래에 감격해 목 놓아 울었다. 그동안의 설움이 복받쳐 울었고 앞으로의 희망을 보는 것 같아서 또 울었다. 그렇게 탄생된 노래는 내가 초대 대통령이 되고 난 후 나의 환영을 받으며 우리나라 학교마다 이 노래가 교실과 운동장을 적셨고 당시 꽃집들은 꽃다발을 팔기에 바빠 꽃향기가 학교마다 홍수로 범람해 장강을 이루었다. 막 해방된 나라는 제대로 된 교실 하나도 갖추지 못했지만, **교육만이 이 나라가 살길이다. 교육을 받아야 나라가 발전한다. 천막에서라도 교육을 시켜야 한다.** 나의 이 교육열이 신들린 바람처럼 퍼져나가 부모들은 자신의 허리를 졸라매고 밥을 밥 먹듯이 굶어도 자식만은 학교에 보내려는 운동이 유행처럼 일어났다. 부모의 퀭한 눈과 다 떨어져 너덜거리는 옷을 입고 자식의 졸업을 지켜보며 부모들은 그동안 받은 설움에 복받쳐 울고 졸업생들은 부모가 울어 따라 울고 교실 바닥은 졸업식 때마다 눈물과 꽃물이 합해져서 대한민국의 거름이 되고 있음에 나도 울고 또 울었다. 나는 다음에 나라의 애국정신을 가다듬고 애국심을 기를 준비를 하나둘 해나가기 시작한다. 나라 국화에 대해 생각해 본다. 고조선 시대부터 신성한 꽃으로 여겨지고 신라 때는 무궁화 나라라고 불렀다. 그렇다면 1896년 독립문

주춧돌을 놓는 애국가를 *대한민국 국가로* 정하고 후렴에 *무궁화 삼천리 화려강산*이라는 구절을 넣어 나라꽃이 되었으니 대한민국 정부 수립 기념식 영문 초청장의 배경은 물론, 광복 이후 화폐에도 무궁화를 넣고 공무원의 임명장, 국회의원의 배지 그리고 사법부의 법복에도 무궁화를 넣어 애국심을 길러야겠다. 태극기 봉도 무궁화 모양으로 만들어야겠다. 무궁화에 점점이 흩뿌려져 있는 하얀 꽃가루는 우리에게 축복을 내리는 모양이다. 대한민국에 하얀 눈가루를 끊임없이 축복 가루로 뿌려주고 있는 신선함을 살려야 한다. 그리하여 우리 겨레의 단결과 합동으로 이 나라를 무궁화 이름처럼 무궁무궁 무궁하라는 무궁화 정신을 심어주어 *삼천리 화려강산*에 활짝 피게 만들어야겠다. 처음 미국에 건너갔을 때 재미교포 환영회 석상에서 밤새도록 *동해 물과 백두산이 마르고 닳도록 무궁화 삼천리 화려강산*이 불쌍하고 그리워 울면서 소리쳐 부르다 목이 메어 소리도 목구멍으로 못 나올 때 생각이 난다. 고국이 그리워 얼마나 울었던가. 암담해서 울고 절실하고 간절해서 울고 밤새도록 울며 얼마나 외쳤던가? 그 절실하고 간절함이 이제 이루어졌다. 서슬푸른 일제 치하에 목숨을 걸고 작사를 했던 윤치호 선생이 존경스러워 울고 슬퍼서 울고 울었던 애국가 구절 *무궁화 삼천리 화려강산*을 만들려면 무궁화에 대해 좀 더 알아보아야겠다. 나라를 잃은 어려움 속에서도 끊임없이 무궁화에 관한 연구를 한 이무궁 박사를 불러야지. 이무궁 박사는 박사 학위가 있는 것이 아니라 무궁화에 관한 연구만 했기에 박사보다 더 박사인 까닭에 박사라고 불러준다. 이무궁 박사를 만나자 얼굴이 꼭 무궁화를 닮았다는 생각을 하며 나는 그를 반긴다. 내가 무궁화에 대해 무식하오. 그래 무궁화 박사를 만나 기본 지식이라도 알고 대한 정부 수립 초청장부터 모든 관공서에서 이 무궁화를 상징으로 쓰고자 하니 내게 무궁화의 정체에 대해 좀 말해 주시오. 하자 이무궁 박사는 무궁화처럼 하얗게 웃으며 좋은 생각이십니다. 무궁화야말로 고조선 때부터 이미 선조들이 귀히 여겨왔고 신라 때는 이미 무궁화 나라로 불리었으니 우리 선조들의 그 고귀한 유산을 물려받아 선조들의 얼을 기리는 것이야말로 이 나라가 무궁무궁 무궁해지는 길이라 생각됩니다. 그래, 어서 그 무궁화 그 녀석의 족보를 내게 말해 주시오. 이무궁 박사는 예, 알겠습니다. 하고 머릿속에 적어놓은 상식을 모두 꺼내 줄줄이 꺼내 놓는다. 꽃잎이 떨어져 있는 것 같으면서도 꽃잎의 근원은 하나인 통꽃이며, 우리 겨레의 인내, 끈기 그리고 진취성으로 여름철 100여 일간 한 그루에서 3천여 송이 이상의 꽃을 피우는 꽃입니다. 우리나라의 국화라고 하면 국민들 의식 속에 대부분 잠재되어 있어 무궁화를 가장 먼저 떠올릴 것입니다. 공식적으로 무궁화를 우리나라의 상징으로 쓰면 조금의 미흡함도 없을 것이라 생각하옵니다. 많은 나라의 국화는 왕실의 상징 혹은 귀족 가문을 대표하는 꽃들이 일반적이지만 우리나라는 대통령께서 자유민주주의를 외치시니 왕실과 귀족을 대표하는 것이 아닌 국민을 대표하는 꽃인 무궁화를 사용하신다면 우리 민족과 오랜 관계를 통해 자연스럽게 나라꽃으로 자리매김하였기에 정서적으로 아주 안정되고 어지러운 나라를 빨리 안정적으로 잡는 데도 많은 도움이 될 것입니다. 무궁화는 서기 897년 신라 시대 때, 효공왕이 당나라 광종에게 보낸 나라 문서에서 우리나라를 무궁화의 나라라는 뜻의 근화향(槿花鄕)이라고 표현했을 만큼 선조들의 사랑을 받아왔습니다. 그러나 조선 시대에 와서 조선왕조의 상징인 이화(오얏꽃)에 잠시 밀려났지만, 이는 역사의 오류가 될 수도 있습니다. 이화라는 꽃은 무궁화처럼 무궁무궁한 것이 아닌 화르르 날아 떨어지는 꽃이기에 조선이 이리 쉽게 나무에서 떨어져 내려 일제에 힘들게 저항하여 이제야 겨우 찾은 나라 대한민국이니 그 나라 이름에 걸맞게 무궁화로 하시면 좋을 것입니다. 외람되오나 일제 저항기에 무궁화는 자연스럽게 다시 그 명성을 되찾게 된 경우입니다. 무궁화는 국권을 강탈당했을 때 자연스럽게 선조들에 의해 나라꽃으로 자리매김하게 된 이유는 애국가 덕분입니다. 대한민국이 탄생하기까지 나라 잃은 설움을 달래며 국가의 상징으로 대표되는 태극기와 애국가가 모두 독립운동을 함께 하며 나라를 되찾은 것입니다. 그러니 무한히 피어나는 꽃이자 생명력이 강한 꽃이고 애국심도 아주 강한 무궁화가 자연스레 나라꽃으로 자리매김할 수 있게 되면 이 나라는 이름처럼 영원히 무궁화처럼 활짝 피어날 것입니다. 또한, 우리 국민의 생활용

품 곳곳에서 무궁화의 상징적 위치를 유추해 볼 수 있게 과자에서 먹거리까지 무궁화가 피어난다면 대한민국은 무궁화동산이 되어 영원할 것입니다. 그리고 세월이 흘러 이름처럼 무궁화로 우리나라가 피어나면 기차에도 비행기에도 무궁화라는 이름을 붙여 대한민국을 상징하는 꽃으로 쓰이게 하심이 옳을 줄 아뢰니다. 그리고 국회에서 무궁화를 나라꽃으로 공식 지정하는 노력을 해야 할 것입니다. 만약 그때 나라꽃으로 공식 지정되지 않으면 국회의원들이 하나는 알고 둘은 모르는 것입니다. 우리 땅에 무궁화를 심고 그 꽃이 전 세계에 다 피어 있으면 전 세계가 다 무궁화동산이 되면 그 무궁화동산은 우리나라 대한민국의 동산이 되는 것입니다. 그리고 무궁화의 날도 아예 정해 놓으시길 부탁드립니다. 무궁화 날요? 예 무궁화 날을 언제로 정하란 말이오. 이무궁은 신이 나서 대답을 한다. 8월 8일로 정하십시오. 8월 8일로 정하라는 이유를 물어도 되겠소? 그 이유는 8자를 옆으로 눕히면 ∞(무한대 기호)가 되니 나라가 무한대로 성장한다는 의미이기에 그렇습니다. 나는 무릎을 탁, 쳤다. 그대에게 정식으로 무궁화 박사란 박사 학위를 주어야겠소. 그럼 무궁화에 대해 아는 대로 설명을 좀 더 상세하게 해 주시오. 이무궁은 자신이 무궁화에 관한 이야기는 안 하고 정부에서 무궁화를 인정해 주기를 청하는 말만 늘어놓은 것 같아에 지금부터 말씀드리겠습니다. 하고 꽃에 대해 설명을 시작한다. 무궁화는 꽃의 색깔에 따라 단심계 아사달계 배달계로 구분되니다. 단심계는 다시 백단심 홍단심 청단심으로 분류되고 백단심이란 하얀색 꽃잎에 중심부가 여성의 생리 색과 대조되어 정절과 지조를 뜻하고, 백단심계에는 선율 설악 우전 미경 영철 등으로 분류되어 있습니다. 참 이름도 아름답군! 그렇습니다, 말허리 자르지 마시고 끝까지 들어보십시오. 미안하오, 하도 아름다운 선율이 느껴져서. 그다음 적단심은 적색을 띠고 있으며 색채가 화려해 환희를 뜻하며 불새 아사녀 새마을 브라보로 구분되고 자(紫)단심은 적단심계와 같이 홍단심계로 총칭됩니다. 자단심계는 칠보 내사랑 병화로 분리되며 청단심계는 바탕색이 청색을 나타내는데 보라색 계통은 홍색과 청색이 복합색으로 나타나고 시간에 따라 색이 달라집니다. 햇빛이 비치는 각도에 따라 색이 변하기 때문입니다. 파랑새 또는 자선이라고도 합니다. 아사달계는 아사달이란 대표적 품종인 아사달의 이름을 따서 지었습니다. 아사달은 단군 조선 개국 때의 도읍지인 지금의 평양 부근의 백악산(白岳山) 또는 황해도 구월산을 말합니다. 아사달은 흰색 바탕 꽃잎에 붉은 무늬가 있고 가늘고 고운 선이 꽃잎 가장자리를 타고 오르고 있습니다. 그래서 신비함이 옹달샘처럼 솟아 나오지요. 그리고 아사달에는 평화가 포함되어 있습니다. 배달계에는 배달이라는 명칭은 백의민족(白衣民族)인 한민족을 말하고 순백색 홀 꽃 중 가장 아름답고 꽃이 큽니다. 배달계에는 소월결 꽃인 눈보라가 대표적입니다. 내한성이 강한 무궁화는 겨울에는 월동을 하며 힘을 비축해 두었다가 봄에 다시 푸른 힘을 뿜어내 꽃봉오리는 매일 끊임없이 꽃을 피우며 100일여간 피고 지고 지고 피며 아름다움을 뽐냅니다. 통꽃으로 되어있으며 한 그루에서 3천여 송이의 꽃을 피우며 잎은 호생이며 난형으로 얇고 잎 가장자리에 톱니가 있어 외세 침입이 오면 이 톱니로 목을 다 베어낼 것입니다. 새벽에 살며시 새색시가 시부모님께 문안을 드리려는 모습처럼 함초롬히 피어났다 오후에 오므라들기 시작해 해 질 무렵에는 석양을 따라 떨어지는 하루살이, 그러나 기나긴 시간에 비하면 모두가 하루살이일 뿐입니다. 천년을 살아도 하루살이고 백 년을 살아도 하루를 살아도 해와 달처럼 반일을 살아도 모두 하루살이입니다. 그렇게 하루살이처럼 짧은 인생을 사는데 저 잔인무도한 일본놈이 다시 나라를 짓밟으러 들어오면 무궁화 잎은 톱으로 목을 댕강댕강 다 잘라버릴 것입니다. 꽃잎은 달걀을 거꾸로 매달아 놓은 모양이고 다섯 개가 밑 부분에 붙어있고 열매는 긴 타원형이며 10월에 익습니다. 종자에는 납작하고 긴 털이 있어 우리 백의민족인 단군의 자손을 후천 미륵 세상의 씨 종자로 영원히 갈무리하기 위해 털이 보호를 하고 있는 것입니다. 이무궁은 신들린 사람처럼 무궁화에 대해 열변을 토한다. 그럼 대통령 휘장과 행정 입법 사법의 정부 휘장을 모두 무궁화로 도안하고 사용하도록 해야겠습니다. 아주 기발한 생각이십니다. 만약 무궁화를 국화로 생각하지 않고 다른 꽃을 생각하신다면 그건 천부당만부당한 말씀입니다. 알았습니다. 고맙습니다. 이무궁

박사 당신이 꼭 무궁화의 부모라도 되는 것 같습니다. 이무궁은 머리를 긁적인다. 나는 *과히 박사라고 칭할 만하오 고맙소.* 하고 무궁화에 대한 이야기를 모두 듣고 나자 이무궁이 참으로 대단한 사람이란 생각이 들었다. 나는 대한민국 정부 수립 기념식 영문 초청장의 배경은 물론, 화폐에도 무궁화를 넣고 공무원의 임명장, 국회의원의 배지 그리고 사법부의 법복에도 무궁화를 넣어야겠다고 결심을 끄덕인다. 무궁화는 우리나라 선조들이 살던 신라 시대부터 무궁화를 키웠다니 대단한 뿌리의 역사다. 홀 꽃도 있고 겹꽃도 있으니 지금은 비록 홀 꽃이지만 언젠가 반드시 북한과 함께 합치는 겹꽃이 되라고 선조들이 미리 예시해 놓았다는 생각이 갑작스레 사이렌을 울리며 달려온다. *무궁화 삼천리 화려강산*이란 애국가 가사처럼 앞으로 태극기 깃봉도 무궁화의 꽃봉오리로 해서 나라를 무궁무궁 무궁하게 발전시켜 나가야겠다. 그렇게 대한민국의 무궁화동산을 만들기로 한다. 그렇게 하루빨리 우리의 혼을 되찾기 위해 고심하는 사이 다시 지난 시간이 또 사이렌처럼 달려왔다. 아처 러치(Archer L. Lerch) 군정장관은 하지 미군 사령관에게 한국인 입법기관의 창설을 건의하여 동의를 얻은 뒤 1946년 8월 24일 군정법령 제118호로 남조선 과도입법의원의 창설을 발표하였다. 미국은 대한민국에 민주주의제도 인식과 훈련을 하게 하고 법령 초안 등 실무기술을 익혀 소비에트연방 하에 있는 북한 체제에 대항하기 위해 민주적인 의원설치가 불가피한 것이지 다른 목적은 없다

고 했다. 나는 대한민국 단독으로는 아무것도 할 수 없음에 한숨밖에 나오지 않아 주먹을 쥐고 땅을 치며 *그래 참자! 참자!* 우리 대한민국이 힘을 길러 우리 힘으로 어떤 나라든 이길 힘을 기를 때까지만 참아야 한다고 다짐했었다. 친일 기자회견을 했었고 국회에서 친일파에 대한 건의안을 정부에 보냈었다. 나는 확실하게 반민족 행위를 한 친일파를 정부 요직에 두는 일은 없을 것이라는 생각을 했었다. 그렇게 될 경우 또다시 나라가 위기에 처하면 아무도 애국심으로 나라를 위해 목숨을 바칠 각오로 싸우지 않을 것이기 때문이었다. 한편 또 신중해야 하는 것은 일제 저항기에 경제 산업 교육 행정 문예 등 어느 방면에서든 그 세력들과 전혀 접촉하지 않은 사람은 드물 것이기에 친일 문제를 너무 심하게 추궁할 경우 소의 뿔을 바로잡으려다가 소를 죽인다는 의견도 있듯이 일을 너무 속속이 들춰내 결점이나 흠을 고치려다가 일을 그르치고 나라가 더욱 혼란에 휩싸일 수도 있으니 신중하게 처리해야 한다는 생각으로 많은 의견을 모았었다. 국회에서는 친일파 숙청법안이 활발히 논의되고 일부 친일파 재벌들은 한국민주당에 거액의 자금을 제공하면서 친일파 구명운동을 펼치고 있는 상황이었다. 이들은 민족반역자 숙청을 강경히 주장하는 의원들에게 회견을 청하여 친일파 문제를 광범위하게 취급할 것이 아니라 범위를 좁게 취급할 것을 요청하기도 했고 이런 자들은 진정 나라를 위해서 하는 것이 아니라 자신이 일본에 붙어 모은 재산이 불이익을 당할까 염려하는 목소리들만 가득했다. 간단한 일만은 아니었다. 그렇다면 그 36년간 자신의 목숨을 내놓고 전 재산을 내놓고 가족을 내놓으며 나라의 독립을 위해 싸운 사람들은 어찌하란 말인가? 그들을 두 번 죽게 할 수는 없는 노릇이었다. 1948년 8월 27일 국회의장은 반민족 행위가 있는 정부위원들의 임명을 승인하기에 이르렀고 독립투사들은 이에 반발하여 반민특위 전원이 사임하여 국회는 벌집을 쑤셔놓은 것처럼 시끄러웠다. 그러나 난쟁 끝에 1948년 9월 7일 반민족 행위 처벌법안이 찬성으로 국회를 통과하여 반민족 행위 처벌법이 제정되었다. 한편 그즈음 북한은 조선민주주의인민공화국 정부 수립을 선포한 후 각종 대남공작을 시작하기 시작했다. 이미 1948년 10월 19일 여수·순천 사건을 일으켰고 이에 주둔 중이던 남로당 추종자들은 제주 4.3사건이 철저하게 계획되어 진행되었다. 나는 맥아더 장군에게 성명서를 보냈었다. 이대로 두었다가는 북한은 죄 없는 국민을 무더기로 사살하는 일을 감행할 것이 뻔했기에 그리고 재일동포 보호 문제와 귀국 문제들을 하루빨리 종결지어야 일본에 남아 있는 국민들의 고통을 덜어준다고 생각했기에 맥아더 장군에게 도움을 요청한 것이다. 다행스럽게도 일본으로 오라는 연락이 왔다. 나는 한시가 급해서 1948년 10월 19~20일 1박 2일의 비공식적 사교 방문을 했다. 당당하게 주권을 찾고 일본 땅을 밟았다. 그 이름도 찬란한 대한민국 제1대 대통령이 일본 땅을 밟는 역사적 순간이었다.

환희에서 파국으로

13

일본 땅을 밟다

감격이 남달랐다. 가슴이 벅차올랐다. 맥아더와 연합국 최고사령부와 교섭할 대한민국 주권 회복 후 제1대 대통령으로 당당하게 일본 땅을 밟는 것이었다. 맥아더 장군과 연합국 최고사령부와 교섭할 대한민국 외교 사절단 파견에 대한 문제와 주한 미군에 대한 문제 그리고 재일동포 보호 귀국 문제들을 논의하는 자리에서 나는 말했다. 당신들에게 생각 같아서는 350여 년 전 임진왜란 시까지 손해배상을 소급해서 청구하고 싶으나 당신들 나라 처지를 생각해서 우선 최소의 것 그러니까 지난 36년간의 피해배상만을 요구하는 바이니 36년간의 피해배상과 대마도만 찾아갈 것이오. 하고 말했다. 그리고 기획처 기획국 산하에 대일배상청구위원회(對日

賠償請求委員會)를 설치하여, 은밀하게 배상 청구 자료를 수집하라고 지시를 내렸다. 기획처장인 이순탁(李順鐸)의 총괄하에 이 일이 이루어지고 그 결과물로 대일배상 요구 조서를 꾸며 정부는 이 조서를 동경 연합군 최고사령부에 보냈다. 그러나 지독한 일본은 이 문제는 장래 한일 간에 해결되어야 할 문제라는 회답을 보내왔다. 국외뿐 아니라 국내에 공산주의를 추종하는 세력이 많아 심각함을 깨달은 나는 국가 보존에 위협이 되는 공산주의 찬양자들의 국가 문란을 없애기 위해 1948년 12월 1일 국가보안법을 제정했다. 북은 늘 한 손을 감추고 내놓는 것은 밀가루를 허옇게 묻힌 손이었다. 합작하자고 손을 내밀면서 뒤로는 이미 공산주의를 만들어 만반의 준비를 하면서 내미는 손은 화해의 손으로 시간을 벌기 위한 작전이었다. 나는 같은 민족이 저럴 수 있나 싶어 가슴이 더욱 아팠다. 내분이 고조로 양극화되어 공산주의냐 자유민주주의냐로 팽팽한 줄다리기를 하는 사이 1948년 12월 7일 한국 유엔 대표는 유엔 총회에서 한국승인을 요청하는 연설을 하였다. 이후 유엔 총회 결의에서, 대한민국 정부를 한반도에서 유엔 임시위원단의 감시와 통제 아래 대다수 주민의 자유로운 의사에 의해 선거가 치러진 한반도에서 유일하게 그러한 합법 정부임을 결의했다. 이제 국제적으로 대한민국이 승인됐으니 이제 북한의 총선거에서 선출된 인원을 남한 국회에 참가시켜 남북통일을 이루겠다는 계획을 세우고 움직이기 시작했다. 밖으로는 유엔위원단의 내한을 계기로 민족진영 단결로 3영수 합작공작이 얼마나 진행되었냐는 기자의 질문에 민족진영이 합작되지 못한 것이 아니고 총선과 정부 수립에 서로의 의견이 달라 민간에 의혹을 주고 밖에서는 혼란하게 보일지 모르지만, 곧 해결될 테니 걱정하지 말라고 단호하게 못 박았다. 그러나 하루빨리 나라가 안정되어야 유엔대표단도 모호한 태도를 못 취하고 공식 결정과 모순되는 독립 국가의 권위에 손실을 주지 못하리라. 그렇게 되려면 문제는 국민 중에서 누구라도 정부에 반대되는 행동을 하지 말아야 할 것이고 외국인과 연락해서 일을 그르치는 일이 있어서는 안 되는데 문제는 좌파들이다. 공산주의를 선호하는 사람들은 어떤 방법으로든 유엔이 우리 대한민국에 호의를 가지거나 인정을 할 때는 대한민국을 공산화하는 데 차질이 생길 것이 뻔하니 더욱 설칠 것이다. 저들이 더 깊이 붉은 물을 들이기 전에 정부가 안정되어야 한다. 미친 듯이 설쳐대며 여기저기에서 살인 방화와 온갖 방법으로 인명을 위태롭게 하는 지하공작이 긴급한 이때 반란분자와 파괴분자를 진압하려면 경관의 기술과 병력이 아니면 사태가 어려울 것이다. 이 상황에서 친일한 자들을 가려낸다는 건 무리다. 설령 친일한 증거가 조금 있는 자라도 아직 보류하고 위기를 정돈시켜 인명을 구제하고 질서 유지를 하는 것이 지혜로운 정책이고 또한 대한민국을 온전히 자유민주주의로 뿌리를 내리게 하는 방법이라는 생각을 굳힌다. 그 찰나 독립 운동가 출신과 국회 부의장 국회의원까지 남로당인 것이 발각되어 구속되는 일이 일어났다. 다수가 반민특위에서 활동하거나 반정부 성향의 소장파 의원들이었다. 이들은 서대문 형무소에 수감되었다. 나라 한복판에 막 세워진 이 신성하고 기뻐해야 할 곳에 붉은 무리가 가을 단물처럼 붉게 물들어 있다. 이렇게 대한민국은 무궁화에 진딧물처럼 나라에 붙어 나라를 좀먹기 시작한다. 북한은 기어이 남한으로부터 연락망을 두절하고 송전을 끊어 남한 사람들에게 고통을 줄 뿐 아니라 산업에도 막대한 지장을 초래하게 했다. 9월 14일에는 중앙청 독립문 등 시내와 경상북도 등 각 지역에 인공기를 게양해 두고 남한을 초토화해 공산주의를 만들려는 계획을 소련으로부터 철저하게 교육을 받아 공산 진영이 같은 민족에게 총부리를 겨누며 전에 없던 대규모 군사반란을 일으키고 나를 공격하기 시작했다. **이승만을 죽여야 모든 일이 뜻대로 된다**는 소련의 지령을 받은 남로당은 미련하고 바보스럽게도 자기 민족에게 총부리를 들이대며 자신이 태어난 조국을 초토화했다. 그들은 나라를 지키기 위해 방어하는 대통령을 국민으로 하여금 원성을 듣게 해 어떤 방법으로든 끌어내리거나 없애버릴 계획에만 몰두하느라 누가 자기 민족인지도 잊고 있는 듯했다. 그리고 이를 진압한 경찰이 친일파였다는 굴레를 씌어 친일파 몰이로 국민들의 눈과 귀를 막아버렸다. 지금 공산당들이 대거 나라를 점거해 살인을 일삼고 질서를 어지럽히고 있어 민족의 목숨을 벌레를 짓밟듯 자신들의 욕심을 위해 짓밟아 뭉개고 있었다. 공산주의가 붉은 아가리를 벌리고 남한을 삼킬 계획을 하는 지금 시점에서 시급히 먼저 해야 할 일이 있고 나중에 할 일이 있다. 혼란을 틈타 공산화를 만들려고 하는 저들을 먼저 제압하는 것이 친일자들을 발본색원해 내는 것보다 먼저인데 저들은 자신들의 죄를 덮기 위해 친일 문제를 가져다 가짜 양털을 만들어 국민들에게 선동하며 진짜 양털인 양 둔갑을 시키고 있다. 먼저 이 나라를 쑥대밭으로 만드는 공산주의자들을 철퇴시키고 친일 청산은 그다음에 할 일이지 한꺼번에 친일 청산과 친공 청산을 한다는 것은 불가능한 일이라는 생각이 들었다. 공산당들은 친일 관료들을 보호해 자리를 잡게 하는 건 미 군정 탓이라며 미군과 친일자의 관계를 묘한 끈으로 묶어 국민들을 선동했다. 문제는 문맹률이 높아 아무 판단도 할 줄 모르는 이 나라 국민들은 그들의 조작이 진짜인 줄 알고 빵 한 개에 넘어가고 우유 한 개에 넘어가는 참담한 일에 가담해 민의를 따르지 않는 건 독재라는 허울을 씌워 당장 미국놈을 몰아내고 독재를 갈아엎자고 거리에 말들을 마구 풀어놓았다. 아직 쌀과 미를 구별 못 하는 국민들이 안타깝기 그지없었다. 그래도 이 나라를 공산주의로 만들 수는 없다. 나는 숨도 제대로 쉬지 못할 지경이 되었다. 강해지자 정신 차리자. 여수·순천 사건을 보면 강력한 반공체제를 구축하지 않고는 내부적으로 공산주의자들이 너무 깊숙하게 침투하여 이 나라는 새 사랑도 못 면하고 공산주의가 되어버릴 것이다. 그렇다면 공산주의자들을 숙청하는 것도 한계가 있고 여기저기 악마의 탈을 쓰고 양의 얼굴을 하고 있는 저들을 더 이상 두었다가는 우리 불쌍한 국민들만 아무것도 모르고 노예로 살아가야 한다. 서울의 한복판 효자동에서는 정체 모를 전깃줄이 발견되어 조사하자 약 70미터가량의 땅굴이 발견되었고 그 속에 다이너마이트 수십 통이 설치되어 있었다. 또한, 대통령인 나를 암살하려던 공산당들이 경무대 앞에 폭발탄을 매장해 놓았다가 발견되었고 암살 음모를 실토했다. 그들은 조선민주주의인민공화국을 수립한다는 핑계하에 좌익정당에 가입하고 대통령과 정부 정계 요원 암살을 기도했던 것이다. 반민족행위자 특별조사위원회(반민특위)의 활동으로 일본 및 총독부에 협력하였던 인사들을 처벌하는 것을 뒤로 미루고 공산주의자들의 붉은 무리를 먼저 막아내기에 힘을 다 썼다. 공산주의자들은 시선을 친일 쪽으로 돌려놓고 자신들의 야망 채우는 것을 막기에 혈안이 되어 있다. 그러나 그사이에도 나라를 안정시킬 방법을 찾아야만 했다. 조선 시대에서 벗어나 모두가 평등하게 살며 인간답게 살 수 있는 방법을 찾는다. 그 결과 우선 농지개혁을 시행하기로 마음먹는다.

농지개혁

하루하루가 반쪽만 보이는 달처럼 슬프고 차갑다. 차가운 속에서 마음엔 불이 활활 탄다. 아니 심장이 탄다. 심장이 타 죽어도 자유민주주의를 지키는 혼만은 살아있어야 한다. 내일의 주인공인 후손들에게 한 치의 부끄럼도 물려주지 못하면 죽어서도 중천 귀신이 되어 떠돌 것이다. 해는 변함없이 뜨고 지고 저녁이면 산봉우리 위로 새들이 줄지어 날아간다. 거룩한 행사다. 저러다 날갯죽지가 아프거나 배가 고프면 나뭇가지에 앉아 일몰의 장엄함을 바라보며 살아 꿈틀거리는 벌레를 뱃속으로 집어넣거나 꽃을 따서 뱃속으로 집어넣을 것이다. 존엄하고 거룩한 그들만의 의식에 마음이 숭고해진다. 그들은 스스로 마음을 닦고 마음을 비우고 더욱 깊어지는 것이다. 그런데 인간은 왜 이리 이기심으로 소란스러운가? 저 소란스러움을 일제 저항기에 좀 썼으면 그 많은 36년이란 세월을 나라도 없이 떠돌지 않았을 것인데. 골고다 고원에서 예수가 십자가에 못 박혀 죽으며 목마르다고 하자 병사가 수건에 물을 묻혀 입에 대주었다. 예수가 목이 마른 것이 아니라 마음이 말랐던 것이다. 나도 지금 목이 탄다. 마음이 탄다. 심장이 탄다. 바싹 마른 검불에 불길을 붙여 타들어 가듯 목이 마른데 대명천지에 물 한 바가지 시원하게 마실 수 없고 수건에 물을 적셔 주는 사람도 없는 이 황량한 벌판에 홀로 서 있다. 지금 이 나라만큼 물 한 바가지가 절실한 나라가 있을까? 모든 국민이 목을 축이고 갈증을 가라앉히고 모인지 피인지 구별할 줄 아는 지혜를 딱 한 바가지만 줄 사람이 없을까? 어디서 어두운 물소리가 난다. 물소리에 갈증이 더 번진다. 하늘에서 별 한 송이가 빛을 발한다. 먹지도 못할 빛을 발한다. 얼마나 더 고독해야 하고 얼마나 더 외로워야 하는지 그 길이도 깊이도 가늠할 수 없는 구렁텅이로 떨어져 내리는 기분이다. 눈을 감고 걸어도 눈을 감고 앉아도 외로움은 달려든다. 외로움이 모공을 통해 몸속으로 들어오는 듯하다. 어떤 신비한 비책이라도 있으면 좋으련만. 바람이 나무 그늘을 흔드는 소리가 자꾸만 귓속으로 들어온다. 나는 무궁화란 꽃 속에 유배되어 있는 걸까? 꼼짝도 하지 못하고 생각만 서성거리다가 끙끙 앓다가 소리 내어 울지도 못하는 죽어서도 공중을 맴도는 새처럼 가엾은 영혼이 될 몸. 토막 나서 바싹 말라가는 희나리라면 불이라도 잘 붙겠지만 내 가슴은 다 타버려 불도 붙지 않는 까만 숯덩이가 되어 피시식피시식 거리고 있다. 나는 1949년 12월 주미한국 대사에게 미국은 친일정책으로 편파적인 정치를 할 뿐 아니라 가쓰라 태프트 밀약과 일본의 한국 합병에서 보여주었듯이 일본 편에 서서 일본과 함께 손잡고 한국을 삼키려고 하고 있다. 미국은 즉각 일본과의 밀약을 포기하고, 우리 대한민국에 떳떳하지 못한 행동을 하면 역사 앞에 단죄를 받을 것이니 눈앞의 이익에 코 박고 쿵쿵대지 말고 조금 더 멀리 보길 촉구한다. 역사는 수레바퀴처럼 돌고 돈다는 사실을 명심하고 지금 우리 대한민국의 힘이 약하고 일본의 힘이 강하다고 강자 편에 서서 우리나라를 구렁텅이로 몰아넣는다면 나는 하느님의 이름으로 당신들을 그냥 두지 않을 것이니 잘 생각해서 행동하길 바란다.고 편지를 써 보냈다. 주미 한국대사는 이거 이승만이 뭘 믿고 이리 당당하게 구는지는 몰라도 한 번쯤 대한민국과 일본에 대해 다시 생각해 보아야 한다고 생각한다며 한 발 뒤로 물러섰다. 한편 나는 나라를 굳건히 지키려면 이대로는 안 된다는 생각과 함께 농지개혁법을 시행하기 위해 사방으로 뛰어다닌다. 어디로 뛰어다닐지 예측하지 못하게 활발하게 뛰어다녀야 할 메뚜기가 사람의 손에 의해 병 속에 갇혀 오글오글 서로의 몸을 부딪치며 탈출할 시도도 못 하며 병 안에서 검은 피를 토하고 배설을 하며 어찌하지 못하는 메뚜기 같은 신세인 국민들에게 희망을 주어야 한다. 지주들의 손아귀에 갇혀 그저 죽도록 일만 하며 아무 희망도 보람도 맛보지 못하고 땀을 흘리며 살아가는 국민들을 이대로 두어서는 안 된다. 어서 병에서 탈출시켜야 한다. 사방으로 뛰어다니는 메뚜기처럼 지주의 손에서 병에서 메뚜기를 쏟듯 쏟아 내야만 한다. 그래야 어디로 뛸 줄 모르는 메뚜기처럼 이리저리 온 마음껏 들판을 뛰어다니며 일한 만큼의 희망을 찾고 보람도 찾으며 기를 쓰고 일할 것이다. 그래야만 나라가 빨리 부강해질 것이며 모두가 잘사는 나라가 될 것이다. 인간은 남이 시켜서 하는 일은 되는 대로 하지만 자신이 원해서 하는 일은 목숨을 바쳐서 하기에 얼마만큼의 잠재능력을 발휘할지 모르기 때문이다. 1945년 8·15광복 후 자작농의 비율은 아주 낮았다. 자작농의 비율이 낮다 보니 지주와 소작농의 대립과 대립이 심화되어 양쪽 모두 손해를 보는 짓만 하고 있었다. 기존 소작료는 5할이 보통이고 좀 많다고 하더라도 6~8할밖에 되지 않았다. 그렇다고 소작료만 낸다고 끝나는 일이 아니었다. 종자를 구매해야 하고 비료와 농약 농기구 등 인건비를 빼고도 이 모든 것을 소작농이 자비로 구매해야 했다. 소작관리인인 마름(지주地主를 대신하여 소작권을 관리하는 사람)의 보수도 부담하는 일이 많았고 심할 경우 지주의 세금 부담까지 대신 떠안아야 하는 등 그 폐해가 도를 넘어서서 너무 심각해 이대로는 도저히 안 되겠다는 생각을 한다. 미군은 미 군정을 설립하면서 농업 정책의 하나로 농지개혁법도 염두에 두기는 했지만 일단 나중으로 미뤘다. 그들은 원래 자신들의 임무는 일본군 무장해제와 본국 송환이었기도 하지만 누가 남의 나라의 폐단까지 골치 아프게 뜯어고치는 데 신경을 쓰겠는가? 그러나 토지 정책은 종래의 불합리한 착취를 배제하고 일본인 소유 토지 몰수 때문에 농민에게 경작권을 주고 열심히 노력하도록 해야 한다는 말도 여기저기서 나오기도 했다. 북한은 이미 1946년 3월 토지에 대한 문제가 불거져 나오기 시작했고 무상몰수 무상분배 방식으로 토지개혁이 본격적으로 시행되었다. 북한의 이 소식이 전해지자 남한 농민들도 우리 남한의 토지개혁을 요구했고 그 사이에 불만도 터져 나오기 시작했다. **북한은 무상몰수 무상분배를 한다는데 남한의 정치하는 놈들은 뭐 하는 거야?** 여기저기 농촌의 논두렁에서 개울가에서 들판에서 봄 쑥이 돋아나듯 불만의 말들이 돋아나고 있었다. 여기에 비라도 한바탕 내리면 온 들판과 논두렁과 개울가에 쑥덕쑥덕 쑥들이 억세게 밀고 올라올 것은 뻔한 일이었다. 그걸 눈치챈 미 군정은 공산주의 세력들이 이 문제를 가지고 농촌에 침투할 것을 예상하고 임시방편으로 소작료를 33%만 낸다고 발표하고 이로써 소작료가 크게 줄게 되어 겉으로 보기엔 잠잠해지는 것 같았지만 그것도 잠시 어느새 공산주의 세력들은 미국의 예상과 맞게 농촌에 파고들어 불만을 토로하는 불씨를 전국적으로 붙이기 시작했다. 이대로는 혼란이 가중될 게 뻔했다. 나는 생각했다. 수백 년 유지된 지배 계층을 소멸시킬 수 있는 그래서 모두가 사람답게 사는 평등한 세상을 만들 수 있는 건 지금이 절호의 기회다. 나라가 어수선하고 아직 체계가 잡히지 않았을 때 악습을 완전히 뿌리 뽑지 않으면 이 악습은 다시 또 수백 년 후손들에게 이어질지도 모른다. 그러니 기존 대지주가 지가(地價)증권으로 생산 설비를 취득하고 대한민국이 제조, 공업, 서비스업 국가로 확장할 수 있도록 하려면 지금 하지 않으면 영원히 대한민국의 경제를 기대할 수 없을지도 모른다. 그러니 만석꾼이란 그 말 대신 기업을 창업해서 기업 영웅들이 아시아를 넘어서고 더 나아가서 세계와 어깨를 나란히 할 수 있는 대전환의 계기를 지금 바로 만들어 놓아야겠다고 결심한 나는 미국의 무관심은 뒤로 미루고 일을 밀어붙이자고 관계자들과 함께 합의했다. 반대파들은 우리 민족이 나갈 길은 이 길밖에 없는데 반대를 위한 반대를 했다. 나를 헐뜯기 위한 의견이었지 진정으로 나라를 위한 의견이 아닌 것이 뻔하게 보이는 말을 마구

지껄이며 선동하고 다녔다. 농지개혁은 농촌 경제의 성장을 못 하게 가로막는 원인이 되고 농민의 현물 중심의 수취가 농가에 부담을 줄 것이며 지주계급의 산업자본 전환이 되지 않아 국가 경제를 무너뜨린다며 말도 안 되는 말로 국민들을 호도했다. 특히 지주들은 더더욱 이들의 말에 동조하며 함께 가세하고 나섰다. 그러나 그들은 하나는 알고 둘은 모른다. 아니아니 아니다. 자신들의 이익에 따라 하는 말인 것이다. 아니아니 아니다. 그들은 선진 문화를 배운 적이 없기 때문에 자신의 눈높이만큼 아는 만큼 실천하려 하고 의견을 내고 그것이 정답인 것처럼 생각한다. 그렇지만 대부분의 우리나라 정치 관료들도 미국이란 큰 바다에 가서 헤엄을 쳐보지 않았기에 강물에서만 살았기에 강물의 넓이와 물살과 소리가 세상에서 제일 넓고 줄기찬 소리인 줄 아는 물고기와 같다. 거대한 대양들이 세상에는 많다는 것조차 모르고 자신이 살고 있는 강이 제일 넓고 물살도 세다고 생각하면서 정치를 하겠다고 하는 저들을 저 큰 바다로 데리고 가서 이런 곳이 있다고 견학을 시키지도 못하고 방법을 찾을 수도 없다. 그 긴 세월 조국을 남의 손에 주물럭거리도록 했으면 정신 바짝 차리고 큰 바다에서 살아본 물고기의 말을 좀 경청하면 좋으련만 살아본 고기는 자신 하나고 모든 정치인은 강물에서만 살았으니 모두가 강물이 가장 대단하다고 생각하니 숨이 막힐 지경이다. 달빛이 목련에 부서져 숨이 막혀야만 진정으로 막히는 숨이거늘 어두워서 숨이 막히니 이건 어둠을 걷어낼 때까지 막혀야 하나? 아니지 어둠이 깊을 때 달빛이 부서져 내린 목련이 더 숨 막히게 아름다운 법이다. 그래, 그렇다면 그 아름다움을 생각하며 밤하늘에 깔린 어둠의 장막과 조화를 이뤄보자. 진정 대한민국의 미래를 생각해서 머리를 맞대고 의견을 주고받으며 함께 고민하고 문제를 해결해 나갈 때 부국강병이 되는 법이다. 이 멋지고 눈부신 세상을 경험해 보지 못한 저들에게도 멋진 세상이 어떤 것인가를 설명하고 설득을 해보자. 그렇게 나는 어렵고 험한 길일지라도 국가를 위한 상생의 정치를 해나가리라 다짐을 한다. 그러나 그건 위대한 착각이었다. 각 당은 자신의 이익에 따라 일을 하려고 무리를 지어 당파 싸움을 한다. 사상누각(沙上樓閣)의 생각을 가진 사람들에게 어떤 설명으로도 민주적으로 해나갈 수가 없었다. 안된다. 안된다. 이렇게 이들에게 휘둘린다면 나라의 미래는 장담할 수 없다. 아니다. 세종대왕과 이순신 장군은 참을 수 없는 고통을 겪으면서도 나라를 위해서 목숨을 동백꽃 송이처럼 붉게 떨구었다. 그 영혼을 먹고 동백은 품을 넓혀 온전히 동백나무로 자랄 수 있는 것이다. 그래 나라를 위해 하는 일이라면 어떤 어려움이 닥쳐도 밀고 나가야 한다. 그래야 대한민국이란 나라가 어떤 비바람에도 꺾이지 않는 굳건한 무궁화가 될 것이다. 결심을 굳히고 반대를 무릅쓰고 일을 추진한다. 이 농지개혁으로 후대에 후손들 모두가 당당하게 신바람이 나게 살맛 나는 세상을 살아가는 나라가 되도록 기틀을 잡아놓아야만 한다. 내 한목숨이

뭣이 중한가? 나라의 미래를 위해 반드시 해놓아야만 한다. 그렇게 일을 밀고 나간다. 북한은 선전용으로 분배를 했다. 무상몰수 무상분배다. 일시적으로야 무상몰수와 무상분배가 좋을지 모르지만 저건 장차 국민에게 독이 되어 결국 그 고통은 국민에게로 돌아가고 말 것이다. 그러나 국민들은 그것을 모르고 북한의 저 분배, 그러니까 눈앞의 이익만 가지고 열광하고 있으니 어쩌랴! 이 또한 이 시대에 내가 헤쳐나가야만 할 난관이고 운명인 것을. 앞으로 백년대계를 내다보는 방법을 찾아야 한다. 당장 이익이 아니라 장차 대한민국이 유구하게 발전하고 눈부신 나라를 만들기 위해서는 실질적인 대책을 세워야 한다. 지금 우리나라의 소작농 비율은 전체 농민의 약 84%다. 이 소작농들이 희망을 품고 휘파람을 불며 살아야 나라에 희망이 있고 휘파람을 부는 대한민국이 될 것이다. 그렇담 우선 유상매수 유상분배 방식의 농지개혁법을 국회 본회의에서 통과시켜야 한다. 그리고 분배된 토지 산출량의 15%를 국가가 5년간 지주에게 지급하고 마찬가지로 그 땅에 소작 중이던 농민도 15%를 5년간 지주에게 상환하는 방식을 채택해야 한다. 서로서로 한 바가지씩만 힘을 나누면 된다. 한 농가의 토지 소유 한도를 3정보(1정보는 약 3,000평)로 정해 모두가 힘에 맞게 일하며 땀 흘려 일한 보람을 찾게 해줘야 국민들은 열심히 일할 것이다. 그리고 농지개혁 대상자들에게도 희망을 부여해 주어야 한다. 그래서 그들의 불만도 한 바가지 덜어내 주어야 분노가 끓어도 둑을 무너뜨리지는 않을 것이다. 농지개혁 대상이 된 지주들에게는 국가사업 우선 참여권을 주어 이들의 재산이 산업자산으로 전환될 수 있도록 하면 다소 불만이 해소될 것이다. 정부는 이를 바탕으로 농민들에게는 땅을 가졌다는 희망인 토지분배를 시작하고, 5월부터는 토지장부 열람을 개시해 가슴에서 부풀어 오르는 감격 같은 것을 맛보게 하면 모두가 새벽부터 밤중까지 일을 열심히 할 것이고 그렇게 되면 나라는 자연적으로 부자가 될 것이다. 반대로 지주들에게는 지가증권을 주어야 한다. 그렇게 되면 지주들도 이것을 가지고 있다가 세상에 밝음이 있으면 어둠이 있듯이 어려움이 있을 때 팔거나 사용할 수 있도록 해주면 될 것이다. 나라가 존재하는 한 지가증권은 자산이 될 수 있으므로 지주들도 좋아할 것이다. 물론 모두가 만족하는 대책이란 없다. 한 바가지씩 양보해서 서로 좋은 길을 모색하는 것이 최선의 길이요 상책인 것이다. 1950년 3월에 개정되어 공포된 농지 개혁법안을 제정하려고 조봉암 농림부 장관과 함께 머리를 맞대고 추진한다. 농지개혁법은 한민당의 재정적 기반이던 친일 지주층을 무너뜨리는 일이 아니라 모두 조금씩 양보하여 모든 국민이 잘살 수 있는 기틀을 마련하는 일이었지만 개혁법이 제정되자 *지금 당신이 제정신이오? 나라를 망치려고 작정했소. 갑자기 지주층을 무너뜨려 버리면 가뜩이나 어렵고 힘든 이 판국에 나라가 어찌 된다고 그렇게 반대를 무시하고 당신 마음대로 밀고 나간단 말이오. 나는 당신과 같은 사람과는 더는 정치를 함께*

할 수 없소. 하고 이구동성으로 정치에 불만을 품으며 불만 넝쿨을 키우며 불만 꽃을 활활 피우던 한민당은 기어이 대통령의 정치적 사안에 칼을 꽂았다. 농지개혁법이란 일제 저항기의 봉건적인 지주와 소작인의 관계 사회를 자작농, 다시 말해 자유인의 사회로 바꾸는 일이다. 가진 자들의 불만 한 덩어리는 없는 자의 만 개의 덩어리를 부수는 위엄을 가지고 으스대던 시대에서는 혁명적인 일이니 부작용이 일어날 건 뻔한 일이었다. 그러나 미국에서 자본주의를 공부할 때 나는 크게 깨달은 것이 있다. 인간은 자신만 잘 산다고 잘 사는 것이 아니라 주위 모두가 잘살아야 즐겁고 행복한 것이다. 새가 노래하고 공중을 날아다닐 수 있는 것은 초목이 벌레를 키우고 꽃과 열매를 키워 그들의 먹이를 주기 때문이듯 옆에 햇빛이 있으면 더운 것이고 얼음이 있으면 추운 것인데 그 법칙을 모르고 자신만 움켜쥐려는 어두운 생각만 가득하고 심지어 인권을 짓밟고 있다. 지금 시대에서 아직도 지주와 소작인이란 어리석은 제도 때문에 고통받는 국민을 그대로 둔다면 산업 자본주의의 발전을 가로막는 독이 될 것이기 때문에 반드시 고쳐야 할 제도라고 생각했다. 그 이유는 국민이 자기 땅을 일구어 농사를 짓고 일한 만큼 대가를 얻는다면 밤낮을 가리지 않고 힘닿는 데까지 일할 것이요, 지주가 시키는 대로 하는 일이란 절대로 자본주의의 새로운 경제의 주역으로 급성장하기는 어렵기 때문에 자기 땅에 밭을 일구고 그 잉여분으로 교육하고 수준을 높여 지식과 지혜와 세상

정세에 눈을 뜨게 한다면 미래는 빛날 것이다. 아무리 똑같은 노동을 한다고 하더라도 지주에게 종속되어 노동한다면 그 힘을 자기 일과 비교하면 10%도 발휘하지 않을 것이다. 지금 농민들은 너무 부당한 관계에 있다. 농지개혁법을 만들어 농민들에게 평등한 경작권을 주어야 한다. 가구당 보유할 수 있는 농지를 제한해야 하고 초과한 농지가 있다면 농지가 없는 사람에게 무상이 되었든 유상이 되었든 강제로 분배하도록 해야 한다. 그러나 반발이 여간 심하지 않을 것이다. 나의 예상은 맞아떨어져 한국민주당과 한민당까지 반발하기 시작한다. 몇 번의 방안을 토의한 끝에 빈농에게 농지 가격의 최대 30%까지 보조금을 준다는 법이 삭제되고 정부 보증 유통식 증권을 지가증권으로 바꾸는 개정작업을 고치는 데 밀고 당기기로 시간만 허비하고 있었다. 그러나 포기할 수는 없다. 나라가 잘 살려면 잘못된 법은 어떤 어려움이라도 감수해야만 한다. 잘 사는 계층 농지를 국민에게 나누어 주고 공업을 발전시켜 나라가 골고루 잘사는 데에 주력하기 위해 고심을 한다. 1945년 말 한국 전체 경지면적의 35%에 불과했던 자작 농지를 90%로 치솟게 해 농민들이 자신의 토지를 소유할 수 있게 되길 간절하게 바랐다. 그래서 이렇게 강제로 밀어붙인 농지개혁법 덕분에 일제 저항기 때 홍행하던 지주제가 사라지고 지주와 소작인 간의 갈등도 사라지고 차츰 국민들은 북한 지역의 공산화를 위해 악의로 퍼뜨린 그 선전에 동요가 조금씩 가라앉고 조금씩 안정을 찾아가기 시작했다. 토지대장 열람을 통해 농민들은 감격의 눈물을 흘리고 내 소유의 땅이 있다는 것, 얼마 되지 않는 땅에 농부들은 천하를 다 얻은 듯 서로 부둥켜안고 감격의 눈물을 흘리고 잔치를 열어 서로 에게 축하하고 자축을 하기 시작했다. 간절하게 바라던 모습이 그 대로 이어졌다. 그러나 부작용도 일어나기 시작했다. 약삭빠른 지 주들은 이 법안이 상정될 거 같다는 소문이 돌자 토지를 빈농층 사람에게 강매하기 시작했다. 아무것도 모르는 국민들은 지주들 이 농지를 강매하기 위해 토지개혁이 아니라 농지개혁이라는 점을 악용해 약삭빠른 자들의 수단은 아무것도 모르는 빈농층에 강매 를 했다. 하지만 더 큰 병을 치료하려면 그 약의 부작용도 감내해 야 하는 것이 세상 이치이지 약의 부작용이 무서워 병을 버려둔다 면 결국은 목숨을 잃고 말 것이다. 부작용을 감내하고 농지개혁을 밀고 나가 약의 부작용보다는 자신의 몸이 나아가는 것에 기쁨을 느끼게 해주어야 한다. 그 생각은 적중했다. 국민들은 그 기쁨을 마음껏 병이 다 나은 것처럼 가뿐한 마음으로 덩실덩실 춤을 추며 잔치를 벌였다. 이제 우리도 우리의 소중한 땅이 생겼으니 열심히 일하세. 그리고 이 모든 게 정부의 덕이니 내 땅을 다시 빼앗기지 않기 위해서라도 대한민국 정부에 힘을 보태세. 우리 생전에 이런 일이 어찌 있으리란 상상을 했었는가. 우리의 세상이 이제 앞으로 황금빛 벌판처럼 환하게 일렁이지 않겠는가. 이제 나라도 찾았고 우리의 땅도 있으니 이보다 더 좋은 일이 어디 있겠는가? 우리 모두 잔을 높이 들어 외치세. 이승만 대통령 만세! 이승만 대통령 만세! 대한민국 만세!

환희에서 파국으로

14

　환희에 찬 농민들의 목소리는 온 우주에 옮겨붙어 활활 타고 있었다. 억울하게 조국의 독립을 보지 못하고 죽은 독립투사들의 목소리도 땅을 헤치고 나와 우렁우렁 동일 시간에 귀속되어 외치고 있었다. 그동안 압박과 설움을 일시에 씻어내는 듯했다. 새들이 무슨 일인가 싶어 공중을 빙빙 돌며 눈알을 또로롱또로롱 굴리고 있었다. 농지들도 몸을 벌떡벌떡 일으키고 있었다.

농민들의 노래

　　땅은
　　문서가 아닌
　　쟁기로 갈아엎은 이들의 것

우리 손으로 심고

우리 발로 밟으며

기어이 지켜낸 이 땅

곡식이 여물어 노래가 되고

우리의 가슴에도 봄이 왔다

새로운 날, 새로운 터전에서

해 뜨면 나가고 달 지면 돌아오리

초목이 온몸으로 만세 부르고 햇살이 춤추네

새들이 춤추고 시냇물이 노래하네

쇠사슬 끊어진 대지 위에

바람도 구름도 얼싸안고 춤추네

아버지의 땀방울

어머니의 한숨

씨앗을 심어도 내 것이 아니던 날들

이제는 손으로 쥔 흙도 내 것이네

고랑을 타고 흐르는 기쁨

쟁기 끝에 돋아난 희망

우리 땅, 우리 손으로 가꾸네

꿈도 같고 생시도 같다

이런 일이 어디 있는가?

어허라 좋을시구!

내 나라가 생기더니

좋구나 좋을시구!

내 땅이 생기네

메마른 손바닥에 싹이 트고

휘어진 허리에 푸른꿈이 솟네

노래하자, 춤을 추자

이 땅의 주인은 바로 우리다!

어허라 좋을시구!

신바람 불어오네

좋구나 저을시구!
흥바람 불어오네

　구름도 무슨 일인가 싶어 나뭇가지에 앉아 기웃거리고 지나가던 바람도 이들의 옷자락을 잡아 흔들며 이들의 기분을 살랑살랑 부추기며 웃음을 만들어 주고 있었다. 가을도 아닌데 새 떼들도 벌써 달려와 축하를 해주었다. 하늘도 땅도 모두 잔치에서 한 순배 얻어먹은 막걸리에 취해서 비틀대고 있었다. 또 지주(地主)들 중에는 *해방이 됐다는 기쁨을 만끽하기도 전에 우리 재산을 국민과 나라를 위해 내놓아야 하는 법이라니 우리는 지는 노을이고 국민과 나라는 찬란하게 떠오르는 태양이 돼 버렸네.* 라며 투덜거리는 자도 쌀의 미처럼 섞여 있었다. 그러나 미는 하나씩 골라내어 껍질을 벗겨 쌀이 되게 하면 될 일이니 이제 국민들에게 희망이란 휘파람을 풍선처럼 빵빵하게 불어넣어 주었으니 국민들은 그 희망 풍선을 뱃속에 있는 힘을 다 꺼내서 불어 날리며 자유롭게 행복하게 즐겁게 살아갈 것이다. 생각만 해도 신바람이 마구마구 불어와 온 몸을 두둥실 두리둥실 구름처럼 떠오르게 했다. 그러나 대통령이라는 자리는 그 구름 마차를 오래 탈 여유조차 허락되지 않는 것이다. 다음 문제는 어떻게 하면 반쪽인 자유민주주의를 하나로 합쳐 보름달처럼 환하게 온 세상을 비추는 나라로 만들 수 있을지 마음의 활줄을 잠시 풀어놓고 방향을 견주어보기로 마음먹는다.

우선 미국의 도움 없이 직접 공군 창설을 지시했다. 결국에는 미국이 우리나라를 무시하지 못하리란 어떤 믿음이 강하게 박혀 있었기 때문이다. 한편 스탈린은 조선민주주의인민공화국 정부 수립 후 처음으로 김일성과 박공산을 모스크바로 불러 소련군 철수로 인한 군사력 공백과 한반도 정세를 논의한다. 북쪽 김일성과 박공산은 대한민국이 조국 통일민주주의 전선의 평화적 통일안을 거부하고 있다는 명분을 만들어 자신의 야욕을 채우는 데 이어붙이기 시작한다. 조선민주주의인민공화국은 대남공격을 준비해서 무력통일을 할 수밖에 없으며 그렇게 되면 대한민국에서는 남쪽 정권에 대한 대규모 민중봉기가 분명히 뒤따를 것이라고 언급한다. 대남공격을 하지 않는다면 인민들은 이를 이해하지 못할 것이라고 강조하면서 인민들을 끌어들인다. 그들은 강원도 지역에 해방구역 창설을 계획한다. 또한, 인민군에 의한 옹진점령계획도 군사적으로 타당하다고 보고한다. 그러나, 반격할 때 이 작전이 지구전이 되어 버릴 수 있다고 언급한다. 스탈린에게 제출한 보고서에서 스티코프는 김일성과 박공산은 현 정세 아래에서는 평화통일이 불가능하다고 생각하고 있으며 북이 남한 정부를 무력공격하면 남북양쪽의 인민들이 이를 지지할 것이라고 믿고 있다. 그리고 지금 무력통일을 안 하면 통일이 연기될 뿐이고 그동안 남한 정권은 좌익세력을 탄압하면서 북진할 수 있는 강력한 군대를 만들어 통일은 물거품이 될 것으로 생각하고 있다. 북쪽 김일성은 남진을 시작할 때 소련과 중공이 원조해줄 것을 기대하는 듯하다.'라고 썼다. 그의 견해는 남북의 내전은 북에 유리하나 북한군이 남한 공격을 개시하면 소련이 국제적 비난을 받게 되며 미국이 끼어들 것은 물론, 남한을 적극적으로 지원할 가능성이 있다는 것이다. 그는 또, 물론 북한이 남한에서 빨치산 활동을 강화하는 것은 좋다. 옹진작전은 유리한 상황에서 실시할 수 있고, 이를 위해 38선 지역에서 남쪽의 도발을 이용할 수 있다.'라고 한다. 그러나 이에 대해서 어떤 속셈인지는 모르지만 소련 공산당 정치국 중앙위는 조선민주주의인민공화국의 남침이 시기적으로 적절하지 못하다는 지시문을 스티코프를 거쳐 북의 김일성에게 전달한다. 미국은 마지막 남아 있던 부대를 철수하기에 이른다. 철수는 *시기상조이다. 소련은 북한에 적극적인 군사력 지원을 하는 터에 미군이 철수한다면 저들은 반드시 남한을 공산주의로 만들기 위해 남침할 것이다.*'라고 대통령 이름으로 보냈지만, 미국은 남쪽이 강력한 군사력을 보유하는 것을 원치 않는다며 무슨 속셈인지 부대를 철수하고 만다. 그 결과 조선민주주의인민공화국은 군사력이 절대 우위로 강해지고 반대로 대한민국의 군사력은 매우 취약한 상태가 되어버리고 만다. 이승만 대통령은 이런 취약한 상태에도 조금도 굴하지 않고 사물을 판단할 만한 지각도 없는 북한과 맞서 싸워보겠다는 결의를 다진다. 한국 전쟁이 일어나기 전인 1949년 9월 30일 외신 기자 회견에서 '우리는 북한의 실지(失地)를 회복할 수 있다. 북한에 경고한다. 같은 민족끼리 총부리를 겨눌 준비는 버려라.고 촉구한다. 또한, 육군참모총장은 라디오 방송에서 만약 북한이 야심을 버리지 않는다면 아침은 개성에서 점심은 평양에서 저녁은 신의주에서 먹겠다.고 야심 차고 호전적인 발언을 하면서 기 싸움에서 조금도 밀리지 않으려고 당당하게 맞섰다. 북쪽은 소련을 등에 업고 퍼석 얼음 같은 말만 입술 밖으로 꺼내 던지고 있다. 형제의 말은 개 짖는 소리로 듣고 소련의 말만 듣고 움직이는 북한 공산주의자들은 서울을 한순간에 함락해야 한다며 조금도 타협할 여지를 보이지 않았다. 남한의 군사력이 취약한 것은 어쩌면 미국과 소련이 짜고 미군을 철수한다고 생각했기에 황당했다. 현재 시점에서는 최선으로 밀어붙여 저들에게 밀리지 않아야 한다는 자신감과 용기를 잃지 않아야 한다. 북한은 남한의 모든 정보를 모으며 철저하게 남침 야욕을 준비하는 반면, 남한은 어수선하기 짝이 없었다. 남한에 침범해 있는 공산주의자들은 남한도 북한처럼 농지를 공평하게 나누어주는 것이 모두 잘 먹고 잘사는 길이라고 부추긴다. 아무것도 모르는 사람들은 그들의 말에 솔깃해 북한처럼 단결도 되지 않고 질서를 어지럽힌다. 오히려 공산화를 원하는 사람들이 너무 많음에 아찔한 생각이 들었다. 심지어 정부 관료도 남한까지 공산화를 만들겠다는 북한에 동조하는 말을 공공연하게 하고 다닐 뿐 아니라 노골적으로 선동하고 날뛰며 다녔다. 대통령으로서 어떻게든 북한 공산주의자들에게 전쟁의 빌미를 막을 방법을 구상하기에 정신이 없는데 정부 관료들은 너무나 태연했다. 정부 관료들도 공산주의를 원하기 때문에 대통령의 일을 막기에 급급한 자들이었다. 하늘은 이승만 대통령에게 너무나 가혹한 시련을 주고 있었다. 대통령은 막막해서 또 기도하며 매달렸다. *제발, 공산주의가 되지 않게 도와주소서!!!*

끝없는 욕망

민족상잔은 형용할 길 없는 조국의 슬픔이다. 한으로 남아 할 말을 잃고 뚜벅뚜벅 앞으로만 걸어갈 뿐이다. 그렇지만 북쪽의 김일성은 한반도를 적화 통일하려는 야망을 세우기에 총력을 다한다. 차근차근 계획을 수립하고 오로지 전쟁을 위한 준비를 철저히 한다. 남과 북으로 두 동강 난 허리를 이어 용의 머리가 되고 싶어 하는 욕망을 키운다. 소련은 아시아의 공산화 목적을 위해 북한에 소련을 대리할 수 있는 공산 정권을 세우고 한반도 통일을 방해하면서 침략의 기회만 호시탐탐 노린다. 조선민주주의인민공화국은 북쪽 김일성의 주도로 회의가 이루어진다. 북쪽 김일성은 *나라를 하나로 이어야 하는데 어떠면 도운지 동지들의 의견을 말해 보라우.* 김책 *당연히 그리해야디오. 하루속히 해야 할 일입네다.* 김무정 *무슨 말이래 더 필요합네까. 한칼에 쳐부수고 남도선과 하나로 이루어야디요. 하루속히 단행해야 한다고 생각합네다.* 김일성 *남*

로당 리승엽 동지는 어떻게 생각합네까? 리승엽 말해서 뭐 합네까 무조건 처부수고 하나로 조국 통일을 이루어야 하디요. 김일성 그럼 다른 동지들도 모두 속마음을 내놓아 보라우. 군사 지도자들은 한목소리를 모은다. 싸우면 이길 자신 있슴네다. 명령만 내리시면 간단히 처부수고 승리하겠슴네다. 남조선 간나들 맹탕입네다. 정신 빠진 간나들이 많고 우리 충성스러운 동무들이 먼저 남쪽에 가서 만반의 둔비를 해 두었으니 명령만 내리시라요. 초전 박살을 내겠슴네다. 김일성은 회심의 미소를 띠며 그 큰 머리를 끄덕 끄덕인다. 그러자 갑자기 옆에 있던 최용건이 의외의 건을 내놓는다. 아직은 싸울 때가 이릅네다. 조금 더 힘을 키워서 처부수어야지 지금은 만만치 않슴네다. 다시 한번 생각해 주시면 좋겠슴네다. 김두봉·홍명희·장시우 등은 반대 또는 소극적 찬성을 한다. 그러나 이미 자신의 심중에 결심을 굳힌 김일성은 그들의 말 따위는 비겁한 말로밖에 들리지 않아 무시한다. 김일성도 자신이 없기는 마찬가지다. 저 심장 한쪽에는 두려움도 없지 않다. 김일성은 소련의 지배자인 스탈린과 중화인민공화국의 통치자인 마오쩌둥을 무려 48회나 만나기에 이른다. 그 이유는 그들의 허락을 받기보다는 전쟁 지원 요청을 위한 것이 훨씬 크다. 애초에 스탈린은 북한군이 절대적 우위를 확보하지 못하는 한 공격해서는 안 된다고 했다. 인민군의 힘으로 미국과 대한민국을 상대로 아직은 단독으로 전쟁을 치를 만한 실력이 아니라고 생각했을 뿐만 아니라 미국과의 직접적

마찰을 두려워하여 무력행사를 피하였다. 그런데도 북쪽 김일성은 포기하지 않고 스탈린을 설득하기에 이른다. 1949년 말 육군본부 정보국은 1950년 봄쯤에 조선민주주의인민공화국이 38도 선에서 전면적인 공격을 할 것이라는 종합정보 보고서를 내놓는다. 육군 본부는 1950년 3월 25일 계획수립을 서둘러 육군본부 작전 명령 제38호로 일명, 국군방어계획을 확정한다. 그리고 작전 명령을 예하 부대에 하달하여 시행토록 한다. 이 국군방어계획은 신태영(申泰英) 육군 총참모장의 지시로 육군본부 작전국장 강문봉(姜文奉) 대령이 중심이 되어 작성된다. 전쟁 발발 1주일 전까지 강문봉이 작전국장에 있었다. 그는 매일 조선인민군의 병력이동 상황이 소상하게 기록되어 있는 적정(敵情)판단보고서를 읽는다. 병력집결이 완료되면 남침할 것이라는 분석 자료도 입수하기에 이른다. 이러한 상세정보를 신성모 국방부 장관과 육군참모총장에게 보고한다. 미 극동군사령부에도 제보하며 반드시 무력증강의 필요성을 강조한다. 그러나 공산군의 남침은 없다. 남한은 괜히 뜬 소문을 진실로 믿고 함부로 날뛰지 말길 바란다. 절대로 남침은 없을 것이다. 단언하는 미국 측에 다시 생각해달라고 호소한다. 그러나 한국군의 정보를 몇 번씩 받고도 한 마디로 일축해 버린다. 미국은 한국군이 군사원조를 얻으려는 방법으로 치부해 경시해 버린 것이었다. 망둥어가 뛰면 꼴뚜기도 뛴다고 대통령이 명령만 내리면 바로 전쟁 준비를 마치고 북침을 하겠다고 망언을 하는 관료도 있었다.

전쟁을 원하지 않았던 미군은 관료들의 경거망동에 미리 겁먹고 국군의 전차와 전투기를 모두 압수하기에 이른다. 곡사포와 대전차포 90% 이상을 압수하며 전쟁을 미리 방지한다는 이유를 꼬리표로 달아준다. 이 일은 곧바로 북한에 야심을 더욱 부추겨 남침할 명분을 주는 일이 되고 만다. 이들은 소련과 한패가 되어 일을 시행했다. 남한의 국민과 정부 관료들과 대통령인 내가 한꺼번에 다 몰살당할 뻔한 끔찍한 사건이었다. 이를 어쩌나. 이승만 대통령은 주먹을 불끈 쥐고 극단의 조처를 내렸다. 그것은 국가보안법을 제정하여 사회 전반에 숨어 있는 좌익세력을 대대적으로 색출하고 처벌을 하기로 하는 한편, 주일 연합군 사령관인 맥아더 장군에게 성명서를 보냈다. 고맙게도 이 성명서를 본 주일 연합군 사령관 맥아더 장군이 나를 일본으로 초청했다. 복잡하기 이를 데 없는데 김구가 피살되었다는 소식이 들려온다. 한 가닥 남북 화해의 끈이었던 김구의 죽음은 기어이 이 나라 허리를 묶어 놓을 심산인 것 같아 가슴이 갈가리 찢어졌다. 가슴이 찢어지는 심정으로 서울 중앙방송을 통하여 김구에게 애도를 전했다. 독립을 위한 일에 있어 누구보다 가장 말이 잘 통했고 개인적으로 호형호제하며 오직 나라를 위해 죽어도 함께 죽고 살아도 함께 살자고 손가락을 걸고 약속해 놓고 미리 간 그가 한없이 원망스럽고 미웠다. 김구도 이승만이 귀국했을 때 그를 지지하고 응원했다. 정치상 문제로 생각의 차이도 있었으나 그건 진정으로 나라를 위한 충심에서의 차이지

근본적으로는 북한도 남한으로 합해서 자유민주주의를 만들고자 마음을 모으고 생각을 모으고 있던 차에 이런 일이 일어났다. 대통령은 원통하고 비통해서 몸이 허깨비처럼 휘청 주저앉았다. 반민특위는 우여곡절 끝에 다시 위원장과 부위원장을 선출하고 활동을 시작하였다. 그러나 얼마 안 가 다시 용두사미가 되고 마는 꼴이 되었다. 반민특위 특별 검찰부 특별재판부가 모두 해체되고 만 것이다. 반민특위 특별 검찰부 특별재판부 내에 친일파가 섞여 있어 하는 일마다 걸림돌이 되었고 직간접적으로 가까운 친일파를 봐주는 것이 공식화되어 버렸다. 또 가짜 특별조사위원이 생겨나고 회계 비리도 있고 반민특위 위원이 과실치사 및 암매장 범죄를 지어 자질을 의심받기도 했다. 엎친 데 덮친 격으로 반민특위 특별 검찰부 특별재판부 간의 관계도 서로 안 좋아 반민특위에 대한 정부와 친일세력의 공격을 자초하는 자살골을 넣었다. 대통령이 반일외교를 하고 친일 경력이 있는 사람을 등용한다고 막연히 대통령을 친일적인 대통령이라고 공격을 쏟아부었다. 꼬투리를 잡아 공격하고 가시를 박으면 꽃은 언제 피울지 한심하고 먹물처럼 깜깜했다. 일단 국가의 혼란을 가라앉힌 다음에 논해도 될 일을 자꾸 혼란스럽게 끌고 가는 사람들이 안타까웠다. 그럴 때마다 하늘에 기도했다. 아무에게도 답답한 심정을 털어놓을 수 없음이 더욱 외롭고 힘들었다. 지금 시간이 흐르기 전에 해결할 일도 태산 같다. 답답함에 기도를 하고 일본 대마도와 반출 문화재 반한을 요구하는 성명서를 냈다. 그렇게 어지러운 안과 바깥을 추스르느라 세월이 어떻게 흐르는지 멈추는지도 잊었다. 또 아주 시급한 것이 또 머리를 스친다. 한 가지 하고 나면 또 한 가지 끝없이 이어지는 이 나라를 어찌해야 할지 잠도 잊고 먹는 것도 잊고 다닌다. 국민의 생활이 헐벗고 굶주린 이유는 조선에서 나라를 잃고 일본에 저항하느라 36년간 내팽개쳐 있었기 때문이다. 진흙탕에서 연꽃을 피우려면 얼마나 더 뛰어야 할지 암담하다.

숨 막히는 백야(白夜)

어지러운 질서를 달랜다. 안아보고 업어보고 그네를 태워보고 오직 국민들을 달래서 키워야 한다. 철이 너무 없어 철을 모르는 국민들. 이러다가 느닷없이 국민들이 다 철을 알아 익기도 전에 무서리가 내린다면 서리에 폭삭 삶긴다면 대한민국의 장래는 장담할 수 없다. 쓰다듬어 놓으면 바람이 와서 흔들고 빗겨 놓으면 새가 와서 새집을 짓는 국민들의 머리카락을 어찌하면 잘 빗어내려 반들반들 윤기 나게 할까? 그러니까 전 세계 누가 보아도 탐스럽다는 생각을 하는 나라를 만들 수 있을까? 가장 아름다운 꽃향유처럼 고운 자태로 보라보라 당당한 나라를 만들 수 있을까? 대한민국이란 나라를 오래된 박물관을 찾듯 사람들이 찾고 고전을 읽듯 사람들이 읽으며 자신을 고풍스럽고 위엄스럽고 존경스러운 나라라고 세상 사람들이 칭송할 나라를 만들어야 한다. 새로 태어난 대한민국은 백의민족의 후손답다고 사람들의 혀들이 헤엄을 치도록 할 방도는 무엇일까? 벚꽃잎이 우수수 날아내리듯이 어지러운 시간을 어서 흔들어 털어내고 싶다. 털어낸 자리 아기 젖꼭지 같은 열매라도 맺기 시작하면 그때부터는 꽃이 아닌 열매니까 굵으면서 철이 들고 익어가겠지. 그러다가 가을이 되면 탐스러워 한 입 베어 먹고 싶은 나라가 되게 하고 싶다. 한 입 베어 물면 새콤달콤한 물이 입안 가득 고이는 홍옥 사과처럼 고운 사과로 풍성한 가을이 붉게 익는 아름다운 나라를 만들고 싶다. 그런데 북한에서는 무슨 공작을 꾸미는지 무언지 모르게 숨이 조여옴을 느끼는 건 왜일까? 왜 이렇게 민감해질까? 정신없이 농지개혁에 힘을 탕진하고 나니 이제 북한이 자꾸만 거슬린다. 꼭 무슨 일인가 일어날 것 같은 예감에 잠이 오질 않는다. 미신 같은 이야기지만 밤에 별이 자꾸 빛을 잃으면 나라에 흉한 일이 일어난다는데 하늘을 볼 때마다 별이 빛을 잃고 흐리멍덩하다. 시력이 나빠진 걸까? 수만 년을 하늘에 떠서 빛을 다 쏟아버려 빛이 남아 있지 않은 걸까? 별의 내장을 보고 싶다. 별은 산 사람을 질질 끌어다 칠성판에 눕히기 때문에 별이 빛을 잃는다는 건 좋은 징조가 아님이 분명하다. 하얗게 증발해버리는 생각들. 희디흰 아니 창백한 별빛이 밤을 건너 출렁출렁 어디론가 건너가고 있다. 지금으로서 내가 가장 먼저 할 일은 자유 통일이다. 조선민주주의인민공화국 괴뢰 정부를 해체한 다음 유엔 감시하에 남북의 총선거를 해야 한다고 AP통신과의 회견에서 촉구했지만, 허공에 대고 공포탄을 쏘는 거로밖에 듣지 않는 북한이다. 이제 더는 북한에 촉구해야 개미 발에 짚신을 신기는 것과 같다는 생각이 들어 포기했다. 그리고 물꼬를 미국으로 틀었다. 어떤 방법을 쓰더라도 이 불길한 느낌을 씻어버려야 할 것 같았다. 미국에 군사원조 요청을 했다. 그렇지만 미국은 **한국은 미국의 태평양 방위선 밖에 있다**고 말했다. 나는 아무리 강대국이 자국의 이익이 없으면 피도 눈물도 없다는 것은 알았지만 미국이란 나라가 이렇게도 야만적인 생각을 하는 거에 화가 났지만, 화마저 낼 수 없는 상황임에 또 화가 났다. 미국은 지금 대단한 오판을 하고 있다. 미국은 한반도가 전략적으로 중요하지 않다고 생각하고 북한의 남침 가능성이 없다고 일축하며 북한이 소련의 위성국가라서 독자적인 전쟁 수행능력이 전혀 없다고 무지 무시한 오판을 하고 있다. 그러나 그건 대단히 위험한 생각이요 오판이다. 현 움직임을 본다면 5월과 6월이 아주 대단한 위기이니 미국의 방위원조가 꼭 필요하다고 외신 기자 회견을 했다. 뱁새가 아무리 잘난들 황새를 쫓을 수 있나? 지금 시기는 절박하다. 북한의 조국 통일민주주의전선은 38선 인근에 병력을 집결하고 있다. 그들은 내부에서는 남침을 준비하고 겉으로는 평화통일 호소문을 발표하며 꼬리 천 개 달린 여우짓을 하고 있다. 여우짓을 하든 늑대짓을 하든 자신들과 아무 상관없는 유엔은 우리나라를 위해 주는 척하지만, 유엔도 북한도 자신들의 유리한 입장만 현수막처럼 펄럭이지 진정한 하나의 통일 대한민국에는 관심이 없고 북한은 모략 선전으로 우리를 속이려 하고 있다. 유엔은 우리나라의 사정에 그다지 심오한 관심을 둘 필요 없다. 생각나는 대로 남한에 오히려 남북 제정당과 사회단체 협의회를 해주나 개성에서 열자며 새가 웃을 말을 하고 있다. 그래, 그렇담 그들의 검은 속을 한번 뒤집어 보아야겠다. 북한이 제안한 남한에서 체포된 오룡이와 삼룡이 북한에 연금된 조오치의 교환을 요구하고 있으니 진심이라면 내 말에 응할 것이다. 조오치를 먼저 보내라고 북한의 마음을 떠보았다. 그러나 내 생각이 정확했다. 북한은 한마디로 거절했다. 그리고 북한은 속내를 붉게 드러내기 시작했다. 남북한 동시 총선거도 필요 없다. 공산당과 민주주의국가는 물과 기름이니 절대로 함께할 수 없고, 용서하지 않을 것이라던 북한이 1949년 6월 19일 최고 인민 회의는 전조선 입법 기관, 즉 국회 통합을 제의했다. 나는 그것이 위장평화 공세라는 생각에 머리카락이 쭈뼛쭈뼛 섰다. 무슨 계략을 세우고 있는 것이 분명하다. 손발톱을 감추고 부드러운 말로 우리를 안심시키는 척하며 분명 뒤에서 무슨 음모를 꾸미고 있는데 미국은 도와줄 생각도 않고 이 일을 어쩐다. 나는 매일같이 관료들을 불러놓고 회의를 거듭했다. 그러나 이승만의 걱정을 노파심이라며 일축하는 분위기로 돌아갔다. 그것은 이미 우리 민족이 비극 쪽으로 기울고 있음을 암시했다. 1950년 6월 24일 나는 일주일째 잠을 자지 못한다.

관료들은 북한의 움직임에 노파심이라 밀어붙이고 나의 머릿속은 불길한 불길에 휩싸여 활활 타고 있었다. 설상가상(雪上加霜)으로 미국에 청한 도움조차도 괜한 걱정이라며 너무나 태연한 말만 내뱉는다. 그렇담 이 나라는 앞으로 어찌해야 한단 말인가! 아무리 생각해도 북한은 지금 무력으로 우리를 치려는 움직임을 보인다. 농지개혁법에 정신없이 시간을 보내는 사이 공산주의가 여기저기 스며들어 나라를 어지럽히는 건 겨우 막았지만, 만일에 북한이 소련을 등에 업고 남한으로 쳐들어오기라도 하는 날이면 우리나라 국민을 혼란의 도가니로 밀어 넣을 뿐 아니라 엄청난 피해를 볼 것이다. 무고한 국민이 목숨을 잃을 것이니 이 일을 어찌해야 한단 말인가! 창문을 열어본다. 깜깜한 바람이 불어온다. 눈빛을 밖으로 내보내 살펴본다. 밤의 근황을 살펴보기엔 깜깜한 어둠이 너무나 철저하게 경비를 서고 있어 도무지 알아볼 수가 없다. 우리나라도 저렇게 오리무중(五里霧中)으로 방어를 해야 하는데 그래야 북한의 야심을 잠재울 수 있는데 어쩌랴. 몸과 마음이 너무 깜깜해 아무것도 보이지 않는 밤이다. 답답한 나는 미국과 관료들의 말이 맞는지 자기 생각이 맞는지 답답한 마음에 손바닥에 침을 뱉어 점을 쳐본다. 집게손가락과 가운뎃손가락으로 탁, 하고 때리자 이건 또 무슨 망령 같은 점괘인지 자신의 불안감이 맞는다는 쪽으로 침이 튀겨간다. 별 하나 없는 깜깜한 밤에 하도 답답해서 장난삼아서 해본 점괘지만 자신의 불안감이 바르다고 나오자 아주 묘한 생각이 온몸을 덮친다. 뒷짐을 지고 서성거린다. 누구도 속 시원한 말을 해주지 않는 이 상황. 햇살이 마르고 있다. 마음에 얼룩이 지기 시작한다. 갑자기 바람에 실려 온 빗소리가 마음속에 출렁출렁한다. 빗소리는 더욱 세차게 쏟아지더니 어둠을 더욱 진하게 색칠한다. 마음 담벼락에서 깨진 유리 조각이 반짝 어둠을 찔러 상처를 내고 있다. 슬픔이 눈보라처럼 불어닥쳐 아무것도 보이지 않는다. 방향을 잃고 눈보라 속에 서 있다.

9권으로 계속